U0513933

格萨尔研究丛刊

王国明　著

土族《格萨尔》研究

上海古籍出版社

本书得到

中央高校基本科研业务费创新团队项目：多民族史诗与口头传统，项目编号：31920180110

西北民族大学甘肃省一流特色学科，中国语言文学一级学科建设项目

资金资助

序　言

　　这部西北民族大学格萨尔研究中心王国明教授的著作《土族〈格萨尔〉研究》即将面世了，他希望我为这部书写一个序言。他的盛情之请，令我忆起了关于土族《格萨尔》的许多往事。

　　20 世纪 80 年代初期，我国开展了对史诗格萨尔的大规模的抢救与保护工作，在格萨尔广泛流传的藏族、蒙古族地区进行了普查，搜集到大量的史诗民间抄本、刻本，寻访到为数众多的民间说唱艺人，并在研究方面取得了丰厚的成果。然而，当时学界对于土族地区这一史诗的流传情况却所知甚少，这方面的研究几近空白。德国的瓦尔特·海希西教授在《多米尼克·施罗德和史诗〈格萨尔王传〉》一书中写的序及导言的发表，[①] 为我们提供了 1948—1949 年互助土族地区《格萨尔》流传的真实情况，尤其是施罗德当年记录了民间艺人贡布（又称官波加）的唱段，并如实介绍了民间艺人演唱的形式、过程及曲调，为人们研究土族《格萨尔》提供了重要的资料。遗憾的是事过 38 年的 1986 年，我们才把视线转移到土族地区，开始了迟到的调查。

　　1986 年 6 月，笔者寻着施罗德介绍的线索，在青海互助土族

_____

　　① 见《格萨尔研究》集刊第 1、2 集，中国民间文艺出版社，1985、1986 年。

自治县的几个村庄进行调研,采访了当时尚健在的四位土族《格萨尔》说唱艺人,并对其中较有特色的两位艺人的说唱进行了录音,记录了流传在这里的格萨尔风物传说,基本摸清了该地区格萨尔的流传概貌。[①] 著名的艺人贡布已于1974年去世,我们失去了与他当面交流的良机,而当笔者翻山越岭找到另一位当年与贡布一起学唱史诗的艺人旦嘎老人时,他已经81岁高龄,耳聋眼花,嗓子喑哑不能说唱了。

无独有偶,是年7月,西北民族大学格萨尔研究院王兴先教授也开始关注土族《格萨尔》,并从此开始了他追踪寻觅及研究的漫长历程。同年9月,他在互助的霍尔郡寻访到一位土族艺人叫班旦(全名班旦嘉措,汉名黄金山),从他那里记录了史诗的第一部《阿布朗创世史》。[②]

由中国社会科学院少数民族文学所与全国《格萨尔》工作领导小组办公室主编的《格萨尔研究》第3集(1988年出版)中,专门开设了专栏“土族《格萨尔》调查研究”,其中除刊登了笔者与王兴先的调查文章外,还刊登了由笔者录音、土族学者李友楼翻译整理的土族艺人丹增嘉措(汉名李生全,因其酷爱打猎,村民送他的绰号是“枪手喇嘛”)说唱的《土族英雄史诗格萨尔王传诞生之部》及笔者撰写的《枪手喇嘛——土族艺人寻访记》。这是我国第一次较为系统地向世人展示了史诗《格萨尔》在土族人民中间流传的情况。引起了学术界的广泛关注。

此后,王兴先教授又在甘肃天祝地区发现了极具天赋的土族

---

　　① 见杨恩洪:《土族地区〈格萨尔〉调查报告》,载《民族文学研究》1987年第3期;《土族地区流传之〈格萨尔王传〉探微》,载《格萨尔研究》集刊第3集,中国民间文艺出版社,1988年。在此次调查中,对艺人丹增嘉措(汉名李生全,又名枪手喇嘛)说唱的《英雄诞生》之部进行了录音,后由土族学者李友楼翻译整理,载《格萨尔研究》集刊第3集。
　　② 见王兴先:《土族史诗〈格萨尔纳木塔尔〉述论》,载《格萨尔研究》集刊第3集。

艺人王永福(藏名更登什嘉),由此开展了对这位土族艺人的长达二十年的采访录音,并把这位老人的儿子王国明调到原西北民族学院格萨尔研究院进行专门的培养,使他从一名普通教师成长为精通土语、藏语及汉语的当代高等学府的博士、教授,专门从事土族《格萨尔》的记录、整理及研究工作。出身于史诗艺人世家,成为专门从事史诗研究的专家,这在我国实属难能可贵。这一得天独厚的背景条件,无疑为他的研究提供了游刃有余的空间和前景。这也是土族《格萨尔》研究能够持续发展并在我国格萨尔学界占有一席位置的重要因素。

土族地区流传的《格萨尔》是一部极有特色的史诗。它从藏族地区传来,承继了藏族的优秀文化传统,同时,又具有鲜明的土族文化特色,它采用了藏语和土语两种语言组成的散韵结合的形式在民间流传,即先用藏语吟唱韵文部分,然后用土语进行解释。一段藏语唱词,一段土语白话,唱与说虽然使用了两个民族的不同语言,却形成了较为和谐的散韵结合一体的艺术形式。其中唱词所占比例相对较少,而叙说部分较多,说并不仅仅是唱的简单重复和解释,同时还起到叙说故事情节及前后衔接的作用。其藏语唱词为近邻的华热地区藏语方言,接近于口语,且衬词较多, 般每句为七、八、九个音节不等,与藏族《格萨尔》的唱词十分接近。

使用两种语言演绎史诗在我国民间文学领域还是一个罕见的现象。挖掘这一文化遗产,研究这一文化现象,对于研究我国史诗《格萨尔》的流传与变异,研究多民族聚居区不同文化的相互交流、影响、包容与发展,都具有十分重要的价值与意义。

目前在土族地区史诗《格萨尔》流传的总体趋势是从新中国成立前的广泛流传,到至今的逐渐被人们淡忘,以至自消自灭。造成这一蜕化现象的原因是多方面的,如社会的开放与进步,传统文化受到巨大冲击等,均使史诗的传承者说唱艺人逐年减少,能够完整说唱几部的艺人已寥寥无几。为此,土族艺人王永福的发现对于抢救土族《格萨尔》具有极为关键的意义。

如今 88 岁高龄的王永福老人是目前仍健在的唯一能够完整说唱土族《格萨尔》的艺人。1931 年,他出生在青海省互助县一个土族《格萨尔》说唱艺人世家。在他 1 岁时,为了逃荒避乱,在父亲的带领下,一家人翻山越岭,渡过大通河,来到今甘肃省天祝藏族自治县朱岔乡定居。生活的困苦并没有磨灭他们对《格萨尔》的热爱,他们是吟诵着土族《格萨尔》度过那些艰难岁月的。从王永福往上追溯,他的父亲杨增是一位精通《格萨尔》的艺人,而父亲的故事则来源于其岳父——著名土族《格萨尔》说唱艺人恰黑龙江,杨增自幼跟随恰黑龙江学习说唱《格萨尔》,后来又把故事传给了王永福。在杨增的晚年,尽管由于生活困苦,重疾缠身,双目失明,但他还是坚持每天说唱数小时《格萨尔》,以尽快传授给儿子,使之后继有人。如是,在其家族中,土族《格萨尔》已经传承了五代人。王永福从其父亲那里学到了故事的大部分内容,但是他并不满足,又四处求教,向其他说唱艺人学习,以弥补自己说唱的不足。久而久之,他说唱的土族《格萨尔》内容不断充实,语言表达也日渐凝练。他在运用藏语、土族语言交替说唱格萨尔的同时,还注入了独具特色的土族古老文化,使其成为具有鲜明的土族文化特色的《格萨尔》。到 1947 年,16 岁的王永福已经成为当地闻名的"酒曲匠",每逢年节或迎亲嫁娶,都少不了他的说唱,甚至互助土族百姓也前来请他去主持婚礼。由于土族没有自己的文字,王永福就成为通晓土语、藏语、汉语三种语言的土族民间文化的传承人。作为唯一健在的能够完整说唱土族《格萨尔》的说唱艺人,抢救他大脑中保存的土族《格萨尔》具有极其重要的意义。

因此,王永福作为土族《格萨尔》艺人的杰出代表,1991年他被国家民委、文化部、中国文联、中国社会科学院四部委命名为"格萨尔说唱家",并于1997年再次获得上述四部委的表彰。

经过王国明同志二十多年的努力与坚持,一部较完整的由艺人王永福说唱的土族《格萨尔》面世,这是我国格萨尔学界,也是世界史诗学界的一大盛事,可喜可贺!艺人版本的问世,是译者献给人类非物质文化遗产宝库的一份厚礼。我相信,随着岁月的流逝,它必将尽显其重要的学术价值。

杨恩洪

2019年5月于北京

前　　言

　　《格萨尔》是我国藏族人民创作的一部伟大的英雄史诗,它全面地反映和记述了古代藏族社会的民族关系、语言、宗教、民俗、政治、经济、军事、历史、地理、神话、传说等等,内容博大精深,被列为世界著名史诗之一。它的流布很广,对周边兄弟民族产生过重大影响,并且在流传过程中与其他民族的社会生活和传统文化相交融,形成了不同民族文化特质的《格萨尔》。土族《格萨尔》就是在藏族《格萨尔》的深刻影响下产生的一部以韵散体形式说唱的长篇史诗。

　　"土族《格萨尔》说唱"于 2005 年被列入"甘肃省非物质文化遗产名录",2006 年 6 月被列入"第一批国家级非物质文化遗产保护名录",2009 年再次被列入"联合国教科文组织世界人类非物质文化遗产保护名录"。

　　在国家力量的支持下,土族《格萨尔》的抢救、整理、翻译和研究工作已经有序地展开,计划出版以下三套系列丛书。

1. 资料系列丛书

　　由于历史上形成的土族只有语言没有文字及与藏民族的长期

深入的交往等原因,造成了土族《格萨尔》具有独特的说唱形式和内容。在说唱时,用藏语咏唱其韵文部分,韵律与行序都没有限制。然后,用土族语进行解释,但这种解释并非原文原样地照释藏语唱词,而是在解释藏语唱词的同时,又加述了许多具有土族古老文化特质的新的内容,起到了承上启下的作用。针对这一情况,笔者在整理土族《格萨尔》时,采用了国际音标记音的方法,将其完整、科学地记录,然后,用藏文和汉文对其唱词进行对译。土族只有语言而没有本民族文字,对土族语叙述的部分,先用国际音标记音,再用汉文逐词逐句地进行对译,最后再把藏语和土族语统一翻译成汉文。

这套资料系列丛书包括《虚空部》《创世部》《神子下凡部》《安邦兴国部》《大战魔国部1—4》《超同之死部》《大战里域部1—6》等共计30部,每部字数约在120万字。

2. 翻译系列丛书

这套翻译系列丛书是在土族《格萨尔》说唱原著的基础上翻译完成的,包括:《虚空部》《创世部》《神子下凡部》《安邦兴国部》《大战魔国部1—4》《超同之死部》《大战里域部1—6》等共计25部,每部约在25万字。等将来条件成熟时将它翻译成英、法、日、俄等国文字出版。

3. 研究系列丛书

这套系列丛书是在原著整理和翻译的基础上对土族《格萨尔》进行的研究,内容包括《土族的融合与形成》《鲜卑的起源与发展》《土族〈格萨尔〉语言研究》《土族〈格萨尔〉宗教研究》《土族〈格萨

尔〉民俗研究》《土族〈格萨尔〉音乐研究》《土族〈格萨尔〉军事研究》
《土族〈格萨尔〉地理研究》《土族〈格萨尔〉人物研究》《土族〈格萨
尔〉研究》等总计 10 部，每部字数约在 25 万字以上。

　　本书是研究系列丛书中的一本，也和土族《格萨尔》一样，是新
启动的一项工程，笔者计划将土族《格萨尔》的搜集、整理、翻译和
研究工作同时开展起来，使这部原生态的民间文学巨著得到理论
的提升和滋养，以便使更多的人了解土族《格萨尔》的历史价值。
我坚信在文化和旅游部、财政部、甘肃省文化和旅游厅、西北民族
大学等各级领导的支持下，我们一定会将土族《格萨尔》的所有部
本顺利完成并出版。同时，我也相信这三套系列丛书全部出版之
日，《格萨尔》的研究也将进入一个崭新的时代。

王国明

2019 年 10 月 16 日于西北民族大学

目　录

第一章

绪　　论

第一节　土族《格萨尔》史诗
产生的历史背景

一、土族的形成与发展

　　和任何一个民族一样,土族是经过了长期的历史发展而形成的,其间经过不断的变迁、组合和融合,是一个历史悠久而且勤劳勇敢的民族。虽然在史学界对土族的族源还有一些不同的观点,或者说不同的"声音"在争论,但到目前为止,绝大多数的学者都承认"吐谷浑"说的族源观点。实际上"吐谷浑说"的强势观点,并非以持这种观点的学者人数较多而取胜,而是土族的历史脉络就是以"吐谷浑说"为主延续下来的。

　　长期以来,青海互助、民和三川一带的土族中就有"霍尔"(hor)人是他们的祖先的传说。藏族称土族为"霍尔"。今互助土族自治县境内的合尔郡、合尔屯、合尔吉、贺尔川、霍尔观等村庄的名称,据说是因居住过"霍尔"人而留下来的。霍尔观据传是最古老的地名,村内还有城堡遗迹。民和县中川原有一座称为"霍尔灭西"的庙宇。天祝藏族自治县毛藏乡的毛藏寺,藏语名称为"霍尔秀恰贡",据说是一位霍尔大成就者转世之后居住过的地方,藏族民间又称"霍尔贡巴"(意为"霍尔的寺院")。始建于清顺治二年(1645)的天祝县旦马乡境内的下大水寺,藏语称"霍尔纳亥样贡"(意为霍尔地森林宽阔寺)。三世土观洛桑确却吉尼玛所著《章嘉国师若贝多吉传》(陈庆英、马连龙译)中说三世章嘉若贝多吉出生在"时称为'凉州四寺'之一的西莲花寺地方(今天祝县旦马乡细水河上游),上师的家族为霍尔人"。此时的"霍尔"已经是专指土族了。可见,"霍尔"人与土族有着极为密切的历史渊源关系。不仅如此,祁连山深处的凉州南山很早就是土族的聚居地了,而且现在也有不少的土族群众居住。其实,"霍尔"一词早在土族形成前就有了,最早是藏族对青海境内黄河以北的部分少数民族的通称,其中包括吐谷浑人,但后来则专指吐谷浑人了。在后来的藏文文献上对吐谷浑的称呼中"霍尔"与"阿夏"通用。"阿夏"则是吐谷浑名王阿柴的音译,也有的文献上称"霍尔"为"阿柴"(《宋书·鲜卑吐谷浑传》作"阿犲",《资治通鉴》作"阿柴",有译音无定字),因为这是吐蕃人依吐谷浑的传统,以父、祖名为族名的缘故。藏文文献《红史》中称吐谷浑为"霍尔赛"(黄霍尔)、《西藏王统记》在记述松赞干布求婚于唐朝的经过时,将吐谷浑称为"霍尔赛吐谷浑"。《新唐书·吐蕃传》《册府元龟》等古籍都有类似的记载。再联系《安多政教史》和《佑宁寺志》上称当地土人为"霍尔"人,可以看出古今"霍尔"所指虽不等同,但一脉相承的线索却是非常清晰的。

土族地区还有一个约定俗成的规矩,就是在这里不唱《格萨尔》,若是说唱了《格萨尔》,这里的山神、水神以及家神都会动怒。当然土族地区也不是禁绝了这一英雄史诗的流传,在民间仍有一部分艺人在说唱《格萨尔》,而且辈辈相传,不断地继承和完善,只是不太普遍,而且带着有所顾忌的心情,悄悄地传唱着。这种顾忌是源于有名的"霍岭大战",在这一战役中,以"霍尔"的失败而告终。《格萨尔》史诗中的"霍尔"就指的是土族的先民——吐谷浑。

土族主要源于吐谷浑,还可以从以下几个方面得到证明:

首先是地名上,今青海互助和大通的土族地区的十几个村庄土语叫"吐浑",汉语叫"土观"或"托红",都是"吐浑"的转音。这可能是因历史上居住过吐谷浑人而得名。青海省互助县佑宁寺名僧、一世土观罗藏拉卜旦生于互助吐浑村,"土观"的名号也因此而定,以后转世的这位活佛,不管生于何地,都以"土观"为号。可见,从地名上仍保留了吐谷浑与土族的历史渊源关系。

其次是语言,土族使用的语言属于阿尔泰语系蒙古语族。词汇有一半左右和蒙古语相近或相同,这是因为蒙古族的先民是室韦,吐谷浑为鲜卑之一支,而室韦和鲜卑都是东胡系统的民族,在语言上有同源关系,都属于东胡系统的民族语言。因此,吐谷浑语与蒙古语属同一语种。

此外还可从习俗、服饰、丧葬等方面看出土族与吐谷浑的历史渊源。

青海互助县的土族群众中有传说:"我们祖辈的老家在东北胡斯井地方,后来慢慢迁来,经过绥远省蒙古草地,来到了甘肃,才进了西宁府,落户到这里。"曾经居住在甘肃省天祝藏族自治县的著名土族《格萨尔》说唱艺人更登什嘉(笔者的父亲)也说:"我们的根在东边,是从内蒙古草原赶着牛羊来到青海的。"互助土族老人所说的"胡斯井"虽无迹查考,但老家从东北迁来这一说法符合吐谷浑西迁的史实;这一点与吐谷浑王国一段时期的疆域相吻合,而且也说明吐谷浑人从纯牧业民族转向半农半牧或者说农牧并重了。

吐谷浑西迁,在《北史·吐谷浑传》中有所记载:"吐谷浑遂从上陇,止于枹罕。自枹罕暨甘松,南界昂城、龙涸,从洮水西南极白兰,数千里中,逐水草,庐帐而居,以肉酪为粮。"在土族《格萨尔》①中则用大量的篇幅讲述了土族先民们从一个游牧民族转向半农半牧再到纯农业的发展过程。

土族这个族称是中华人民共和国成立后国家在识别民族工作的基础上确定的。但是在土族内部,各个聚居区的称谓或者是自称都是有所差异的。例如青海互助土族自治县、大通回族土族自治县、天祝藏族自治县的土族自称为"蒙古尔""蒙古尔孔""察汗蒙古尔"等;民和回族土族自治县的三川地区,土族自称为"土昆";甘肃省甘南卓尼勺哇土族,自称"土户家"。从土族不同的自称中我们不难看出,土族在历史上融合的不同民族成分较多,加之各聚居区比较封闭,形成不同的方言区和自称。

二、土族《格萨尔》的产生

史诗一般产生在人类社会发展的较早期阶段,即原始社会末期和奴隶社会初期。马克思称这一时期为"军事民制"时代,恩格斯称之为"英雄时代"。土族《格萨尔》的产生也符合这一民间文学产生和发展的普遍规律。

史诗和其他文学载体一样,其产生、发展绝不是一种孤立、偶然的现象,既不可能是某种绝对精神显现的结果,也不可能是某个创作天才臆想的产物,而是在一定的经济基础上产生的,受到一定的物质生产方式的制约。虽然史诗必然要受一定的社会意识形态的影响,但经济因素总是它的最终根源。它既是经济基础发展的结果,又适应了经济基础进一步发展的要求。史诗产生的时代及

---

① 王国明整理翻译,土族《格萨尔》说唱系列丛书·翻译系列《虚空部》,民族出版社,2013年;王国明整理翻译,土族《格萨尔》说唱系列丛书·翻译系列《创世部》,民族出版社,2013年。

其具体的社会历史条件有以下一些方面:

1. 人类首次战胜自然力的产物

在野蛮时代的初级阶段,原始初民刚刚脱离动物界来到世界上的时候,生产工具极端简陋,社会生产力非常低下,因此还不能把自己和自然界分开,也认识不到自己的力量所在,尚处于大自然的支配和压迫之下。风雨雷电,严寒酷暑,变幻莫测,这在那时对他们来说,则是一种异己的神秘的不可抗拒的力量,并时刻威胁着他们的生存和发展。他们虽有认识自然和改造自然的强大能力,但多半只能在想象中加以实现,以自身为依据,认为大自然像人一样有生命有意识,且受无所不能的神的主宰,把自然界的一切统统加以神话和人格化。

土族《格萨尔》史诗中,三位天神就是在这种万物有灵的思想支配下,创造了日月星辰、动物植物,甚至人类。在土族《格萨尔》创世神话中自始至终贯穿着这种思想。生产力的日益发展,又推动人类社会进入了英雄时代,开始了改造自然的伟大斗争,并取得了初步胜利,渐次认识到了自己的存在和力量,每次征服大自然的胜利,每件新工具的创造发明,都必然是对人的创造力量的肯定,对神的虚幻力量的否定,都标志着人的自我觉醒。作为反映人类生活和思想的镜子——文学创作,从内容到形式也随之发生了变化,英雄史诗的应运而生也是在情理之中了。

2. 史诗产生于艺术不发达的阶段

在"英雄时期"的这个历史阶段上还没有出现脑力劳动和体力劳动的明确分工,艺术生产与物质生产融为一体,部族的每一个成员参加体力劳动,亲手生产自己所需要的一切生活用品,但同时又都是"诗人",都能用口头诗歌的形式反映自己的生活,表现素朴的民族意识。这就是说在这一个时期还没有出现独立的个体创作,没有专业诗人。这就不可能因分工而导致个人的片面而畸形的发展,不可能出现劳动者因发展他的局部技能而牺牲更多的才智。集"诗人"与"物质生产劳动者"于一身的状况,使得他们固有的创造才能得以充分发挥,足以创造出光辉灿烂的史诗作品。但它本质上只不过是人们的集体思维的特殊表现形态,是对世界的综合认识。这种情况也就决定了包罗万象的史诗体裁只能产生在艺术发展的早期阶段。

3. 史诗的产生以民族的开始为前提

史诗只能产生在一个民族已经从混乱状态中觉醒过来并有力量去创造自己的世界的时代,并由民族生活的活力来决定的。从中外著名史诗来看,史诗所表现的并不是某个人的狭义行为,而常常是一个民族全体的"素朴的意识",是与民族的命运有关的重大历史事件和人物。史诗的产生必须以民族的开始形成为前提。

民族是一个社会历史的范畴,伴随产生、发展和消亡的过程。每一个民族都只是在人们社会生活的一定阶段上形成的,并且是社会物质生产发展的必然结果。而那些使得一个民族不同于另外一个民族的民族精神也同样是在该民族的自然环境和社会生活的影响下历史地被确定下来的。纵观土族的发展延续,史诗迎合着这个民族崛起发展的历史进程,生活在那个时期首先出现的民族共同体中的人们迫切需要一种能够表现自己民族精神,记叙自己历史经验的新的大型艺术样式,这就有力地促进了史诗的产生。史诗便是一个民族在它刚刚崛起时的产物,它伴随着民族的历史一同生长,并以一种特殊的形式直接或间接地反映着该民族的历史发展过程,成为该民族人民引以为荣的古老神圣的民族"根谱"。

每一个民族,在其最初形成和发展的过程中必然会碰到一些重大的阻力和困难,经历许多复杂的矛盾和斗争。特别是以掠夺其他部族财富为目的的战争取代了先前的血缘复仇,并"成为一正常的营生"。那时谁最勇敢善战,谁就可以担当首领,谁就会拥有最多的财富和最大的权力。在这种频繁的战争中,有的部族因斗争胜利而变得更加强大,有的部族因遭受重大的挫折而走向衰亡。因为这种部族之间的战争的成败常常关系到一个民族的存亡和该民族每一个成员的命运。对自己的民族的生存发展是否有利便成了当时衡量是非的标准,为了部族的利益而能征善战就被视为至高无上的美德,战争的胜利成了全民族值得回忆的光荣。记录某一民族的形成及其光荣业绩,歌颂为全民族所热爱的民族英雄,这是建立在幻想和想象基础上篇什短小的神话故事所不能胜任的,这只能期待于长于记事和描绘英雄业绩的史诗。

另外,个人理想和民族理想还没有分离开来。社会的民族理想既得到普遍的尊重,每个人都要对整个民族负责,但每个人又都是独立自由的,既有民族共同的理想,又有个人行动的完全自由。土族《格萨尔》中,天王神、财宝神、龙王神在做出一切重大决策的时候都要煨桑敬神,召集将领,祈求祷告,取得吉兆等,每逢决策时刻到来的时候,都会把从未敲过的皮鼓敲一敲,把从未吹过的海螺吹一吹,把从未挂过的唐卡挂一挂。阿朗恰干是阿朗部的首领,但在重大问题上必须参考其他几位阿朗部英雄的意见,每一个跟随他的人都出于自愿,都有发言权,他们在大小事务中直接参与共事,只有这样的社会条件下才能有作为史诗寄托的统一的民族精神和民族的情感。土族《格萨尔》里阿朗部的一切重大问题,都要经过部落大会充分协商,共同做出决定。在许多《格萨尔》分部本中,都有关于部落大会的生动描写,所有这些,都是氏族社会和部落社会的重要标志。可见,社会的这种全民性的特质也就决定了史诗只能产生于民族内部尚未分化的时期。

《格萨尔》史诗情况较为复杂。以格萨尔为首的岭国既像古希腊城邦一样,保持召集众英雄聚会议事、选贤举能的原始遗风,又有了贵族与平民的区分,出现了封建的世袭制。

土族《格萨尔》的整个故事轮廓和主人公与藏族《格萨尔》相似,讲述了格萨尔投胎人间,从天界的一位神子变身为人间少年,逐步成长为受人爱戴的部落首领,带领民众过上安居乐业、丰衣足食的生活,涵盖了从原始生活到畜牧和农耕的过程。史诗中生死博斗的场面也生动反映了正义力量和邪恶力量的较量,以及氏族部落之间的战争等。

土族历史上在吐谷浑时期,吐谷浑部族与周边的一些民族之间的战争比较频繁,并一度十分强势,同时也经历了迁徙、衰落等过程。在明、清时代,土族的统治形式是以土司为代表的封建领主势力对广大土族人民的专制,残酷异常的剥削和压迫引起了土族人民对现实社会的强烈不满和反抗情绪,人们渴望安宁的幸福生活和自由,渴望诞生一位能够除暴安良、铲除人间不平的非凡的民族英雄。土族《格萨尔》正是表达了土族人民的这种渴望和生活理想。土族《格萨尔》故事中的主人公既有人性也有神性,很好地表达了土族人民的这种生活的愿景。

土族《格萨尔》的产生,除了以上这种客观内在的因素之外,还有人文、地理等其他因素。土族人民的不断迁徙,长期与其他民族的杂居融合,使得土族《格萨尔》从一开始就具备了多元的思想内涵,受藏、蒙、汉等兄弟民族的信仰影响在史诗中都可以寻得踪影。特别是藏族《格萨尔》史诗,它与土族《格萨尔》更是一衣带水的关系,藏传佛教格鲁派传入土族地区后,土族信教群众纷纷皈依该门派之下,建起了不少土族寺庙,土族僧侣不断增加,逐步形成了包括活佛、喇嘛在内的宗教文化群体。他们根据藏文手抄本,把藏族史诗《格萨尔王传》经过口头翻译之后讲述给土族群众。于是,在土族群众中就开始流传关于格萨尔的故事。当它在土族群众中的流传形成较大规模时,故事的情节结构和艺术形式也就逐渐开始产生了变异,同时也增加了许多具有本民族文化特质的新的内容,逐步形成了现在这样的用土族语与藏语以韵散结合体形式说唱的土族《格萨尔》。

三、土、藏《格萨尔》的源流关系

关于土族《格萨尔》的来源,目前学界的说法比较一致,"土族《格萨尔》可以说是藏族《格萨尔王传》故事基础上再创作的产物,是借助新的艺术土壤开放出来的艺术之花。"①在《格萨尔文库》第三卷《土族〈格萨尔〉》上册(王兴先、王国明编)的"解题研究"中这样论述道:"由于基于上述认识,在我们调查和研究流传在土族、裕固族地区的《格萨尔》之后,又提出了蒙古族《格萨尔》、土族《格萨尔》、裕固族《格萨尔》等三者的关系是真正的'同源分流'的关系,藏族《格萨尔》是源,蒙古族、土族、裕固族《格萨尔》是流的观点。我们之所以把流传在土族群众中的《格萨尔》称之为'土族《格萨尔》',一是确有说唱《格萨尔》的土族艺人;二是他们说唱的《格萨尔》具有本民族的文化特质;三是说唱的故事内容及其叙事情节也有很多地方与藏族《格萨尔》不同,有些则完全不同;四是描述战争也不像藏族《格萨尔》中那样敌对双方正面交战,杀得你死我活,而只是描绘出征的艰辛和征途之所见;五是故事中出场的有名有姓的人物和神灵比较少,没有藏族《格萨尔》中那样众多繁杂和宏伟场面;六是语言更为质朴,至于唱词多是藏语,这是有其历史缘由的。"②

杨恩洪研究员对土族《格萨尔》源于藏族《格萨尔》的理由论述

---

① 马光星:《土族文学史》,青海人民出版社,1999年。
② 王兴先、王国明:《格萨尔文库》第三卷《解题研究》,甘肃民族出版社,1996年。

得更具体、更具说服力。

土族语言虽属阿尔泰语系，与蒙古语有不少相似相通之处，然而土族地区流传的《格萨尔》却很少有蒙古族的特点，相反，具有较为明显的藏族特点，这无论从其故事情节、语言、说唱形式及曲调等方面，都可以找到其源于藏族《格萨尔》的例证。

土族《格萨尔》的诞生篇与藏族的天界篇、诞生部、贵德本及蒙古族的北京版及青海本在故事的主要脉络上比较接近，但是，由于北京版及青海本具有明显的蒙古史诗的成分，使得这一史诗具有鲜明的蒙古族特色，而有别于藏族史诗。相比之下，土族《格萨尔》的诞生篇在故事情节上更接近藏族的诞生部及贵德本，这里不再赘述。

其次，在语言上，《格萨尔》虽然长期在土族地区流传，被打上了土族特色的烙印，但是剥去这些已经变异了的外壳，尚可寻到不少具有藏族特色的语言内核。藏族民间文学的一个主要特征就是比喻，这与他们所生活的高原雪山、草原这一独特的地理环境分不开。生活在这一宽广视野及雄浑气势之中，他们的形象思维尤其发达，而其赖以思维的形象又都是这得天独厚的高原风貌和牧区生活。这一特点在藏族《格萨尔》中有着明显的体现。在土族《格萨尔》中，这一特征也是极为突出的。比如，他们形容生活富足，年成好时，多次运用了"酥油上滑倒的富裕年份"这一具有藏族特色的比喻。形容天上卦师瘦小得如大拇指，而卦具却像一具山羊尸体那么大。又如，岭国（阿朗部）下了九尺厚的大雪，超同教给部下开路的办法：先赶牛，后赶马，最后赶羊，路就开了（这里的牛是指高原所特有的最能耐寒的牦牛）。诸如此类，不一一列举。从中我们不仅可以看出其语言的生动形象，同时，从酥油、山羊尸体以及那独特的用牲畜破雪开路的办法，可以窥见藏族牧区所特有的高原风光及游牧生活。

　　此外,土族《格萨尔》中使用的人名、地名,都与藏族史诗中的名称接近,虽然在流传中,产生音变,但仍依稀可辨。如阿卡超同、格萨尔其父桑当、其母冈结、三个妃子:桑赞珠牡、巴桑木吉、阿斗拉姆;地名如查吾郎、郎色柔其卡等。

　　在说唱形式上,与藏族的相同之处更为明显。"蒙古族《格斯尔》说唱艺人朝尔齐是'以马头琴伴奏着说唱',而藏族说唱艺人一般不用乐器伴奏,在这一点上土族艺人与藏族艺人相同。此外,从其韵文、散文所占的比例上也可以看出其相似性来,蒙文《格斯尔》道白即散文很少,多以韵文为主,而藏族及土族《格萨尔》均为韵散结合体,特别是土族《格萨尔》的韵文部分所用语言就是藏语,所以,土族《格萨尔》源于藏族《格萨尔》是显而易见的。"①

　　王兴先研究员在《解析土族〈格萨尔〉源于藏族格萨尔的事实依据》一文中也翔实地论述了这一观点。但他明确指出"我们说土族《格萨尔》源于藏族《格萨尔》,这并不等于土族《格萨尔》就是藏族《格萨尔》,土族《格萨尔》仍然是一部独具本民族文化特质的优秀史诗。"②

　　诚然,专家学者们的这种考证是很有意义的,土族《格萨尔》源自藏族《格萨尔》,也有很有力的证据,这一点至少在目前是可信的。但是,土族《格萨尔》源于藏族《格萨尔》,却不是完全的复制和重复,除一些地名、人物名和故事情节有相似之处之外,大部分内容仍然是属于土族历史文化范畴的,具有鲜明的土族历史文化特质,这·点也是无可置疑。因此,笔者认为,土族《格萨尔》源于藏族《格萨尔》的文化界定应该是清楚的,土族《格萨尔》从历史文化的角度出发可分为两个大的方面,即创世神话和英雄史诗两大

---

　　①　杨恩洪:《土族地区流传之〈格萨尔王传〉探微》,《格萨尔研究》集刊第3集。
　　②　王兴先:《解析土族〈格萨尔〉源于藏族〈格萨尔〉史诗的事实依据》,《西北民族大学学报》2007年第6期,第100页。

部分：前一部分纯粹属于土族神话，与藏族《格萨尔》无关，后一部分才是借助藏族《格萨尔》的故事框架阐述土族历史文化和反映土族人民生活和愿望的。如果我们把土族《格萨尔》源于藏族《格萨尔》的源流关系作如此明确的分解或界定就比较客观，决不能含糊其词地一概而论。土族《格萨尔》之所以是土族的，就是由于土族的这些历史文化内涵决定了它的民族属性，而非一些点滴的文化生活勉强使其成为土族的。以上观点，有待学界进一步考证和研究。

第二节　土族《格萨尔》史诗的主要内容

一、土族《格萨尔》的流布范围

　　我国的土族主要分布在青海互助、民和县及甘肃天祝藏族自治县，在甘肃的卓尼、肃南、永登等县也有少量分布。据王兴先教授1986—1995年连续多年的调查，土族《格萨尔》的蕴藏量继藏族《格萨尔》和蒙古族《格斯尔》之后居第三位，它不仅数量多，而且其内容极为独特，比如其中的《阿布朗创世史》是将土族的创世传说融入了史诗中，表现了一种极为可贵的文化创造精神。

　　甘肃省土族中流传的《格萨尔》主要有"阿布朗创世史""超同毁业史""格萨尔诞生史""魔岭大战史""霍岭大战史"等8部分。说唱艺人在20世纪90年代尚有两三位，到了2000年之后，就仅剩一位艺人在世。2016年，著名的土族《格萨尔》说唱艺人更登什加（王永福）的逝世令人扼腕，此后再也未能找到能够说唱土族《格萨尔》的艺人，王永福艺人的说唱很可能就是土族《格萨尔》的绝响了。土族《格萨尔》的主要分布区域在今甘肃省武威市天祝藏族自治县及其周边地区,比较集中的区域为天祝县的朱岔、天堂、石门三乡镇。本研究就以在甘肃省天祝地区流传的土族《格萨尔》为例。

天祝藏族自治县位于甘肃中部,祁连山东端,系河西走廊门户,东经 102′07—103′46、北纬 36′31—37′55 之间。南接永登县,东靠景泰县,北邻武威市和古浪县,西北与肃南县接壤,西与青海省的门源、互助县、海东市乐都区毗邻。东西宽 142.6 公里,南北长 158.4 公里,总面积 7 000 多平方公里,海拔 2 080—4 874 米之间。属甘肃省武威地区,县人民政府驻地华藏寺镇,东南距省会兰州 144 公里,西北距武威市 132 公里,是全国第一个少数民族自治县。兰新铁路、312 国道和西乌通讯光缆横穿县城。耕地面积36.76万亩,草原面积 587 万亩,森林面积 346 万亩。人口 22.67 万人,其中少数民族占全县人口的 33.4%,土族占全县人口的 5.1%。

二、土族《格萨尔》的翻译整理

由于历史上形成的土族只有语言,没有文字及与藏民族的长期深入的交往等原因,造成了土族《格萨尔》独特的说唱形式和内容。在说唱时,用藏语咏唱其韵文部分,韵律与行序都没有限制。然后,用土族语进行解释,但这种解释并非原文原样地照释藏语唱词,而是在解释了藏语唱词的同时,又加述了许多具有土族古老文化特质的新的内容,起到了承上启下的作用。针对这一情况,我们在整理土族《格萨尔》时,就采用了国际音标记音的方法,将其完整、科学地记录,然后,用藏文和汉文对其唱词进行对译。对土族语叙述的部分,先用国际音标记音,再用汉文逐词逐句地进行对译,最后再把藏语和土族语统一翻译成汉文。在这一过程中,我们始终要保持其资料的原始性和科学性。这样既显现了土族《格萨尔》是多民族文化交流的产物，又突出了浓郁的土族文化特色，它不仅体现出了藏族《格萨尔》深厚的文化底蕴对其他民族的深刻影响，而且进一步充实和丰富了藏族《格萨尔》，这也反映了土族人民在吸收其他民族优秀文化时的创造精神。

1. 土族《格萨尔》的搜集

土族《格萨尔》资料的搜集仍是所有工作中的重中之重。而且，资料的搜集应是多方面的，包括笔录、录音、照相、摄影、实物的保存等。

众所周知，《格萨尔》的研究意味着要做大量的田野作业(field work)。传统的田野作业的方法是用笔和纸。我国著名的民俗学家段宝林先生说："郑祖荫、刘天华还记录、研究'北平之叫卖声'，和苏州、北京的婚丧音乐……语言组赵元任负责，用科学方法在广东记录歌谣197首，其中90首用蓄音器进行录音，其余也以国际音标进行记录……"从中我们可以看出，用"蓄音器"采录歌谣，在当时我国的民俗考察中实属少见，更多的民俗调查者是连"叫卖声"也只能用笔记录。传统的民俗调查方法的缺陷是显而易见的，人们只能从文字的字里行间中得到某种信息，而更多的信息，如声音、语调、人物、动作、场面等等就不得而知了。随着时间的流逝，这些民俗事象有的改变很多，有的或许面目全非，有的或许就不复存在了。试想早在一百年、一千年或更早些有录音机、摄像机等现代化设备，今天的《格萨尔》研究将会是一个什么样的景象。2000年7月至8月，笔者调查过普米族、纳西族、彝族和白族等，调查的结果是"过去还有艺人在传唱《格萨尔》，但现在已经失传"，流传在这些民族当中的《格萨尔》就这样悄然无声地流逝了，而未能将其较全面、完整地记录下来，这不但是《格萨尔》研究工作者的一大遗憾，更是人类文化遗产的一种遗失。

土族《格萨尔》也面临着同样的命运。王永福在世时,是当时已知的唯一一位能说唱长篇土族《格萨尔》史诗的民间艺人。多年来只能由艺人家族中的有识之士断断续续收集整理出了少量的原始资料,让世人窥见了土族《格萨尔》史诗的独特魅力。"土族《格萨尔》"2006年被列入"第一批国家级非物质文化遗产名录"、2009年被联合国教科文组织列入"世界非物质文化遗产代表作名录",才开始了抢救式发掘与整理,老人体弱多病,给搜集、录音带来了极大的不便,但为了尽早地完成这项工作,老人不顾年迈多病、密切配合、细心录音。完成录音实际上挽救了土族《格萨尔》消失流逝的命运。

与此同时,我们应该充分利用现代高科技技术,如:高品质摄录设备、数字化应用软件,以及数据库、数字博物馆、网络资源等都应该运用到《格萨尔》资料的搜集和研究中来。这些设备和技术,会给《格萨尔》的研究注入新的生机,使资料更加全面、质量更加牢靠。虽然这时搜集的资料仍有许多缺憾和不足之处,但有声、有形,它给人们展现的资料形象直观、声形并茂。这种搜集《格萨尔》资料的方式,不仅将《格萨尔》按"原貌"记录下来,同时又按"原貌"将其立体地传播给人们。这对于研究当时的社会形态、民族生存环境、特殊的民风民俗等具有何等重要的作用。它不仅保存了珍贵的资料,而且具有极大的学术研究价值,真正起到了"凝固历史"的作用。所以,我们不仅要用传统的方法——笔和纸,还要用现代化的方法,掌握和利用现代化的设备、仪器,多方面、多角度、多手段地进行研究。

同时,还要注重实物的保存,比如艺人们使用过的法器、穿戴过的衣帽等都具有保存价值。

2. 土族《格萨尔》的整理

针对藏语咏唱其韵文部分、用土族语解释唱词的情况,笔者在整理土族《格萨尔》时,就采用了国际音标记音的方法,将其完整、科学地记录,然后,用藏文和汉文对其唱词进行对译。对土族语叙述的部分,先用国际音标记音,再用汉文逐词逐句地进行对译,最后再把藏语和土族语统一翻译成汉文。在这一过程中,我们始终遵循一个宗旨,就是保持其资料的原始性和科学性。这样既显现了土族《格萨尔》是多民族文化交流的产物,又突出了浓郁的土族文化特色。土族《格萨尔》不仅体现出了藏族《格萨尔》深厚的文化底蕴对其他民族的深刻影响,而且它以独特的内容和形式展现在人们的面前,进一步充实和丰富了藏族《格萨尔》。

三、土族《格萨尔》的主要内容

土族《格萨尔》的内容极其丰富,正如黄布凡教授在土族《格萨尔》上册序言中所说的那样:"王兴先、王国明二位同志的土族《格萨尔》一书终于面世了。这是一部很有特色、很有价值的记录和研究史诗的著作。其特色表现在以下三个方面:1. 它是在土族地区流传的,由土族民间艺人说唱的《格萨尔》;2. 在语言上,它是用土族语和藏语分别说、唱散文和韵文的《格萨尔》;3. 在内容上,它是与藏区流传的《格萨尔》有诸多情节不同,带有土族自己文化特色的《格萨尔》。它的价值不仅仅反映了藏族英雄史诗流传范围之广,影响之大,是研究藏族《格萨尔》在不同地区的变体的重要资料,也是研究土族人民的历史、社会、民俗、文学和语言的珍贵资料。土族《格萨尔》是藏、土两族人民文化交融的结晶,是土族人民的宝贵文化遗产。"①罗伯尔·阿马庸在《多米尼克·施罗德得自

---

① 黄布凡序言:《格萨尔文库》第三卷土族《格萨尔》上册,甘肃民族出版社,1996年。

安多的土族〈格斯尔史诗〉》一文中也说："土族人自认他们拥有的史诗原文最长（然而，在所搜集到的原文中缺最后三分之一部分）。不管怎么说，他们拥有的原文无疑最完整地叙述了格斯尔降生前天地间的'史前'事件。"①

的确如此，土族《格萨尔》的史诗内容中有很多是新颖而独创的，这在其他民族的《格萨尔》版本中是没有的。就目前已见诸文字的土族《格萨尔》和土族地区流传的《格萨尔》内容，主要有天界篇、诞生篇、降魔篇与珠牡成婚篇、赛马成王篇和霍岭大战篇；或阿布朗创世史、超同毁业史、格萨尔诞生史、堆岭大战史、霍岭大战史、姜岭大战史、嘉岭大战史、安定三界史等八个部分。它们讲述的故事情节大同小异，此处不再赘述。本文特别强调的是土族《格萨尔》中的《虚空部》（约 20 万字）②的内容更加奇特，甚至可以说这部分内容只有在一些少数民族的创世神话中有类似的遗存，但都没有土族《格萨尔》中表述得详细和完整。土族《格萨尔》这一部分内容，实际就是一部完整的万物起源史和创造史。

概括地说，土族《格萨尔》的内容可以划分为两大块，即创世神话和英雄史诗两大部分。其中前一部分是土族《格萨尔》中独有的，它反映了土族先祖们的原始创世生活以及对世界万物的最初认识，具有很高的史学研究价值；后一部分的主要内容和故事情节与藏、蒙民族的《格萨尔》相近。

土族《格萨尔》中的第一部分"创世神话"形成了独立的思想体系，无论在施罗德收集的《土族格斯尔》中、王兴先老师发掘的"阿布朗创世史"中，还是在王永福艺人说唱的土族《格萨尔》中，都反

---

① （法）罗伯尔·阿马庸著：《多米尼克·施罗德得自安多的土族〈格斯尔史诗〉》，《格萨尔学集成》第二卷，甘肃民族出版社，1990 年，第 948 页。
② 王国明整理翻译，土族《格萨尔》说唱系列丛书·翻译系列《虚空部》，民族出版社，2013 年。

映出了土族先祖们原始的生活标志,吃野果、狩猎、住窑洞,身上裹树枝或兽皮等,都是这种原始生活的具体写照。而在王永福艺人说唱的"格萨尔"中,神创造万物的创世神话描述得更具体、更真实,也更伟大。通过了解土族《格萨尔》中的创世神话,我们就知道土族《格萨尔》更为独特和更加合理的一面,宇宙是怎么形成的,人类是怎么被创造出来的,万物是怎么起源的,这一切不仅仅是之后合理续接的"英雄史诗"的前奏,而且是在土族《格萨尔》中最具分量的部分,因为它是土族先祖最原始的宇宙观、人类观、宗教观、语言观以及万物起源观的集中体现,是人类最古老的思想认识之一。

　　土族《格萨尔》的第二部分是"英雄史诗",说的就是"阿朗"部落的起源以及部落内部的权力之争和周边各部落(国)之间的战争过程:老可汗阿朗恰干年高退位,想推选一个接班人接替汗位,结果被代表恶势力的阿古加党买通了卦师作了弊,夺得了汗位。他性格懦弱、挥霍无度、连年战争,把阿朗部落的老百姓弄得痛苦不堪。在这种时候,老可汗出马到天界,求得下部龙王神的三太子降生阿朗部落,他就是后来的"格萨尔"。他是上天派到人间救苦救难的英雄,他一出生,就遭到了叔叔阿古加党的迫害,但聪明又神奇的"格萨尔"小小年纪就能战胜阿古加党的各种阴谋。最终,格萨尔战胜了阿古加党,夺回了老可汗的政权,并且征服了周边的一些小国,缓解了与周边部族的关系,阿朗部落的老百姓又过上了平静的幸福生活。看得出,土族《格萨尔》第二部分的"英雄史诗"部分,与藏、蒙"格萨尔"的故事情节大致相近,不同的只是在土族《格萨尔》中增加了很多土族风俗和历史文化内容,这就使土族《格萨尔》更具有了本民族独特的说唱风格,形成了土族人民喜爱的自己民族的"格萨尔"。

四、创世神话的发现

在这里需要说明的是,已经出版的土族《格萨尔》上册之前还有一部分内容尤为珍贵。当时录音时,由于没有向艺人王永福说明要将《格萨尔》从头唱起,而只是要求他说唱《格萨尔》,这样艺人在说唱时误认为只唱格萨尔,于是,他就从格萨尔诞生时的故事唱起。当土族《格萨尔》上册和中册出版以后,笔者回家准备录制土族《格萨尔》下册的内容时,向父亲"王永福"问起土族《格萨尔》中的阿朗恰干在格萨尔诞生时,就已经是九百九十岁高龄了,那么,在格萨尔未诞生之前朗(岭)部落的情况如何时,父亲这才讲起了日月星辰、原始人类以及南赡部洲和其他各部洲的形成过程。当时笔者又惊又喜,这部分内容是土族《格萨尔》中最具有土族本民族文化特色的部分,它详细地描写了三位天神创世的史诗部分。

这部分内容在其他民族的《格萨尔》中尚未看到过。它的发现,不仅为土族《格萨尔》增添了丰富的内容,而且为研究土族《格萨尔》乃至其他民族的《格萨尔》拓展了新的领域。同时这也说明土族拥有属于自己民族的独特的创世神话。

此后,笔者便马上开始录制差一点被遗失了的这部分的内容。从已经完成的内容《虚空部》(约22万字)和《创世部》(约30万字)的翻译稿来看,土族《格萨尔》含有大量的创世神话的成分。

土族《格萨尔》中的《虚空部》和《创世部》是最具有本民族文化特质的部分。这部分内容详细描写了上部天王神、中部财宝神和下部龙王神不厌其烦地创造万事万物的过程:最初,外部宇宙是一片无边无际的虚空,整个地球处于一片哑然和静态的汪洋之中。三位天神和众神灵齐心协力,历尽艰辛,以神兽"鲁赞"的身体为依托,造成了大地。大陆形成之初,仍是黑暗之地。天神们商量用珍贵的元素造出日月星辰以及原始人类,又用神奇的宝物和奇妙的方法让世界建立起一种趋于合理的秩序。在此基础上，阿朗部"五英雄"——诞生，他们是去治理阿朗部地方和阿朗部的人类的，人类的世俗社会逐步形成。人们学会了农业生产和日常生活的本领，繁衍生息，直到过上安定团结、丰衣足食、人丁兴旺、牛羊满圈的富裕生活。

这部分内容从本源上首先解决了宇宙万物和人类的由来，然后进一步延伸出"英雄史诗"部分。仅从土族《格萨尔》创世神话的这一思想体系而言，它是迄今的《格萨尔》史诗中独一无二的，显得更符合逻辑、更深沉，更具韵味和心灵的震撼力。

第三节　土族《格萨尔》的研究历程

土族历史的久暂与土族族源的主流学说，不是哪个人一厢情愿的界定，也不可能凭借大众或"强词夺理"的蛮横行为来确定，它是靠文献和本民族的历史事实来证明才能确认的，土族《格萨尔》的发现就为这一说法提供了最有力的史实依据。

土族《格萨尔》的发现、发掘整理与研究，大致经历了这样三个大的发展阶段。

一、第一阶段

第一阶段（1948—1985）：为国外学者发掘土族《阿克隆格萨尔》时期。这一时期是土族《格萨尔》第一次被族外学者发现，第一个发现、发掘和整理、出版的学者是德国的多米尼克·施罗德。

施罗德发现和发掘土族《格萨尔》与西方在中国的传教活动直接相关。西方的天主教又称罗马公教和加特力教。根据史书记

载,早在唐太宗时期,天主教中的聂斯多利派就在长安一带流传,
当时我国的宗教界称之为"景教"。元、明、清三朝"景教"陆续传入
中国。传教士多米尼克·施罗德(Dominique Schroder)在清末宣
统二年(1910年)进入青海开展传教活动,直到1949年才离开。
其间,他在广泛传教和到处建立天主教堂的同时,于1948年11月
25日至1949年6月30日,通过德国传教士孟明道(住互助沙塘川
甘家堡天主教堂),在天主教徒李发信(甘家堡人)的陪同下,收集
整理了东山地区土族、土藏语言的一部分"专篇格萨尔传说"。根
据施罗德的研究者瓦尔特·海希西撰文介绍,施罗德根据47岁的
土族歌手官布加(东山人,又名画匠)的说唱并口述,再在官布加的
岳父、67岁的依夫拉(又名尕先生)的监督下记录了长达241页、
12000行土族《格萨尔》史诗。其中只有头2 350行诗文配有多米
尼克·施罗德的德语初译本,其余的9 650行诗文没有译本。这
部长达12000行的史诗记录稿不包括"格萨尔传说"的全部版本,
尚缺二分之一。多米尼克·施罗德回国后,整理出《格萨尔传说》
的头两卷,分别于1959年和1970年用德文出版。1975年12月
25日多米尼克·施罗德因病去世,他计划出版的《格萨尔传说》第
三卷被束之高阁,未能面世。但是施罗德收集整理的土族、土藏混
合语系的"格萨尔史诗"的口头传说,对于今天越来越受到重视的
中亚史说的研究,尤其对于史说题材的移植具有特殊意义,德国波
恩大学特别研究小组史说小组在《亚洲研究》上发表了他遗留下的
"格萨尔汗史"记录稿,他的全部手稿在德国影印出版。[①]

　　如果说第一个发现了土族《格萨尔》的族外人士是传教士多米
尼克·施罗德的话,那么第一个把施罗德的《阿克隆格萨尔》译成
汉文的人是青海师范大学的李克郁教授。

---

　　① 《互助土族自治县文史资料》,第二辑。

　　李克郁教授在《土族格赛尔》"译者的话"中说："1983 年我在参加内蒙古大学蒙古语文研究所召开的审稿会议上,拜访了老师清格尔泰教授,并从他那里得到施罗德的《阿克隆格萨尔》版本的复印件,开始了翻译整理工作。其翻译整理的工作是非常艰难的,我首先将原文译成土文,补充不完整的句子,衔接和调整错乱的句子,然后再把整理好的土文译成汉文。"①李克郁教授的这一翻译或"还原"工作非常不易,在几种语言的游历中又将"土族《格萨尔》"的故事还原到了原初。1994 年,46 万字的汉译本《土族格赛尔》终于面世了。至此,土族有了第一本汉译的《土族格赛尔》。一代一代口传的"土族《格萨尔》"终于有了文字的版本。应该说这是土族《格萨尔》被发现、发掘和整理出版的一个良好的开端,但也是一种历史的遗憾,正如杨恩洪教授在"土族地区流传之《格萨尔王传》探微"一文中所感慨的那样:"事过 38 年,我们才把视线转移到土族地区,开始进行调查,应该说这是晚得不能再晚的事情了。"②在有了第一阶段的奠基性工作,之后更加深入地发现、发掘和整理研究就有了坚实的基础。

　　当然,在第一阶段,土族《格萨尔》被发现、发掘、整理出版并译成汉文,这个漫长的过程给我们留下了意味深长的思考:第一,土族《格萨尔》最先是国外学者发现的,而非本国学者的成果。这一点除了当时的社会历史环境较差之外,我们没有更多的理由来推卸责任,甚至我们对这种"中国的原材料"被外国人发现、发掘然后再"返销"到中国的历史文化现象应该予以认真严肃的思考。由此推知,上述的现象不止发生在土族《格萨尔》的发现过程中,在中国的历史文化发掘中这种情况也非常普遍。第二,到了 20 世纪 80

---

① （德）施罗德记录,李克郁译:《土族格赛尔》,青海人民出版社,1994 年。
② 杨恩洪:《土族地区流传之〈格萨尔王传〉探微》,《格萨尔研究》集刊第 3 集。

年代,由国外学者发现、发掘和整理的土族《格萨尔》已经翻译成了汉文本,直到这时,学界的一些"专家"们还不肯承认土族竟然会有"格萨尔",这种封闭、狭隘和饱含民族偏见的社会现象反映到学术界,不更值得我们深思吗? 是什么导致和形成了中国"格学"界的这种学术风气的呢?

二、第二阶段

第二阶段(1985—2005):为我国学者搜集、发掘和整理出版土族《格萨尔》时期。这一时期的主要学术成果是我国一些知名学者竭力寻找、发现和发掘现有"土族《格萨尔》"传人的流传成果,抢救了"土族《格萨尔》"这一优秀的历史文化,并将其成果付诸出版。特点是在"格学"界,包括在社会科学的其他领域中,逐渐接受了土族《格萨尔》,并且认识到"土族《格萨尔》"独有的历史文化价值,这对今后的进一步发掘、整理出版和研究工作具有十分深远的历史意义。

第二阶段的工作和主要学术成果表现在这样几个方面:

1. 杨恩洪研究员的调查

20世纪80年代时,据说在青海省互助土族自治县,有四位艺人分别居住在土族群众密集的东山乡、威远镇还有丹麻乡的四个村庄里。1986年6月25日至7月3日,杨恩洪研究员不辞辛劳,跋山涉水采访了这些艺人,并对其中两位艺人的说唱进行录音。这次调查行动采集了宝贵的声音资料,收集到许多和格萨尔有关的风物传说,同样成为我们现在研究土族《格萨尔》的宝贵资料。

杨恩洪老师在《土族地区流传之〈格萨尔王传〉探微》一文中写道:"解放前,《格萨尔》在土族地区曾广为流传。我所见到的六七十岁以上的土族老人,没有不知道《格萨尔》的,他们或直接听艺人说唱,或可以讲述有关的风物传说,甚至还可以介绍曾经活跃在当地的艺人情况,威远镇郊区小寺村83岁的土族老人祁德向我介绍说:'解放前,我曾听过不少艺人说唱《格萨尔》,其中有四个人给我留下深刻的印象,象黑庄的玄巴、纳家村的裁缝、唐拉的一个艺人(名字已说不上来)和巴扎的祁有孩。'其实祁德老人本身就是一位造诣颇深的民间歌手。土族艺人李生全说:'解放前这里的人们非常爱听《格萨尔》,他们经常是通宵达旦地说唱,而唱者和听者却不知疲倦,甚至可以唱上几天几夜。土族没有文字,唯凭借他们惊人的记忆力。'互助县委的一位土族干部说:'我的爷爷一、二、三、四都不识,却可以唱很多《格萨尔》,他只要听别人唱上两遍,就可以学会。'在东山一带,凡是上了40岁的人,一提到贡布和旦嘎两位艺人,就有说不完的话,因为这两位艺人曾活跃在这一带,他们以动人的说唱拨动了千百人的心弦。"

根据不少老人提供的线索,以及现仍健在的艺人介绍,均证实了解放前这一地区曾广泛流传着《格萨尔》,虽然它不及土族的赞歌、婚礼歌那样紧密地贯穿于人们的生活之中,但土族人民对格萨尔的崇拜之情,充分表明史诗已成为土族人民精神生活中的一个组成部分。

此外,土族地区除有不少艺人在说唱《格萨尔》外,在民间尚有不少关于格萨尔的风物传说。在这些传说中,格萨尔被尊崇为神,像格萨尔的拴马桩、坐印石和饮战马的地方;格萨尔征战之后,休息时长舒一口气吹歪的一座山头;抖抖双袖,灰尘堆积成的两座小山包。在南门峡附近,有一个被格萨尔用炮石打穿的山头,离那不远的地方,还有一个用大方石堵住的山洞,传说是埋藏格萨尔盔甲的地方。关于这一风物传说,在当地还流传着土司祁延西在这里挖盔甲的故事。在一篇二百多行的土族叙事诗《祁家延西》中,叙述了互助祁土司的祖先延西替明王朝平定边患,维护统一,在出征路过此地时曾挖过格萨尔的盔甲而未成功的经过。如此种种，足见《格萨尔》在这里曾广泛流传，以至群众将这里的山、河、岩石都附会为与格萨尔有关的传说等，甚至在土族民间文学作品中也渗透了它的影响。①

土族地区主要流传着《格萨尔》的这样一些篇章：天界篇、诞生篇、降魔篇与珠牡成婚篇、赛马成王篇和霍岭大战篇……由于时间紧迫，杨恩洪研究员到互助地区只录了诞生篇（包括降魔部分）。

从杨恩洪研究员的调查历程可以看出，她所搜集和记录的土族《格萨尔》内容有限，但是她此行的意义不凡，特别是其撰写的《土族地区流行之〈格萨尔王传〉探微》一文，产生了广泛而深刻的影响，正如她自己要求的那样："尽管我的调查还不十分全面，而调查到的情况及录制的说唱片断还有待于进一步的思考和进行比较研究，但是我还是愿意无保留地尽快地把它公诸于世，以引起人们的重视，吸引更多的研究者把视野扩大到土族《格萨尔》这一研究领域中来，共同填补我国《格萨尔》学研究中的空白……"②

的确，杨恩洪研究员提出的这一建设性倡议，越来越受到人们的普遍重视，并且相信在不久的将来，土族《格萨尔》的研究将会成为一门显学或是《格萨尔》研究中的一枝奇葩。

2. 王兴先研究员的调查

与杨恩洪研究员开始调查的时间相比，王兴先研究员启动调查的时间延迟了不到一个月。虽然王兴先研究员"听说"土族《格萨尔》的一些情况的时间是在 1982 年，但是因身体原因，未能付诸行动。

与杨恩洪研究员不同的是，王兴先研究员的调查首先不在青

① 杨恩洪：《土族地区流传之〈格萨尔王传〉探微》，《格萨尔研究》集刊第 3 集。
② 同上。

海,而是在甘肃省天祝藏族自治县的松山镇和天堂乡。这两个乡镇的土族群众喜听《二郎杨戬》,其实"二郎杨戬"就是"岭·格萨尔。"(笔者:"二郎"就是土族《格萨尔》中的"阿朗",是藏文"ʁlaŋ"的音变造成的)他在这两个乡找到几位说唱艺人,只因说唱艺人的身体和年龄状况,他等了好几天都未能录制。于是,他怀着沉重的心情离开天祝,到青海的互助县去继续调查。

1986年9月,王兴先研究员在青海省互助土族自治县打听到霍尔郡有位中年人名叫班旦,他说唱《格萨尔纳木塔尔》已出了名。王兴先研究员拜访了他,决定精心录制。这次调查正处在秋收大忙季节,因此,王兴先老师除对班旦说唱的各部《格萨尔》主要内容做了初步了解以及对《格萨尔》在土族群众中流传的有关情况进行了较为详细的调查外,对《阿布朗创世史》只笔录了上半部,即到祖拜嘉措升天为止。

1987年7月,王兴先研究员又到天祝县土族群众居住比较集中的朱岔、古城等乡进行考察。这次考察受益匪浅:一是发掘了两位土族艺人,年近花甲的更登什加会说唱(土语说、藏语唱)多部土族《格萨尔》,其中《二郎成亲》最具土族特色。更登什加是中华人民共和国成立前土族著名艺人恰黑龙江的外孙;年已七旬的乔老大爷,会《格萨尔诞生》,他不唱,只用土语讲说。二是通过拜访两位艺人和周围一些当年曾聆听过土族《格萨尔》故事的老人,大致搞清了1948—1949年传教士多米尼克·施罗德在互助搜集贡保说唱《格萨尔》和藏族《格萨尔》在文本形式上逐渐向土族《格萨尔》演变的真实情况。随后王兴先研究员又到班旦家,继1986年的笔录完成了他说唱的《阿布朗创世史》。[1]

---

① 王兴先:《土族史诗〈格萨尔纳木塔尔〉论述》,《格萨尔学集成》第二卷,甘肃人民出版社,1990年,第938页。

经过多次深入到土族群众中调查和采录，获得大量的第一手资料之后，王兴先研究员在《土族史诗〈格萨尔纳木塔尔〉论述》一文的开头论述道："根据笔者调查，藏族《格萨尔王传》也流传在土族地区，形成了土族的《格萨尔纳木塔尔》，只因土族没有自己的文字，未能系统地记录成文，编纂成手抄本，但其口头流传也相当广泛，虽不如藏族那样'一人口头有一部《格萨尔》。'但也是家喻户晓，人人皆知，个个爱听的。他们也有自己的说唱艺人。同时，土族《格萨尔纳木塔尔》虽和藏族《格萨尔王传》关系十分密切，但也有它的渊源及发展和形成过程，其本民族的特色还是非常浓厚。就目前所知，其中有的章节在藏族《格萨尔王传》中则是没有的，具有很高的文学价值和认识价值。因此，在抢救藏、蒙《格萨尔》的同时，也要重视对于土族《格萨尔纳木塔尔》的抢救。"①

1987年7月，王兴先研究员来我家调查"格萨尔"。说实在的，我虽然是从小就把土族《格萨尔》当成催眠曲长大的人，但那时尚不知《格萨尔》的研究价值所在，自从王兴先研究员到来后，才引起我的注意。此后几年，王兴先研究员几乎每年到我家来一次。但那几年我的父亲一直是病魔缠身，无法说唱。几年内王兴先老师只录得了25盘土族《格萨尔》的录音带。

到了1992年5月，王兴先研究员再次到我家，问我愿不愿意搞土族《格萨尔》研究、愿不愿意到中央民族大学（原中央民族学院）学习语言学的课程。其实他早就看重土族《格萨尔》今后的发展和前景，从那时起就已经对土族《格萨尔》的抢救、搜集和整理以及出版等工作做好了规划。在王老师的帮助下，当年9月，我就去中央民族大学黄布凡老师门下学习。在黄布凡老师耐心、细致的

---

① 王兴先：《土族史诗〈格萨尔纳木塔尔〉论述》，《格萨尔学集成》第二卷，甘肃人民出版社，1990年，第938页。

教导下,我很快就完成了学业。回来后,就立即对土族《格萨尔》进行录音,并调入西北民族学院刚刚成立的《格萨尔》研究所专门从事土族《格萨尔》的搜集、整理工作。那年我们又将我的父亲接到学校进行录音,在一个月时间内完成了 48 盘录音带。土族《格萨尔》的创世部分总算全部录音完成,我们甚感欣慰。在动笔记录土族《格萨尔》之前,我总要先要把每盘磁带听一到两遍,甚至三遍。听到确保没有任何问题时,才开始动笔写。把藏语、土族语和汉语,这三种语言严格准确地用国际音标进行记音。由于土族在历史上只有语言而没有文字,在这种情况下,土族《格萨尔》中藏语和土族语以韵散结合体的形式流传到现在,两种语言相互间或多或少地会受到一些影响。考虑到土族《格萨尔》中的语言及其他方面的研究,王兴先研究员要求我在记录、整理过程中采用国际音标记音的方法,逐字逐词地进行记音对译、整理翻译,最后对一些主要问题又进行了解题研究。短短的几年内,土族《格萨尔》上册和中册(共约 253 万字)得以顺利出版,同时也得到了学者和同行们的认可。

土族《格萨尔》上、中册的记音对译、整理翻译和解题研究,在土族《格萨尔》的发掘、整理、翻译和研究历程中仅仅是个良好的开端,但这在土族《格萨尔》的发掘、整理和研究工作中却是一个里程碑式的贡献。

因此,可以认为在发掘、整理和研究土族《格萨尔》的第二个阶段,无论是抢救这一古老的文化遗产还是整理研究工作方面,都具有重大突破和里程碑式的意义,至少它让学界和社会各个层面都承认了土族《格萨尔》的客观存在,而且在土族《格萨尔》中具有其他《格萨尔》中所没有的特殊的历史文化内涵,这使土族《格萨尔》具有了某种后来者居上的凌然气质。

三、第三阶段

第三阶段（2006年至今）：土族《格萨尔》被列入"第一批国家级非物质文化遗产保护名录"。"土族《格萨尔》说唱"于2005年被列入"甘肃省非物质文化遗产名录"；于2006年6月列入"第一批国家级非物质文化遗产名录"；于2009年9月，列入联合国教科文组织"人类非物质文化遗产代表作名录"。说唱艺人王永福被国务院和文化部命名为国家级非物质文化遗产项目格萨（斯）尔的代表性传承人。国家力量的支持对于土族《格萨尔》说唱史诗的抢救、研究与保护来讲，可谓是千载难逢的契机。一方面，土族《格萨尔》的历史文化地位得到了国家的尊重，它不仅在历史文化和宗教、哲学、艺术等方面具有极高的认识和研究价值，而且在《格萨尔》研究领域中也是独树一帜的；另一方面，意味着土族《格萨尔》将在国家力量的支持下得到全面系统的开发或发掘，推出一系列的研究成果，为《格萨尔》学添加一束异样的光彩。

众所周知，土族《格萨尔》的发掘、翻译整理和研究工作刚刚开始，即从施罗德发掘、整理出版土族《格萨尔》的时间算起，断断续续还不到60年，其间停顿了将近40年，实际的发掘、翻译整理和研究工作只是近20年的事情。只用这么短的时间取得目前这么大的成果，已经是非常不容易的事了。除了党和国家的高度重视，文化和专业研究部门的大力支持外，与专家学者们的责任心、使命感以及令人敬佩的敬业精神是分不开的。

目前，在"第一批国家级非物质文化遗产代表作名录——土族《格萨尔》说唱"项目支持下，在西北民族大学榆中校区图书馆建设了"土族《格萨尔》文化展厅"，并向公众常年无偿开放。在天祝藏族自治县天堂镇朱岔村老艺人的宅基地建设了"土族《格萨尔》艺人之家""格萨尔研究基地"等。这些展厅和艺人之家的建成预示着"土族《格萨尔》说唱"项目将作为《格萨尔》数据库建设的重要基地,收集和整合各藏区"格萨尔"文本、影音、实物等资料。在建设"《格萨尔》文化展厅"的同时,还将其建设成为《格萨尔》文化的资料中心、保护中心、活动中心和展示中心,从而为更好地宣传《格萨尔》文化、让更多的人了解《格萨尔》、使《格萨尔》文化走向世界打下良好的基础。《格萨尔》文化展厅倾注了西北民族大学学人的大量心血、物力和财力,几乎所有的展品,都是笔者收藏或者重金从民间收购的,后来这些藏品全部无偿捐赠给了"《格萨尔》文化展厅",其中包括很多珍贵的历史文物,如战神头盔、艺人代代传承的法器、服饰等。

土族《格萨尔》发掘、翻译、整理和系列研究工作已经有序地展开。西北民族大学几代学人历经 64 载上下求索,编纂出版了 3 卷 30 册的鸿篇巨制《格萨尔文库》。2019 年 3 月 29 日,《格萨尔文库》(3 卷 30 册)在上海古籍出版社出版,并由国家民委主办、在北京民族文化宫举办了出版发布及捐赠仪式。全国政协副主席、中央统战部副部长、国家民委党组书记、主任巴特尔出席了当天的活动并在仪式上指出:《格萨尔文库》是《格萨尔》研究史上标志性成果和集大成之作,其编纂过程对于传承经典、培养人才、联合攻关、积累经验等都起到了积极促进作用。出版《格萨尔文库》既是贯彻落实党中央关于中华优秀传统文化传承发展重大部署的体现,也是坚定文化自信、强化文化认同的具体体现,更是牢铸中华民族共同体意识、构建各民族共有精神家园的重要举措。

2019 年 6 月 3—15 日,第一批国家级非物质文化遗产保护名录——土族《格萨尔》说唱项目赴敦煌参加 2019 年"文化和自然遗产日"甘肃省非遗宣传展示活动,取得了圆满成功。

2019 年 6 月 7—10 日,第一批国家级非物质文化遗产保护名录——土族《格萨尔》说唱项目赴由文化和旅游部、广东省人民政府在广州市共同主办的 2019 年全国"文化和自然遗产日"非遗主会场活动,引发热烈反响。

2019 年 11 月 21—23 日,第一批国家级非物质文化遗产保护名录——土族《格萨尔》说唱项目参加在西北民族大学两校区举办的"第 24 个民族团结进步教育月活动——格萨尔文化系列展"活动。

2019 年 11 月,西北民族大学格萨尔研究中心由国家民委批准为"第六批全国民族团结进步教育基地"。

2019 年 11 月 4 日,全国《格萨(斯)尔》工作领导小组办公室在西北民族大学举行"全国《格萨(斯)尔》甘肃基地"挂牌仪式。

2019 年 12 月 12 日,在西北民族大学两校区举办"第六批全国民族团结进步教育基地挂牌及格萨尔文化系列展"活动,其间邀请了中国社会科学院、青海师范大学、四川大学的多位教授在两校区进行了多次宣传和讲座活动等等。这一系列工作的推进和取得的成果都是这一阶段代表性的成就。

随着多语种多版本的《格萨尔文库》由上海古籍出版社出版,相信在不久的将来,土族《格萨尔》的翻译、整理和研究工作定会取得更加丰厚而重大的成果。

第四节　土族《格萨尔》说唱艺人

一、土族《格萨尔》的说唱形式

说唱土族《格萨尔》的艺人主要有两种类型,一种是不唱,只用土族语说;一种是有说有唱,即先用藏语吟唱史诗的韵文部分,然后用土族语解释、叙述,但这种解释、叙述并非原本原样地解释、叙述藏语唱词,而是在解释、叙述的同时,又"改编"了许多内容,加进去了许多具有土族古老文化性质的新内容。

土族《格萨尔》的说唱是有时间性的,一般在农闲时节和春节期间说唱,当然在其他时间说唱的情况也是有的。在这样集中或者是空闲的时间说唱"格萨尔",这是由于土族《格萨尔》的说唱是件严肃的"大工程",一唱则需要几天几夜。艺人们平时也都在忙于各自的生计,并不是靠说唱来赚钱糊口,在平日忙于劳动生产的日子里,艺人们没有过多的精力来保证说唱的进行。另外,听众们在农闲时候也比较容易腾出时间来听唱,当他们在农闲、春节期间,心情也能更加轻松,容易被说唱所感染。

土族《格萨尔》在一定的时间内说唱,其中更重要的一个因素是说唱《格萨尔》是件慎重的事,严格的程序贯穿于整个过程。说唱前,艺人要煨桑、用酒水祭祀天地众神,然后才能说唱。在说唱前的几日,艺人要走上数十里的山路,采集回来九个不同泉眼中的清澈泉水,用以敬奉圣水,再将树林深处松柏树尖端的枝叶采集回来,说唱时用以煨桑敬神。艺人还要提早布置好说唱的场地,准备好说唱使用的道具、法器,穿上特制的衣帽,一切就绪才可以说唱。

除了举行唱前的祭奠仪式,说唱土族《格萨尔》还要请一些本地的长者坐镇"指导",找几位会唱酒曲或会唱《格萨尔》片段的"道拉齐"陪唱。形成这种习俗的原因是,一方面可以减轻说唱艺人长时间说唱引起的疲劳,另一方面可以形成特殊的说唱氛围和在座的听众形成"互动",产生更好的说唱效果。

因此,说唱"格萨尔"不像随便唱酒曲,而是在一定的时间和氛围中才能进行。

二、土族《格萨尔》说唱艺人的特点

土族《格萨尔》说唱中这种韵散结合和统一的形式,将两个民族的两种语言统一在一种说唱形式中,既增加了艺人传承方面的难度,又不可避免地延长了演说的时间。即便如此,土族说唱"格萨尔"的艺人们都具有惊人的记忆力,只要随师傅听唱几遍,就能将如此长篇的韵散内容记忆不忘。

土族在历史上没有自己民族的文字(现在创造有拼韵字),因此,传承土族《格萨尔》就凭艺人们的记忆和对土族《格萨尔》的热爱,这就使说唱土族《格萨尔》的艺人们成为这一文化传承的关键。从目前访问或发掘的土族《格萨尔》说唱艺人的情况看,土族《格萨尔》说唱艺人们有自己民族的特点,杨恩洪老师在她的一篇专论中总结出以下五个方面的特点,比较准确,摘录于下:

1. 具有较明确的师承关系。土族艺人一般都可以说出自己学唱《格萨尔》的地点、老师,而且对此毫不隐讳。如前边提到的贡布、旦嘎、伊喇嘛及其父亲等,都有老师教唱。枪手喇嘛原在寺院为僧,还俗后,因十分喜爱民间文学及《格萨尔》,便借四处打猎之机,走村串户,向其他艺人学习说唱《格萨尔》,如东庄大沟背后的艺人东莫廓和丹麻乡拉布隆沟的名艺人伊吉拉才让,都是他经常拜访和聆听说唱的老师,对他的影响很大。

2. 土族艺人均有较强的记忆功力。由于土族没有文字,史诗在这里流传的唯一途径是口耳相传,所以,他们只能靠一代又一代人的记忆来保存史诗。土族《格萨尔》说唱的形式又是由用藏语说唱的韵文部分及用土语进行解释的散文部分所组成,因此,他们必须同时记住两种语言组成的史诗。在土族艺人中间除一部分人是当过喇嘛学过藏文、藏语外,不少艺人是不懂藏文、藏语的,那么,他们只有凭记忆了。如旦嘎老人就为不懂藏语藏文的类型,但却能完整地说唱，令人折服于他那惊人的记忆力。土族艺人学习记忆史诗的方法很简单，他们只需坐在老师（艺人）身边，听其说唱，而自己作为伴唱边听边唱，这样唱过几遍之后，便可以说唱了。枪手喇嘛，就是这样听过一两遍后学会的。

3. 不以说唱《格萨尔》为生。土族艺人在说唱时，不需别人付任何报酬。说唱一般在逢年过节时进行，是一种纯自娱性的民间文艺活动，不是艺人赖以谋生的手段。学生在向师傅学习说唱期间，也不需支付学费或奉献其他物品，艺人均有自己的谋生手段。如枪手喇嘛还俗后以打猎和务农为生，贡布是个画匠，其他艺人大部分是普通的农民，以务农为生。他们只在说唱《格萨尔》时，才以一个艺人的身份出现，说唱史诗只是他们的共同爱好而已。

4. 兼事说唱土族民间文学的其他样式。土族艺人除说唱《格萨尔》外，大部分还擅长于唱土族赞歌、婚礼歌，是受群众欢迎的民间歌手。东山乡白牙河的盲艺人东加石除会唱《格萨尔》外，还会唱赞歌、问答歌；旦嘎也是如此，枪手喇嘛还俗后，从他岳父（一位有名的民间歌手）那里，学会了婚礼歌、赞歌及《松赞干布与文成公主的故事》等民间文学作品。

5. 土族《格萨尔》艺人中，有的是巫神。在土族人民生活中，巫神比较多，而且至今还在起着一定的作用，群众也离不开他们。如看病、盖房择吉日等，都要找他们算卦，付给他们的报酬或几元钱，或一点食物，多少不等。在已了解到的土族艺人中，兼事巫神的就有：林黑龙江、枪手喇嘛和贡布的弟弟等。笔者曾亲眼见到在枪手喇嘛说唱《格萨尔》那天，有一个同村人来求他算卦，问什么时辰拆房子为好，只见枪手喇嘛拿出一本藏文的卦书，翻阅查找，最后回答了他。贡布的弟弟叫玛尼柔，也是会说唱《格萨尔》的艺人，去年县里的同志曾准备去采访他，但到了他的家乡，听说他已在当年冬天因喝醉酒而冻死了。据他的儿子王辉介绍,他也曾是一个巫神,靠算卦给群众看病和擀毛毡为生。[1]

有关《格萨尔》传唱艺人的神秘故事,索南卓玛撰文划分出五种类型:"闻知艺人"即"听到别人说唱之后靠耳听心记学会说唱的艺人";"掘藏艺人"即"把能挖掘《格萨尔》的艺人称掘藏艺人";"吟诵艺人"即"是看着抄本而说唱的艺人";"巴仲艺人"即"通过做梦学说唱格萨尔故事"的"神授艺人";"圆光艺人","圆光"是一种苯教术语,借助铜镜看见别人看不见的图像或文字,通过这种圆光的方法,从铜镜中抄写史诗《格萨尔》。藏族《格萨尔》说唱艺人中很多都在这些类型之列,然而土族《格萨尔》的传唱艺人基本不属于这几种类型中的任何一种,就目前所了解的土族《格萨尔》传唱艺人来看,都可以找出他们之间的师承关系,这种传承多数以家族传承的形式表现出来。

三、土族《格萨尔》说唱艺人的传承形式

曾经在土族地区发现多位土族《格萨尔》说唱的民间艺人,到20世纪90年代之前,土族《格萨尔》艺人尚有三四人。随着时代的演进,会说唱土族《格萨尔》的民间艺人更是凤毛麟角,很多的老艺人相继谢世。

甘肃省天祝藏族自治县的王永福老人是目前唯一健在的土族《格萨尔》说唱艺人,也是我国目前唯一一位能够完整说唱长篇土族《格萨尔》史诗的民间艺人,即使在整个土族中也没有能出其右者。1991年他受到国家四部委(文化部、国家民委、中国文联和中国社会科学院)的联合表彰;1997年又获得了国家四部委联合授

---

[1]　杨恩洪:《土族地区流传之〈格萨尔王传〉探微》,《格萨尔研究》集刊第3集。

予的"先进个人"称号；2007年6月文化部命名他为"国家级非物质文化遗产项目格萨尔的代表性传承人"。

王永福为土族《格萨尔》的抢救与搜集过程作出了突出贡献。他说唱的土族《格萨尔》具备典型的家族式师承的特点，我们就以甘肃省天祝县著名的土族《格萨尔》说唱艺人王永福老人为例来看土族《格萨尔》的传承形式。

王永福出生在1930年，又名更登什嘉。他所传唱的土族《格萨尔》是从他外公那里直接传下来的。王永福老人的外公叫恰黑龙江(1875—1946)，是青海省互助县著名的土族《格萨尔》说唱艺人，外公把土族《格萨尔》传给了女婿杨增(1900—1955)，杨增就是王永福老人的父亲。杨增在几个儿子中选中了王永福，就把土族《格萨尔》又传给了他。

王永福出生后一年，他的父亲带领全家逃荒避乱，翻山越岭渡过大通河，在今甘肃省天祝县朱岔乡多让沟住了下来，就在自己挖的窑洞中，一家人勉强维持生计。父亲租种荒山草坡，承担了重体力的劳动。即便如此，杨增依然孜孜不倦地说唱着，并传授土族《格萨尔》说唱技艺给王永福。王永福在杨增的几个儿子中悟性最高，聪明伶俐，博闻强识，学习土族《格萨尔》说唱的热情也最高，他就成为了杨增重点培养的说唱传人。

杨增在晚年由于经济窘迫，无钱医治眼疾，双目失明以后丧失了劳动能力，将自己最后全部的生命投入了《格萨尔》说唱，排遣贫病交加的痛苦日子。艺人的内心变得更加丰富，每一个听唱者都不禁落泪，他亢奋、狂躁、痛苦、焦灼、低落、欢乐、伤悲、超脱、释然……病魔缠身的晚年，他还是放不下土族《格萨尔》说唱。

盲眼年迈的父亲要求王永福每天唱几段《格萨尔》给他，要是稍有"变味"，就挣扎着示范给儿子，示范过以后，便先要喘上几口气,思忖片刻,然后眯着盲眼细数说唱的得失,精心指点王永福的说唱。家人们无不动容,包括王永福,都希望杨增能保重身体,而这些劝说都无法动摇酷爱说唱《格萨尔》的老人。老艺人为《格萨尔》呕尽了血泪,最后的气息也为说唱熬尽了。1955年,这位追求纯正说唱的严谨艺人走完了他的人生历程。

王永福虽然从父亲那里得到了土族《格萨尔》的真传,已经是远近闻名了。但是他却不故步自封,走出家门,多方探访,求教于那些资深的民间说唱者,也从很多民间艺人身上学会了新的酒曲、赞词、祝词、吉祥语等,把这些内容都充实到自己的说唱中。

他还不到二十岁,知名度就已节节攀升,每当逢年过节、迎亲嫁娶之时,他就是最忙碌的"酒曲匠"了。连远在青海互助的土族群众也邀请他去说唱《格萨尔》,还有的群众以能请他来做婚礼的司仪感到自豪和荣耀。

王永福还特别重视与其他民间艺人的交流,要是遇到《格萨尔》的"唱家"对手时,就形成了一问一答的精彩对局,双方你来我往,连续唱三天三夜不罢休。直到一方败阵,被对手割下衣襟的一小块才肯休息,胜利者用这被割下的衣襟或衣袖以示胜利。

从王永福艺人传唱土族《格萨尔》的情况来看,土族《格萨尔》说唱艺人的师承关系很清楚,基本是家族式地再往下传。土族《格萨尔》说唱艺人的这种师承关系,除了热爱和专门传承这一历史文化成果的使命之外,还有一个重要原因就是土族历史上没有自己民族的文字,对于土族《格萨尔》这样大型的口碑文学,只能通过家族式的师承才可以继续往下传。当然,家族式的传承方式是最主要的一种,除此在家族之外也有传承,其前提条件是学艺人要酷爱说唱《格萨尔》,记忆好,且有说唱土族"酒曲"的爱好和功底等,只要有这些条件,族外人也可以学习,传承这一古老的文化遗产。

　　总之,土族没有文字,也没有《格萨尔》的抄本传世,土族《格萨尔》的流传,主要靠热爱土族《格萨尔》的说唱艺人们在一代一代地往下传承。

　　根据目前发掘调查的一些情况看,20 世纪 50 年代之前,在土族地区传唱土族《格萨尔》的情况非常普遍,土族群众喜欢听唱,说唱艺人也多。"从几个乡调查的情况看,解放前,在这人口不多的土族地区,曾经活跃着至少 17 位比较有影响的《格萨尔》说唱艺人,这一数字说明了当年《格萨尔》在这里流传的盛况。"①

附:王永福老人家族谱系

　　(表中所列第一代传承人是否就是第一代的问题,正在调查当中)

代别	姓名	性别	出生年月	文化程度	传承方式	说唱时间	居住地址
第一代	霍尔·嘉玛雅	男	不详	不识字	家族传承	不详	青海省互助县
第二代	散沟·阿才让	男	不详	不识字	家族传承	不详	青海省互助县
第三代	岭·恰黑龙江	男	不详	不识字	家族传承	1885 年以后	青海省互助县
第四代	杨增	男	1900 年	不识字	翁婿传承	1915 年以后	甘肃省天祝县天堂乡
第五代	王永福	男	1930 年	不识字	父子传承	1945 年以后	甘肃省天祝县天堂乡

---

　　①　杨恩洪:《土族地区流传之〈格萨尔王传〉探微》,《格萨尔研究》集刊第 3 集。

第五节　土族《格萨尔》抢救与保护
面临的问题及对策

一、土族《格萨尔》突出的历史文化价值及濒危状况

　　《格萨尔》是我国藏族人民集体创作的,且为目前世界上唯一保持活形态的英雄史诗。随着民族的分化、融合、迁徙及受到民族民间文化交流等历史、地缘环境因素的影响,《格萨尔》在土族群众中也广为流传。土族《格萨尔》的价值不仅仅反映了藏族英雄史诗流传范围之广,影响之大,是研究藏族《格萨尔》在不同地区的变体的重要资料,也是研究土族人民的历史、社会、民俗、文学和语言的珍贵资料,具有韵味独特的艺术魅力。

　　特别值得一提的是:土族《格萨尔》中的创世神话部分,迄今为止在《格萨尔》故事传承中是绝无仅有的,是其他民族传承的《格萨尔》中是没有遗存的。这一点不仅对《格萨尔》研究具有很高的学术价值,而且对土族史前史研究和土族神话系统的研究更有重大的史学价值和独特的思想内涵。上族《格萨尔》中的创世神话的思想视野非常开阔,三位天神从宇宙天体的创造到大地和人类的创造,再到万物的创造,都有具体而细致的描述,其想象力非常奇特,气魄非常宏大,但也不乏创造的艰难和辛勤的历程,读后令人叹为观止。

　　土族《格萨尔》采用土族语藏语结合、韵散结合的“两种语言、两种形式”的独特说唱方式。艺人使用藏语来唱韵文的部分,保留了藏语《格萨尔》的原汁原味;用土族语的散文形式来解说使得史诗的故事内容更加生动和丰富,这种解说又不是原文照搬,而是加

入了土族人民群众生活要素和历史内涵的具有创新拓展意义的传承。土族《格萨尔》的说唱艺人们不仅要记忆大量的说唱内容,而且凭借着这种对《格萨尔》说唱艺术的热爱,迸发出非凡的创造力。通过土族《格萨尔》的语言研究来探讨土族语和藏语同时在一部史诗中以韵散结合体形式存在并流传至今,在相互的影响下语音和词汇方面发生的较大的变异,可以填补格萨尔学和语言学研究领域的一项空白。

土族《格萨尔》说唱艺人往往同一个艺人就能说唱完整的多个《格萨尔》部本,由于土族没有本民族的文字,使得史诗传承的难度也随之加大,全部依靠艺人的无私的奉献和孜孜不倦的追求。藏族的很多说唱艺人们有的只会说唱史诗中的某个部本或者是其中的一部分内容,有的只用唱的形式,有的只说不唱,这更显示了土族艺人的卓越的记忆力。

土族《格萨尔》的内容比之其他民族中传唱的史诗更加朴实生动,更加贴近群众的生产生活,其中的宗教、民俗、语言等因素至今还深深植根于土族人民的日常生活中。

挖掘、抢救和保护土族《格萨尔》,不仅能丰富和完善《格萨尔》英雄史诗,推动中国民间文学的发展,对构筑中华民族共同体意识有积极意义。

土族《格萨尔》说唱艺人缺失,抢救工作迫在眉睫。

由于土族在历史上是一个欠发达的民族,只有语言而没有本民族文字。黑格尔说过:"失去一位民间艺人就等于失去了一座图书馆。"艺人是史诗的载体,是传播者。

在收集资料的过程中,我们采用了多种收集方式并举,包括笔录、录音、照相、摄影、实物的保存等,以期能对说唱艺术进行更趋原生态的保存。

土族《格萨尔》独特的说唱形式,在一定程度上限制了收集资料的进程,这也是在科研工作中遇到的最棘手的问题:艺人居住的村庄山路难行,从艺人家中与西北民族大学的研究中心往返一次数百公里,往往要花上数十小时,常常一次录音收集就要花上几天时间,虽然研究者连节假日都用在资料的收集上,但是由于艺人的身体状况已经不能适应高强度的说唱表演,使得录音断断续续。

为了搜集说唱资料,笔者曾考虑将艺人从家中接至兰州的西北民族大学格萨尔研究院进行录音,但是这个愿望也由于土族《格萨尔》独特的说唱形式而未能实现。艺人坚守着慎重的说唱态度,必然敬奉煨桑,用最虔诚的态度对待土族《格萨尔》说唱。艺人必须要有大片时间的保证,还要保持兴趣与精力,这样更容易投入到说唱中;更重要的一个因素,说唱《格萨尔》拥有严格的说唱程序,说唱前,艺人要煨桑,用酒、净水等祭祀天地众神,这些过程需要艺人亲自进行,通常要提前几周去深山中寻找柏树尖端的柏树枝和不同泉眼中的纯净泉水,然后做过祭祀才可以说唱。由于上述原因,王永福艺人在世时,土族《格萨尔》说唱资料的搜集所有工作中的首要任务,也是工作的重中之重。

抢救工作复杂繁重,制约了学科研究进度。

2006年之前的十几年间,由于缺乏资金,只录了艺人说唱内容的22.7%(548盘磁带),记音、整理、翻译、出版了其中的73盘磁带,编辑约253万字的《格萨尔文库》第三卷《土族〈格萨尔〉上、中》,还不到全部史诗的8%,抢救土族《格萨尔》的工作任重而道远。

土族《格萨尔》说唱中这种韵散结合的形式,将两个民族的两种语言统一在一种说唱形式中,艺人是用藏语唱,用土族语说,然后还要统一翻译成汉语资料用来研究。整个过程经过了几次翻译的过程,为了能更好地记录这一民族遗产,保证最尊重原始文献的准确性,研究人员夜以继日听取录音,至少要先听三遍才开始记音翻译。在听过几遍之后，先将所有的资料用国际音标完整记录下来，不敢有丝毫懈怠和疏漏，然后再将藏语部分和土族语部分分别翻译成现代汉语。翻译成现代汉语之后，还要根据说唱形式的特点，对史诗的文本进行复原和润色，这也花费了比较多的时间。研究者还需就翻译稿的风格是否保存了原貌这一问题请教艺人之后，持续做出修改。

土族《格萨尔》涉及藏、土、汉三种文字，因此，整理和翻译工作存在诸多困难与不便，对记录人员也提出了更高的要求，需要掌握语音记录和民族语言的专门人才。加之人们的文化生活日益丰富，审美需求不断提高，对整天整夜说唱《格萨尔》的兴趣愈来愈淡漠，《格萨尔》说唱正在受到现代生活方式的冲击。土族《格萨尔》的传承举步维艰，正处于十分严重的濒危状态。

二、土族《格萨尔》的抢救与保护对策

传统文化的传承，当今遇到了诸多挑战。当传统文化面临现代文化冲击的时候，必须做出相应的调整应对。为了保护和传承土族《格萨尔》艺术，只有在传承上开创多元化渠道，才能适应当今社会文化事业的健康发展。针对土族《格萨尔》的研究现状和濒危情况，我们采取了以下途径及措施：

1. 建立土族《格萨尔》专业数据库，实现资源共享。

利用现代高科技传媒手段，使土族《格萨尔》适应信息时代的社会需求，保证实现土族《格萨尔》传承过程的延续性和有效性，使土族《格萨尔》这一民族民间传统文化在新的时代获得新的生命力。

2. 全面搜集、整理、抢救散落在民间的《格萨尔》，并予以整理出版说唱文本。

组织专业力量长期开展抢救性搜集整理工作，根据艺人的身

体情况,安排专业人员、研究生等赴艺人家乡,在照顾艺人生活的同时,最大限度地进行录音,力争保留和传播最原始的声像资料。对土族《格萨尔》实施保护和研究,首先应该从抢救、搜集开始,进一步全面深入细致地开展普查工作,彻底摸清土族《格萨尔》说唱发展的历史沿革、历史文化遗迹、风物传说以及传承谱系和价值等全部状况;将普查所获资料全部进行归类、整理、存档,对于一些具有历史参考价值的风物遗迹以及相关文物等采取积极措施加以保护和收藏;进一步深入开展研究。

3. 编写土族《格萨尔》的校本教材,让传统文化进入大学课堂。

4. 积极壮大科研队伍,特别重视土族《格萨尔》研究人才的培养。改革开放以来,国家先后成立了全国《格萨尔》工作领导小组办公室,在甘肃、青海、四川、云南、西藏等省的藏区相继成立了各省区《格萨尔》工作领导小组办公室,使藏族格萨尔的抢救、搜集、整理、翻译得到空前发展。西北民族大学于1994年成立《格萨尔》研究所,2002年改所为格萨尔研究院,开展各民族硕士、博士研究生的培养工作;在科学研究方面,倡导多学科多角度交叉研究。同时,在调查、搜集蒙古族、土族、裕固族《格萨尔》的基础上,编纂了多民族的《格萨尔》文库。在甘肃省有关部门的重视下,该学科自1999年至今,连续五轮被评为"甘肃省省级重点学科"。土族《格萨尔》流传在青海、甘肃的土族民间。自1992年被王兴先研究员发现后,得到了甘肃省人事厅和西北民族大学的关怀和安排,不拘一格,打破常规,培养出精通土族语、藏语、汉语的高学历人才。

5. 在土族《格萨尔》说唱艺人的家乡,建设"艺人之家"。"艺人之家"的建立旨在为"《格萨尔》抢救、保护与研究"项目的数据库建设工作搭建平台。它将在收集和整合当地"格萨尔"文本、影音、实物等资料的同时,成为当地格萨尔文化的资料中心、保护中心、活动中心和展示中心,从而为更好地宣传《格萨尔》、让更多的人了解

《格萨尔》,为《格萨尔》文化走向世界,打下良好的基础。

6. 资助扶持说唱艺人向后代传承这一文化遗产。《格萨尔》说唱艺人是史诗的载体,是创作者、保存者和传播者。因此在抢救、研究土族《格萨尔》的同时,要特别重视培养史诗的传承者。

第六节　土族《格萨尔》研究现状及未来发展趋势

一、近年来土族《格萨尔》的研究成果

已出版的土族《格萨尔》翻译、研究专著,研究论文举要:

1. 专著

土族《格萨尔》资料系列丛书:《土族〈格萨尔〉》上册(王兴先、王国明),记音对译、整理翻译、解题研究。共约 103 万字,于 1996年 6 月,由甘肃民族出版社出版;

土族《格萨尔》资料系列丛书:《土族〈格萨尔〉》中册(王兴先、王国明),记音对译、整理翻译、解题研究。共约 150 万字,于 2000年 7 月,由甘肃民族出版社出版;

土族《格萨尔》研究系列丛书:《鲜卑的起源与发展》(王国明主编)于 2010 年 1 月,由甘肃民族出版社出版;

土族《格萨尔》研究系列丛书:《土族的融合与形成》(王国明主编)于 2010 年 1 月,由甘肃民族出版社出版;

土族《格萨尔》研究系列丛书:《格萨尔学刊》(王国明主编)于2011 年 6 月,由甘肃民族出版社出版;

土族《格萨尔》翻译系列丛书:《土族〈格萨尔〉·〈虚空部〉》(王国明搜集整理)于 2013 年 10 月,由民族出版社出版;

土族《格萨尔》翻译系列丛书：《土族〈格萨尔〉·〈创世部〉》（王国明搜集整理）于 2013 年 10 月，由民族出版社出版；

土族《格萨尔》翻译系列丛书：《土族〈格萨尔〉·〈神子下凡部〉》（王国明搜集整理）于 2014 年 9 月，由民族出版社出版；

土族《格萨尔》翻译系列丛书：《土族〈格萨尔〉·〈安邦兴国部〉》于 2014 年 9 月，由民族出版社出版；

土族《格萨尔》研究系列丛书：《土族〈格萨尔〉语言研究》（王国明著）于 2017 年 10 月，由民族出版社出版；

《格萨尔文库》第三卷土族《格萨尔》（王国明主编）于 2018 年 11 月，由上海古籍出版社出版；

《格萨尔文库》第三卷土族《格萨尔》第 29 册（王国明记音整理）于 2018 年 11 月，由上海古籍出版社出版；

《格萨尔文库》第三卷土族《格萨尔》第 30 册（王国明翻译整理）于 2018 年 11 月，由上海古籍出版社出版。

2. 论文

马光星：《土族〈格萨尔〉故事述评》，《青海民族学院学报》1985 年第 2 期；

杨恩洪：《土族地区〈格萨尔〉调查报告》，《民族文学研究》1987 年第 3 期；

王兴先：《藏、土、裕固族〈格萨尔〉比较研究》，《西北民族研究》1990 年第 1 期；

王国明：《试析土族〈格萨尔〉唱词中的藏语音位系统》，《西北民族学院学报》2000 年第 4 期；

李美玲：《试谈〈土族《格萨尔》〉中的腾格里》，《青海民族研究》1994 年第 4 期；

王国明：《土族〈格萨尔〉中土族语与藏语音系之比较研究（一）》，《西北民族学院学报》2001 年第 4 期；

李美玲:《试论土族格赛尔形象的艺术特征》,《青海民族研究》1995 年第 4 期;

马忠:《〈土族格赛尔〉的哲学价值及其他》,载于《中国少数民族哲学宗教儒学》,当代中国出版社,1995 年 12 月版;

星全成:《论土族史诗〈格萨尔〉》,《中国土族》1999 年总第 8 期;

马东平:《〈土族格赛尔〉宗教信仰的多元整合》,《青海社会科学》2001 年第 5 期;

王国明:《我的父亲和他说唱的土族〈格萨尔〉》,《西北民族学院学报》1997 年第 2 期;"第四届《格萨(斯)尔》国际学术讨论会"宣读论文;

王国明:《土族〈格萨尔〉中的亲属称谓》,《西北民族学院学报》1997 年第 4 期;

王国明:《土族〈格萨尔〉中的降魔故事梗概》,《格萨尔学刊》1998 年第 1 期;

王国明:《影视民族学在调查研究中的作用》,《青海民族研究》1999 年第 4 期;

王国明:《土族语天祝话亲属称谓简述》,《青海民族学院学报》1999 年第 3 期;

王国明:《天祝县土族婚俗试探》,《甘肃民族研究》1999 年第 3 期;

王国明:《试析土族格萨尔唱词中的藏语音位系统》,《西北民族学院学报》2000 年第 4 期;

王国明:《土族〈格萨尔〉中土族语与藏语音系之比较研究(一)》,《西北民族学院学报》2001 年第 4 期;

王国明:《土族〈格萨尔〉中土族语与藏语词汇的借用形式》,《西北民族大学学报》2002 年增刊;

王国明:《我与土族〈格萨尔〉》,《中国土族》2002 年秋季号;

王国明:《土族〈格萨尔〉语言表现形式的特殊性》,《中国土族》2003 年冬季号;

王国明:《土族〈格萨尔〉的搜集、整理及其引发的几点思考》,《格萨尔研究》集刊,2003 年,第 6 集;2002 年参加"第五届《格萨(斯)尔》国际学术讨论会"宣读论文;

王国明:《土族〈格萨尔〉中土族语与藏语词汇的变异形式及其特点》,《西北民族学院学报》2005 年第 2 期;

王国明:《试论土族〈格萨尔〉产生的历史背景》,《文坛瞭望》2005 年春季号;

王国明:《著名土族〈格萨尔〉说唱艺人王永福》,《中国土族》2005 年夏季号;

王国明:《土族〈格萨尔〉的抢救与保护面临的问题及其对策研究》,《西北民族大学学报》2006 年第 3 期;

王国明:《土族〈格萨尔〉的研究里程》,《安多研究》2006 年第 2 辑;

王国明:《土族〈格萨尔〉中的语言特点及其学术价值》,《西北民族大学学报》2007 年第 6 期;

王国明:《土族〈格萨尔〉的抢救与保护问题》,《欧亚大陆史诗研究国际会议文集》,日本千叶大学《社科研究》,2008 年 2 月;

王国明:《土族〈格萨尔〉在天祝地区的流传》,《第二届"藏族传统文化与和谐社会建设"学术会议论文集》,甘肃民族出版社,2008 年;

王国明:《少数民族文化遗产的抢救与保护——国家级"非遗"保护名录"土族〈格萨尔〉说唱"》,《中国民族学集刊》,第二辑,甘肃民族出版社,2008 年;

王国明:《土族〈格萨尔〉说唱艺人调查及保护对策研究》,《北方民族大学学报》2009 年第 3 期；

　　王国明：《土族〈格萨尔〉中的宗教思想探析》，《2009 年全国〈格萨(斯)尔〉学术研讨会论文集》，西藏藏文古籍出版社，2009 年；

　　王国明：《The Performance of Tuzu Gesar and the Epic Performers》，《格萨尔文化研究》(国际人类学与民族学联合会第十六届大会格萨尔文化研究专题论文集)，甘肃民族出版社，2010 年；

　　王国明：《土族〈格萨尔〉中〈虚空部〉故事梗概》，《格萨尔学刊》2011 年，甘肃民族出版社；

　　王国明：《建设"第一批国家级非物质文化遗产保护"项目——土族〈格萨尔〉说唱"艺人之家"》，《格萨尔学刊》2013 年，甘肃民族出版社；

　　王国明：《略述土族〈格萨尔〉中的宗教思想》，《安多研究》(第十二辑)，2015 年；

　　王国明：《土族〈格萨尔〉的〈兴国安邦部〉故事梗概》，《格萨尔学刊》2013 年，甘肃民族出版社；

　　王国明：《土族〈格萨尔〉的说唱特色》，《中国社会科学报》2015 年 5 月 4 日；

　　王国明：《土族格萨尔传承人——王永福》，《甘肃文艺》2015 年 6 月；

　　王国明：《口头流传中的英雄史诗——土族传〈格萨尔〉》，《格萨尔学刊》2015 年，甘肃民族出版社；

　　王国明：《土族〈格萨尔〉与土族农业生活探源》，《中国民族学》，甘肃民族出版社，2018 年。

二、土族《格萨尔》研究未来发展趋势

　　《格萨尔》要保持其特性，既要在积淀和继承的基础上努力适

应外部环境，又要不断吸收和纳入新的文化因素，将有形文化遗产和无形文化遗产一同加以保护。《格萨尔》的保护应当采取开放式的保护，在保护的基础上求发展，这是保护和发展民族民间文化的最佳出路。开放式保护，就是要顺应新的历史潮流，逐步调整民族民间文化与现代文化的适应能力，使二者达到平衡的状态，在给民族民间文化注入新的文化因子的同时，又不失去其本民族的文化要素，并不断获得新的发展，使民族民间文化与现代文化在新的基础上实现新的文化生态平衡。

土族《格萨尔》文化保护要制定出科学、合理的规划。一是根据全国民族民间文化分类保护纲要的要求，在土族地区全面开展民族文化遗存与民间文化资源的普查工作，对土族《格萨尔》文化资源价值进行评估，彻底摸清家底，做好登记建档工作；二是以抢救、保护为重点，采取积极措施，我们这一代人决不能眼睁睁地看着《格萨尔》这部人类口头和非物质文化遗产代表作流失；三是对原生态文化和具有浓郁民族文化特色的区域实行动态的持续性保护，建立分项分级保护制度；四是在普查的基础上，加紧制定科学合理的保护规划，同时应该处理好保护和发展的关系。

土族《格萨尔》文化保护重在落实有效措施。民族民间文化保护应当是一项长效性、永久性的工作。通过确定文化保护对象和保护范围，因地制宜，积极探索多种保护方式和途径。特定的民族民间文化的留存，不能脱离民族地区的自然和人文环境，采取就地保护、分散保护和集中保护相结合的办法。

土族《格萨尔》文化保护要让多民族、多学科、多视角交叉研究的学术探讨逐渐形成特色。西北民族大学十分重视学科建设，专门设立了"多民族格萨尔比较研究"方向，现可以培养多民族的硕士、博士等高层次人才。为了使这一民族文化精髓得到发扬光大，使更多国内外友人了解《格萨尔》的学术价值，初步建立起土族《格萨尔》网站：www.tuzugesar.com 作为了解和研究《格萨尔》的窗口和平台,逐步使《格萨尔》走向国际化。

多年的努力虽然取得了丰硕的成果,但是依然难免存在不足。为此,我们将在发掘中采取"六结合"方略:即研究与抢救搜集相结合;研究与整理翻译相结合;研究与学术活动相结合;研究与培养人才相结合;研究与学科建设相结合;研究与建立《格萨尔》文化基地相结合的思路。

《格萨尔》的抢救和保护工作是一项长期性工程,土族《格萨尔》的抢救与保护工作始于 1985 年,2006 年以后,研究工作得到了国家和各级政府以及学校的支持与帮助,研究人员多方筹集科研经费,增加了现代科技保护措施,加快了整理速度。研究工作采取了团队合作的工作方式,组织了藏族、蒙古族《格萨尔》研究学者、语言学研究者、民间音乐研究者、现代数字技术研究者等专业人士,进行合作攻关,采用通用国际音标,对录音进行文本化、数字化处理。

结合国家经济社会发展的实际情况,继续推进搜集、整理、研究工作。自从土族《格萨尔》列入国家级非物质文化遗产保护项目之后,政府加大了经费投入,改善了科研条件,同时艺人认识水平的提高,促进了整个保护研究工作的进程,截至 2013 年,已经录制了 513 盘录音带,约占全部史诗的 50%。研究人员需要更多机会赴青海省互助土族自治县和甘肃省天祝藏族自治县等地考察,开展田野工作,逐步摸清了土族《格萨尔》的流布情况和艺人的传承谱系。土族《格萨尔》的抢救与保护工作最早于 1985 年开始,由于当时条件所限,尚未出现数码产品和数字设备等高科技装备,只能用最原始的录音机进行录音,但由于这些录音磁带的质量问题,使得一部分磁带消磁而无法使用,一些录像带也同样受到了不同程度的消磁损坏。为了录音带及摄像带的长期有效保存,对以往的录音带和摄像带,利用高科技数码技术进行复原保护也是十分紧迫的任务。

在搜集整理资料的基础上,集中出版三套土族《格萨尔》系列丛书:第一套为资料系列丛书,总共25本(截至2018年已出版4本约383万字),这套丛书是资料本,严格按照艺人的录音,用国际音标进行整理,全书分三个部分,即记音对译部分、整理翻译部分、解题研究部分;第二套为翻译系列丛书,总共25本(截至2018年已出版4本约50万字);第三套为研究系列丛书,总共10本(截至2018年已出版3本约60万字)。

土族《格萨尔》研究相关著作的出版和学术论文的发表,引起了学术界的广泛关注,在历届《格萨尔》国际学术研讨会以及相关的学术会议上日益受到专家学者的高度重视。

土族《格萨尔》的未来发展趋势给了我们新的启示和思考:第一,用追本溯源的方法,通过土族《格萨尔·创世神话/神话史诗/英雄史诗》等部分的有关内容,求证土族族源及其在史前的生产生活状况;第二,通过土族《格萨尔》中的宗教思想与现今土族的宗教信仰的对比,研究土族的多元宗教文化;第三,从婚丧习俗和禁忌文化等方面阐述土族的风俗文化特征,并从土族《格萨尔》中找到相应根源;第四,通过土族《格萨尔》史诗中以韵散的藏语和土族语的相互对比进行比较研究和分析,填补格萨尔学和语言学研究领域的一项空白。

民族民间文化是人类遗产的重要组成部分,丰富了人类文化的创造性和多样性。土族《格萨尔》的研究工作应与时俱进,不断丰富,保持其鲜明的个性和特色,继承发展,以引起各界的重视和更多关注。挖掘、抢救和保护土族《格萨尔》,不仅能丰富藏族《格萨尔》英雄史诗,也将对中国民间文学发展和完善产生一定的推动作用。

三、土族《格萨尔》的保护计划

1. 传统文化传承渠道的多样化

当传统文化面临现代文化冲击的时候，必须做出相应的调整应对，这样才能适应现代化。传统文化的传承，当今遇到了诸多挑战。为了保护土族《格萨尔》，应该在传承上开创多元化途径，才能适应当今社会文化事业的健康发展。项目研究保护小组试图通过以下途径，实现传统文化传承渠道中多样化：

第一，现代学校教育当中，增加民间文化内容，尽快编写土族《格萨尔》的校本教材，让传统文化进入大学课堂。

第二，利用现代高科技传媒手段，使土族《格萨尔》适应信息时代的社会需求。

第三，建立土族《格萨尔》专业数据库，实现资源共享。

第四，利用现代科技手段，在各级各类组织机构的支持和帮助下，尽最大努力，实现土族《格萨尔》传承过程的延续性和有效性，使土族《格萨尔》这一民族民间传统文化在新的时代获得新的生命力。

2. 长远发展的经验与启示

第一，文化保护必须适应社会经济发展。《格萨尔》史诗这一民族民间文化要保持其特性，就需要在文化积淀和继承的基础上努力适应外部环境和条件，还要不断吸收和纳入新的文化因素，这要求我们有意识、有目的地对文化的变异加以引导，将有形文化遗产和无形文化遗产一同加以保护。

第二，文化保护要制定出科学、合理的规划。根据全国民族民间文化分类保护纲要的要求，在各地全面开展民族文化遗存与民间文化资源的普查工作，分地区、分类别按不同文化类型和种类，对各地区的民族民间文化资源价值进行评估，彻底摸清家底，做好登记建档工作,以抢救、保护具有重大历史、科学和文化价值的濒危民间艺术、传统技艺、宗教艺术、民俗、节庆等民族民间文化为重点。如果不采取积极措施,《格萨尔》这部"人类口头和非物质文化遗产代表作",我们这一代人将眼睁睁地看着它流失。如此,我们将为民族民间文化遗产的损失承担不可推卸的历史责任。

第三,对原生态文化和具有浓郁民族文化特色的区域实行动态的持续性保护,建立分项分级保护制度。设立一些适宜的专门文化保护区、文化保护点和文化保护带,达到持续性保护的目的。对民族历史文化内涵深厚、民间民俗文化形态多样的村落或地区,可通过建立民族民间文化生态保护区,以"活文化"的方式予以保留和保护。

第二章

土族《格萨尔》史诗中的
创世神话

宇宙天地的起源及人类出世、万物诞生这些问题似乎有着神秘的诱惑力,人类从未放弃过探求宇宙之有涯抑或无涯,也不断思考自身的生命源头,而且对这一古老命题的执着追求,永远都没有停歇,不会抛锚。

人们在这一领域天马行空的自由想象,创造了令人震惊、赞叹不已的神话、史诗。中国少数民族先民的创造力也与世界其他民族的祖先并驾齐驱,翻开中国少数民族的创世神话,真是异彩纷呈。土族《格萨尔》创世神话的内容更是令人目不暇接。

据笔者多年的调查发现,土族《格萨尔》的蕴藏量继藏族《格萨尔》和蒙古族《格斯尔》之后居第三位,它不仅篇幅浩繁,包罗万象,而且其内容极为独特。比如其中的《天神创世史》是将土族的创世传说融入了史诗中,表现出一种极为可贵的文化创造精神。这一内容在其他民族的史诗中并未发现,是土族《格萨尔》独有的文化内涵,具有很高的学术价值。

第一节　土族《格萨尔》史诗中的
宇宙模式

　　世界各个民族都有独具风格特色的创世神话或史诗,也有许多相似之处。对于宇宙初始状态的猜测,就存在着某些不谋而合的一致:宇宙之初混沌一片,然后世界澄明,万物生息。这种相似不仅是古朴思维的共同点或者是猜想的雷同性,更是人类社会发展进程中某种具有关照意义的启示。

　　在土族《格萨尔》中说所描述的宇宙的原初状态也是一片混沌:最初,外部的宇宙是一片无边无尽的虚空。在世界产生之前,宇宙和四大洲(东胜身洲、南赡部洲、西牛贺洲和北俱卢洲)还都没有形成,天连着地,地连着天,天地相连,日月不明;没有刮风下雨,也没有电闪雷鸣;没有山川河流,也没有花草树木;没有人的喧闹和飞禽的鸣叫,也没有走兽的足迹和踪影;既没有神殿、佛殿和般若殿,也没有宝座、佛陀和经文。整个地球处于一片哑然和静态的汪洋之中。

　　"整个地球处于一片哑然和静态的汪洋之中。"——在开天辟地之前,宇宙是一片汪洋,这显然为液态说。无独有偶的是在其他民族的神话中也具有相似的认识,许多民族的先民都认为宇宙的原初形态是液态的,这也许与他们所处的雨雾连绵的湿润环境相关。

　　在满族的天神创世神话中,流传着这样的一些说法:1. 原来没有地,天连着水,水连着天。(选自《满族民间故事选》,搜集:余金;讲述:傅英仁;流传地点:黑龙江省宁安市)2. 传说刚有天地那阵子,天上地上都是黑糊糊、泥浆浆的。(选自《满族民间故事

选》,搜集:富育光;讲述:张石头,他也是听老萨满口述的;流传地点:黑龙江省孙吴县)

傈僳族:1.远古时候,大地到处出水。(选自云南大学中文系《民间文学资料》第十七集,整理:谷德明)2.相传,很古很古的时候,天空和水面连成了一片,云雾在水面上飘飘荡荡,世界变得一片凄凉。(根据故事《岩石月亮》,又名《彩虹》,整理:曹德旺、周忠枢)

在许多的神话故事和传说中,都是从开天辟地或者是改造大地直接开始的,这些对原初状态的描述已经变得非常朦胧,甚至被剥离了。但是这部分内容在土族《格萨尔》中却描述得十分具体:

> 在天地形成之初,
> 不分黑夜和白天。
> 荒野空旷有三说,
> 首先要把这来讲,
> 要是不做这件事,
> 我们大家事难成。
> 最初天地形成时,
> 没有黑夜和白昼,
> 阳世空旷有三说。
> 没有大地是一空,
> 没有天空是二空,
> 世间处处是混沌,
> 为此原因是三空。
> 除此说法还很多,
> 没有金色太阳是一说,
> 没有银色月亮是二说,

没有闪闪星星是三说。
除了上述空旷外，
这里说法有很多。
若要不讲这一切，
我们大家事难成。
我们阿朗没疆域，
为此原因是一空；
上师喇嘛没一位，
为此缘由是二空；
去了仙境没神人，
就此原因是三空。
除此之外说法有很多，
阿朗部落没领地，
神山顶峰没神树，
为此就说是一空；
百花滩上没鲜花，
疆域之中显空旷，
为此就有三空说。
最初天地形成时，
四大部洲没形成，
就此原因是一空；
没有国都和国王，
为此原因是二空；
没有英雄和勇士，
就此原因是三空。
除此之外说法有很多，
大人小孩没一个，

这里众生没一个，
为此世间很空旷。
天地最初形成时，
四大部洲没形成，
为此原因是空洞。
没有北俱卢洲是一空；
没有南赡部洲是二空；
没有东胜身洲是三空；
没有西牛贺洲是四空。
岩石神山没一座，
没有这些是一空；
檀香圣树没一棵，
没有这些是二空；
沼泽湖水没一片，
没有这些是三空。
在这阳世三界和天界，
处处混沌没界线，
天连着地呀地连着天。
这里没有一匹白骏马，
没有这些是一空；
长毛犏牛无法这里生，
为此这里是二空；
吉祥绵羊无法这里养，
为此这里是三空。
这里猛兽足迹没一个，
没有白色雪狮是一空；
没有阴山灰狼是二空；

没有斑点猛虎是三空。
没有所谓的猛兽之王，
没有所谓的百鸟之首，
为此世间是空洞。
没有智慧大鹏是一空；
没有白胸大雕是二空；
没有黄色野鸭是三空。
没有黑色乌鸦是一空；
没有花花喜鹊是二空；
没有灰色布谷是三空。
天地最初形成时，
爬行的虫类没一只，
没有他们世间感到很寂寞。
天地最初形成时，
没有金湖玉湖海螺湖。
没有金湖是一空；
没有玉湖是二空；
没有海螺湖是三空。
天地最初形成时，
不分黑夜和白昼，
世间空旷到极限。
没有金色金城堡是一空；
没有白色海螺城是二空；
没有绿色玉城堡是三空。
金城里面没宝座，
不能称作是金城，
为此原因是一空；

玉城里面没宝座，
不能称作是玉城，
就此原因是二空；
海螺城中没宝座，
不能称作是城堡，
为此原因是三空。

据说，在很久很久以前，既没有太阳，没有月亮，也没有星星，
既没有蔚蓝的天空，也没有黑色的大地；既没有黑夜和白天，也没
有刮风和下雨；既没有马、牛、羊和人类，也没有狼、虫、虎、豹和豺
狼；既没有在天空中飞翔的鸟儿，也没有在大地上行走的野兽；既
没有山川河流和树木，也没有闪电雷鸣和刮风；既没有人的喧闹也
没有飞禽的鸣叫；既没有神殿、佛殿和般若殿，也没有宝座、佛陀和
经文。天连着地，地连着天，天地相连，茫茫无际，整个世界处于一
片哑然、黑暗和静态的汪洋之中。

幽静大地形成之初，
没有白天和黑夜，
一无所有是空旷。
那里没有那三山，
金山玉山海螺山，
如若它们不形成，
世间大地显空旷。
提起金山说法多，
金山里面没黄金，
玉石山中没玉石，
海螺山里没海螺，

就此原因是三空。
金山顶上没金树，
没有金树是一空；
玉石山上没玉树，
没有玉树是二空；
海螺山上没有海螺树，
没有此树是三空。
金山顶上没金鸟，
没有鸟鸣是一空；
海螺山上没有虎，
没有老虎是二空；
玉石山上没有虫，
没有虫类是三空。

　　提起大地形成之初，大地一片寂静，没有金山、玉山和海螺山，在这三座大山里面既没有金子，也没有海螺，更没有玉石。在这三座大山的峰顶上既没有树木又没有鸟类，更没有虎豹和虫蛇，眼睛所能看到的地方，到处是一片寂静和黑暗。

在天地形成之初，
金城里面没宝座，
宝座之上没国王，
没有国王是一空；
海螺城堡没宝座，
宝座之上没将领，
没有将领是二空；
玉城里面没宝座，

　　　　宝座之上没人坐，
　　　　就此原因是三空。
　　　　除此说法有很多，
　　　　金色宝座没国王，
　　　　没有国王那皇袍，
　　　　就此原因是一空；
　　　　海螺宝座没将领，
　　　　没有将领那铠甲，
　　　　没有铠甲是二空；
　　　　玉石宝座没人坐，
　　　　没有他们那衣裳，
　　　　就此原因是三空。

　　据说，在大地形成之初，没有大殿和宝座，在金色的大殿的宝座之上没有一位国王在上坐，如果那里有一位国王的话，也没有可供国王穿戴的皇袍；离金色城堡不远的下方，有一座像玉一般的城堡，里面的宝座上没有一位将领在坐镇，假如说有一位将领的话，也没有可供他穿戴的铠甲；离玉城堡不远的地方有一座像海螺一样的城堡，如果说有这样的一座城堡，里面连个人影都没有，更没有可供他们穿戴的衣服。

　　　　金城里面没宝座，
　　　　宝座之上没国王，
　　　　没有兵器可佩戴，
　　　　没有武器是一空；
　　　　海螺城中没将领，
　　　　没有武器握手中，

没有武器是二空；
玉城之中没宝座，
宝座之上没人坐，
没有武器手中握，
就此原因是三空。

据说，这些城堡之中没有国王，也没有将领驻守，如果说有将
领和群众，那么他们手中也没有一件兵器可供使用。

抬头仰望那上方，
上方大地没一寸，
一切空旷没事物，
没有事物是空旷。
再来窥探那中部，
中部神殿没一座，
大象般宝座没一个，
没有宝座是空旷。
宝座之上没人坐，
所以中部更空旷。
低头俯视那下方，
下方鄂博没一个，
大地大山和山谷，
所有一切都空旷。
因为空旷显得一无所有，
因为一无所有显得很空旷。
上灶中灶和下灶，
没有三灶是空旷。

如若红色鲜花不盛开，
山涧大地无生机。
假若白色鲜花不盛开，
山谷河流无活力。
如果蓝色鲜花不盛开，
开阔大地无颜色。
就此原因是空旷。
大地没有四面和八方，
没有东、南和西、北，
一无所有是空旷。
大地没有上下方。
上方下方无界域。
大地不分左和右，
一切尽在空旷中。
道路大小全都无，
所谓烟雾弥漫全都无，
所谓说话之声全都无。
伸手拿呀没拿的东西，
放眼看呀没见的东西，
一切全部是空旷。

据说，这里没有上下之分，这里没有左右之分，这里没有那边或这边之说，这里没有高低之分，这里没有烟和火，这里没有大山和树木，这里没有所谓的路可走，这里没有手中可以携带的任何东西，这里没有能够看到的任何东西，眼睛看到哪里，哪里一片黑暗，使人感到十分地惧怕和恐慌。

这里既不刮风也不下雪，这里既不下雨也不打雷，这里没有寒冷和温暖这一说，一切都处于黑暗和空旷之中。这里既没有寒冷也没有酷热，既不知冷暖也没有冰块。没有高山，没有大河，没有高空，没有大地，没有彩云，空中没有飞翔的鸟儿，大地没有奔跑的动物，眼睛可以看到的所有地方，处处都是一片寂静和一无所有。

从以上土族《格萨尔》史诗对于宇宙初始状态的描述中我们可以看到：

1. 土族《格萨尔》史诗认为宇宙的原初是液态的，这就说明世界的诞生、一切生命的起源都离不开水，水是世界之本，生命之源。

2. 虚空的状态被描述得十分具体，先民们一开始就怀揣对世间万物的美好期待与向往，以及对唯美生态的不尽想象，还有对自然规律的自觉遵循与欣然认可。

韵文咏唱的部分比起散文形式的内容，更容易保存原始状态且更易于保留和流传，土族《格萨尔》史诗中的咏唱的韵文部分和解说的散文部分相得益彰，充满了想象力和创造力，归功于历代艺人们的智慧和潜心说唱。在这些内容中，包括自然天象猜测，地理风物猜测，甚至有方位的猜测，不仅有空间猜测，还有时间的猜测。具体来说，现存史诗中明确提到的就有以下诸多物象：黑夜、白昼、阳世（陆地）、天空、太阳、月亮、星星、上师喇嘛、神人、神树、各色鲜花、四大部洲、国王、英雄、勇士、兵器、铠甲、众生、大人、孩子、沼泽湖水、檀香圣树、白骏马、长毛犏牛、吉祥绵羊、斑点猛虎、白色雪狮、阴山灰狼、智慧大鹏、白胸大雕、黄色野鸭、黑色乌鸦、花花喜鹊、爬行虫类、金湖玉湖、海螺湖、金色城堡、白色城堡、绿色城堡、宝座、神殿、鄂博、上中下三灶、道路、方向、寒冷与炎热等。仅从这些物象来看，我们也可以猜测先民就地取材的生活片段，有一定的历史考证价值。

这些物象还表现出了相对、相似的统一和同一的哲学观念。

3. 土族信仰萨满教，以天为尊，水从天降，这种内在的联系是否也有着水天一体的幻想与崇拜？天的气态和汪洋的液态是否是同源之水的意味呢？

在哈萨克斯坦的神话中同样体现了以水为中心的世界观。原初，天地未开辟之时，宇宙不过是一片滔滔大水，后来从中生出了腾格利——天神。水和腾格利有着语音上的对应关系，故而气态也好，固态也好，都是水的变体。

4. 史诗从一无所有的虚空世界谈起，对这个虚空世界的想象描述预留了无限的续接空间，也为下文中更为广阔的万物起源及改造大地生存状态的尝试提供了铺垫。

通过这种比较阅读，我们不难发现，这也许已经不再是简单地去复制自然环境，也有可能是自然环境在某种状态需要一个升华的过程，而且要在原始思维的引导下，以原始自然崇拜为中介，经过类比幻化，以审美意识在史诗中创造出神奇的形态。

第二节　土族《格萨尔》史诗中的造地过程

一、创造大地的动机

天神接受梦的昭示，然后前往上部察看，通过梦的昭示去行事，这是一种对动机的神秘保留。借梦的昭示这种方式为自觉地行为找一个合理的缘由，有了合理的缘由，那么之后的行为和举动就是顺理成章的了。

在土族《格萨尔》中，梦是灵魂再现显示出来的一种预兆，而灵魂的思想最早又是萨满教思想中的核心内容,生命的肉体可以死去,但灵魂是不灭的,灵魂可以独立于人的躯体而存在。

正因为如此,灵魂可以独立于人体而观察人的一切行为以及它的祸福吉凶,梦就是这种"观察"的某种显示,通过这种显示来提醒和指导肉体的生命如何行动。

我们不妨看看天神们做梦和破梦的具体过程:

> 荒原大地形成之初,
> 不分黑夜和白昼,
> 一无所有是空旷。
> 在一个吉祥如意的夜晚,
> 上部天王神做一梦,
> 早晨很早很早要起床,
> 从未敲过的皮鼓敲一敲,
> 从未挂过的唐卡挂一挂,
> 从未敲过的佛钟敲一敲;
> 快把中部财宝神叫回来,
> 再把下部龙王神叫回来,
> 叫回来呀有事要商量。
> 我昨晚睡觉做一梦,
> 梦中梦到很多事,
> 是吉是凶不明了,
> 大家一起来商量。

据说,有一天晚上,上部天王神在睡觉的时候,突然做了一个梦,梦境中他一个人在一个黑暗的环境中行走,眼睛所能看到的地方都是一片黑暗,到处都有黑水在泛滥。不多一会儿,从水中有很多山头慢慢地在生长，上部天王神就在这水中边游边走，非常惧怕。就在此时，由于极度恐惧而从梦中惊醒。

　　……

　　于是，到了第二天早晨，天王神请来了中部财宝神和下部龙王神，向他们简述了自己的梦境，让大家一起商量商量，这个梦到底是凶险的还是吉祥的。

　　听后，中部财宝神和下部龙王神对下部天王神说道："呀，听了您讲述的这个梦相来看，这是个好梦，不是个坏梦。"说完中部财宝神又接着说道：

> 上部天王神请您听好，
> 请您听呀我来说。
> 昨夜的梦境您不用怕，
> 不是凶兆是吉兆，
> 明早太阳升起时，
> 我们三位天神去察看。

　　中部财宝神对上部天王神说道："呀，上部天王神，请您听呀我来说。从你昨晚做的梦相来看，它是个好梦，不是个坏梦，现在您不要太着急，也不用担心和害怕，这到底是怎么回事，我们去查看查看，就会知道的。"听了财宝神的这番话之后，天王神又说道："呀，您俩说得对，明天早晨我们三位天神一起去看一看，梦相就是这样的，看了就会明白到底是吉兆还是凶兆。"

　　结果，梦中所预示的和三位天神实地看到的情形是一致的。

　　诸如此类的"梦"与"梦的预示"有很多。在之后创造众生以及规范社会秩序等行为进行之前，都有类似的梦的昭示。

二、阳世陆地的形成

（一）寻找造地的依托

在土族的传统神话故事中，就存在天神在金蛤蟆身上造地的说法。在土族创世神话中，流行最大最普遍的要算《阳世的形成》，它是这样描述的：

远古时候，地球上没有陆地，到处是汪洋一片。天神总想在地球上造一块陆地，可是地球上既没有能落脚的地点，也找不到能支撑陆地的东西。

有一天，天神忽然看见了一只蛤蟆漂游在水面上，便从空中拿来一些土放在金蛤蟆的背上。可是金蛤蟆立刻沉入水底，放在背上的那把土被水冲得无影无踪。天神生气了，便取来弓箭，等金蛤蟆再浮出水面时，朝它射了一箭，把金蛤蟆射穿了。这时，天神又拿来一把土放在金蛤蟆背上。金蛤蟆翻过身来抱住了这把土，再也没有沉下去。这就是后来的陆地。（摘自《青海民族学院学报》1981年第4期《阳世的形成》）

这里所谓的"阳世"，指的是生活在陆地上的人间。当天神用金箭射中了金蛤蟆，并且在它怀中造成"阳世"后，金蛤蟆开始求饶了：天神啊，第一次我不知道是您大驾光临，结果惹怒了您，叫您把我固定在这里，还让我抱着这么沉的一块陆地。求求您，让我撇开这块陆地吧，让我自由地生活吧，这么沉的一个"阳世"让我抱到啥时候啊？天神道：你这癫蛤蟆，不用着急，等到那金箭上长出绿树芽儿来，你就可以撇开"阳世"自由地生活了。有了天神的这个承诺，金蛤蟆心急啊，过一段时间看看那金箭上长没长出绿树芽儿来，它这一看，陆地就被震动，这就是地震的来历。

天神在金蛤蟆身上造地的神话，实际就是陆地的起源。

土族《格萨尔》中的创世神话的思想视野非常开阔，三位天神从宇宙天体的创造到大地和人类的创造,再到万物的创造生成,都有具体而细致的描述,其想象力极为奇特,气魄非常宏大,但也不乏创造的艰难和辛勤的历程。

天地形成前,既没有天也没有地,更没有世间的一切生物,满目混沌,一片空旷。"史前"的世界既然如此空旷和寂静,那怎么办呢?天神们就开始筹划造地球,造日月星辰,包括世间的众生。天神们的创世生活就此拉开了帷幕。

天神们各自骑着各自的骏马上路了。不一会儿他们就来到了一座大山的峰顶上。

三位天神和他们骑的风马,经过相互鼓励,对守门的两位看守说明了去阿朗部的理由,两位门卫善意地把巨型红色大门打开了。

三位天神看到大门已经打开。于是,急忙谢过了两位门卫后,骑上风马,跨过了大门。他们刚刚跨过此门后,顿时觉得眼前一片漆黑,伸手不见五指。下部龙王神拿起了金法轮向四周一照,那里处处都是一片汪洋,而且漆黑一片。就在这时,中部财宝神听到了从下方传来了一种好似水波荡漾般的声音。于是,他从龙王神手中抢过金法轮照向声音传来的方向,顿时他们发现在漆黑的汪洋中有一只好似蟾蜍的动物在水中蠕动,发出了水波荡漾般的声音。再细看它的身形让人恐惧。它有四颗又大又长的尖齿而且龇牙咧嘴,它的头像巨人的头,它的身体像只巨蛙,还有带点长毛的小尾巴,四脚各带着四只锋利的小爪子。除此之外,这里看不到任何的生物,像死一般寂静。

此时的水中除了这个古怪又神秘的奇特动物——鲁赞,再找不到其他可以作支撑和依托的事物。天神们试着和这位"鲁赞"交流造地的想法:

三位天神拿着金法轮,坐着木船径直向那里去了,过了那道大红门之后,龙王神把金法轮抱在胸前,那洪水顿时被照得明亮透底。这时,财宝神又将早已准备好的一条小小的木船一样的东西放进水里之后,三位天神就坐进舱内向前慢慢地游去。不多时,他们就来到了像蟾蜍一般的那个动物那里。他们这才发现,青牛神和黄山羊神驮去的沙土和石子倒在它的脊背上后,它一颤动,石子和沙土就掉入深不见底的汪洋中,不见了踪迹。这时,他们就对像蟾蜍的动物说道:

> 不知名的动物请您听,
> 请您听呀我们来说!
> 虽然我们已经又重逢,
> 但我们不知您是谁?
> 也不知您的名字叫什么?
> 虽然我们是第二次见面,
> 从您的外貌就能看得出,
> 您是水中唯一的生物,
> 您的本领肯定不一般。
> 您若能开口就说句话,
> 您若能听见就报个名。

像蟾蜍的动物听了这番话之后,说道:

> 三位老者请你们听,
> 请你们听呀我来说!
> 看你们三位不一般,
> 头发胡子全都已变白,
> 眉毛胡子全都长过胸,
> 看您的外表年龄大,

可能年龄比我大，
但我在此黑暗中，
不知待了多少年，
少说也有几亿年，
未曾见过有人来，
既然你们问我是谁？
那我告诉您也无妨，
我的名字叫"鲁赞"，
我觉得我还很年轻，
浑身的本领无处使，
满腹的智慧无处用。

听后，天王神又对鲁赞说道：

鲁赞鲁赞请您听，
请您听呀我来说！
今日才知您大名，
只怪我们上次没请教，
看您体态胖大又健壮，
就知您的年龄比我大。
前些日子夜里睡觉时，
我在梦中已经见到您，
可见神通广大又年长。
这里洪水泛滥又黑暗，
梦中早已梦到了它。
看到哪里，哪里是黑暗。
想去哪里，哪里都没路。

天王神接着说道:"呀,我们看到哪儿,哪儿就是一片黑暗,想去哪儿,哪儿都没有路可走。所以,我们就请来了青牛神、黄山羊神和大力神,不分昼夜地驮来砂子和石头,放在这里想造一块陆地和一条可以行走的道路出来。因此,您就以后别再颤动,我们让大地在此形成怎么样?"鲁赞听后接着说道:

> 三位老者请你们听,
> 你们听呀我来说!
> 哪里来的哪里去,
> 哪里的佛陀哪里去,
> 哪里的神仙哪里去,
> 哪里的上师哪里去,
> 你们说的这件事,
> 跟我鲁赞没关系。
> 我自由自在待这里,
> 不必给自己找麻烦。
> 如若没事请你们回,
> 不必在这央求我,
> 我也不会央求您,
> 我们各走各的路,
> 您好我好大家好,
> 不要在这找麻烦。

鲁赞接着说道:"呀,你们是哪儿来的神仙就回到哪里去,从哪儿来的佛陀就回到哪里去,从哪里来的上师也回到哪里去,这件事压根和我没有关系,我现在待在这里很自由,想动就动,想睡就睡,我住着很舒服呀!"天王神听了这番话之后,说道:"呀,鲁赞,鲁赞请您听！请您不要这样说,也请您不要这样做。我们共同来努力,造出一块大地来！如若在这里能够造出一块大地后,不但不会损坏您名声,反而您老名声要远扬,您我众生都受益,对您对我们有百益而无一害！为此,我们三位再次央求您,您就快快答应了吧!"据说,三位天神无论如何劝导,鲁赞都没有答应他们的请求。

与鲁赞的交涉失败之后,天神们只得另想对策。征服鲁赞是在创世神话中遇到的首个棘手的事情,在商讨未果的情况下,天神们进行了各种尝试。

(二) 众神驮沙压水

天神们与鲁赞的前两次见面都没有达成共识,天神们继续商议:一方面,除了三位天神之外,其他的神灵依然继续众志成城地进行各自艰辛的努力;另外一方面,他们虽然没能说服鲁赞,依然没有放弃造地,希望寻找更有效的办法去制服鲁赞。

财宝神和龙王神登上了须弥山的峰顶上,煨起了一堆很大的松柏桑,吹响了从未吹过的海螺法号,敲响了从未敲过的佛钟。那里的所有大小神灵都闻到了桑烟的香味,听到了吹海螺和敲佛钟的声音。不一会儿,那里所有的大小神灵都不约而同地聚集到了天王神那里。这时,天王神就对众神灵讲道:"呀,大小众神灵请你们听,请你们耐心地听听我的话,前些日子我和中部财宝神、下部龙王神等三位天神按照我所做过的一场梦去了上部,去以后我们才发现阿朗部那里的确像我所梦到的一样,那里一片汪洋和漆黑,处处都是伸手不见五指般的黑暗。现在就召集你们来,我们共同就对此事进行商讨,请你们大家议一议,提出一个解决问题的办法来呀！"

一位青犍牛神站了起来说道:"呀,天王神刚才已经说了,大家都听见了,要说有什么办法,我想我倒有一个办法可能可以解决阿朗部洪水的事情!"他稍稍犹豫了片刻之后又说道:"我的办法是:由于我体格健壮,力气又大。所以,要想把阿朗部的水治好的话,你们将沙石和泥土等装入器物中,然后驮到我的背上,我去后将这些沙土倒入水中,这样就能把阿朗部的水压下去的。不知道我的这个办法好不好,请天王神和众神灵定夺呀!"听了青牛神的话后,不一会从众神灵中又有一只黄山羊神站出来说道:"呀,我刚才听了青牛神的话,觉得他说得很有道理,我也可以驮这些沙石,也可以给青牛神做个伴,你们看如何?"听了这番话之后,天王神对青牛神说道:"呀,您说的这办法我觉得有道理,要想把阿朗部的水治理好,光靠您一个神是不行的,那就黄山羊神您也去,我手下还有一位大力神也一同前去,它体格健壮,力大无比,可以帮助您俩完成这件事。我也没话说了,同意你们三位天神去完成这件事吧!"说完众神灵也都纷纷点头,表示同意了。

　　到了第二天早晨,大力神拿了一个用来装沙石的大袋子和一个小袋子,又扛了一个用来铲土的铲子后,去了一个有沙石的地方。不一会青牛神和山羊神也都不约而同地来到了这里。他们三位神灵稍做商量后就开始劳作了。青牛神驮着装满沙石的大袋子去了水边,山羊神也驮着装满沙石的小袋子,摇摇摆摆地去了水边。青牛神和黄山羊神日复一日,年复一年地驮着那些沙子和石头,不断地倒入水中。又不知过了多少年,驮去了多少沙石,总也不见沙石露出水面,也不见水位下降一寸,更没有看见洪水有丝毫减少。看到这个情况之后,黄山羊神就对青牛神说道:"呀,青牛神呀青牛神,不知道我们已经驮了多少次的沙石,也不知向水里倒进了多少方沙石,水面丝毫都没有改变,依我看我们再这样驮上几万次也没用,我们现在就去找天王神,向他说明情况,看他们有没有更好的办法!"说罢他们三位神灵就去找天王神了。

他们见到了天王神之后,就详细地说明了他们如何经过努力,又如何进行了填水劳作的情况。青犍牛神、黄山羊神和大力神等神灵日复一日、年复一年背沙土去压水,由于鲁赞的不断抖动,使得沙土全都落入深水中,没有取得最终的成功。

(三) 宝物制服鲁赞

探察之后天王神说道:"虽然我们走到了那里,但是,那里有一只叫鲁赞的动物,我们每次驮去的沙石都是由于它在捣蛋。所以,驮去的沙石都掉进了水底。见此情况我们再三地央求过它,但它没有答应我们的请求,无奈之下,我们只好返回了驻地。等到明天早晨天亮后,把所有的神灵都请来,我们再商量一下,看看谁有什么更好的办法?阿朗部那里处处都在黑暗的汪洋中。所以,我们一定要把阿朗部的事情办好!"

龙王神接着说道:"呀,今天所有的大小将领,大小佛陀,还有大小神灵都聚集到了一起。现如今阿朗部发生了这样的事,我们不能不去管。所以,今天这样一个吉祥的日子里请大家来,我们共同商量一下该怎么办?请你们大家也都说句话吧!把心里的话都说出来,无论是大小将领,男女老少;无论是佛陀还是神灵,各抒己见,都来谈一谈吧!"说完后,众神灵中说话声和争论声四起。看场面声势浩大,众神灵七嘴八舌,难分上下。三位天神也个个走访,广泛地听取众神灵的意见。过了几个时辰之后,龙王神站出来给众神灵说道:

众神灵呀请你们听,
请你们听呀我来说。
这个吵法不成样,
我也听了你们的话,

现在我就说一说。
金色法轮在我手，
长柄金刚在我手，
我有主意要讲明！

龙王神接着说道："呀，你们别吵了，我给你们说句话！在我们宫殿内有三件宝，一件是金法轮，它可以照明那里的黑水；一件是金刚，用它可以施法；另一件是多少年以来保存在这里的一根金针，它可大可小，随意变化。我们就拿这三件宝再去找它。我们利用法术将这枚金针，插入'鲁赞'的身体里，这样鲁赞就会听我们支配的！大地也就此会逐渐形成的！对我的建议大家有没有意见？"说完，众神灵纷纷点头表示同意。

到了第二天早晨，由上部天王神、中部财宝神和下部龙王神又带着金法轮、金刚和金针出发了。

三位天神走到了水边后拿起了金法轮，把黑水照了个透亮，这时鲁赞照旧在那里蠕动着，三位天神看到鲁赞就有些愤怒了。这时，三位天神一字排开，口中默默地念着咒语。这样过了几个时辰后，龙王神怀抱金法轮，财宝神手执金刚，天王神右手将金针高高举起，针尖朝着鲁赞的身体猛插下去，只见眼前一道金光闪过，这道光芒让鲁赞吓了一跳，它急忙翻过身来，仰面躺在水中想接过金针时，没想到金针直插它的肚脐眼，它使出了全身的力气，怎么拔也拔不出来，想翻过身去也不能了，稍稍一动，肚脐眼里疼痛难忍，气得它直颤抖。这时鲁赞说话了："呀！我看你们三位天神也非同一般，看来我不得不听你们的话了，我可以让大地形成，但我这样躺多久才能翻起来呀！请你们三位天神给个时间可以吗？"三位天神听了这番话之后，天王神说道："鲁赞呀鲁赞，请您听呀我来说！看您的模样也不一般，大地的形成要靠您，您在一年当中看一次您的肚脐眼,什么时候金针在您的肚脐眼里发了芽,您就可以翻过身,在没有发芽之前您是不可以翻身的呀!"之后,鲁赞也就乖乖地仰面躺在水里,一动也不敢动了。这时,三位天神就高高兴兴地返回了驻地。

商讨无果后,三位天神只好将金针插入鲁赞的肚脐来制服它,让鲁赞保持相对稳定的状态,然后请青牛神、山羊神和大力神他们驮着黄金去压水。大地并不是由鲁赞的身体直接化作的,只是大地在水域中形成的依托。这仅仅是完成了一段造地的过程,有了这个依托,才有陆地生成的可能性。显然先民们对这一过程的思虑是慎重的。

返回了驻地之后,天王神又对众神灵讲道:"呀,上部的佛陀请你们听,上部的神灵请你们听,我们三位天神这次去了阿朗部那里后,找到了鲁赞,我们又通过法术把金针插在了鲁赞的肚脐眼里了,它也答应了我们的要求。现在我们要让大地形成就容易多了!"他又接着说道:"现在我们的大小神灵还得聚一次,来共同商讨如何让大地形成的事情,尤其是要把青牛神、黄山羊神和大力神请来,这件事情还得麻烦它们三位神灵要去完成呀!"没过多久,各路山神、家神,以及灶神都来了。天王神又对众神灵说道:"呀!你们都来了就好,青牛神、黄山羊神和大力神,你们三位神灵站到前排来,我有话要对你们说。从明天开始,先让青牛神驮去黄金,这水又深又黑,起初如果不用黄金来压水,这水是压不住的。先用黄金压完水之后,我们再去看看,是个什么样子呀!"接着下部龙王神又说道:

　　　　天王神呀请您听,
　　　　请您听呀我来说!
　　　　您的话语没有错,

就像佛陀的旨意无疑虑，

也像上师的话语无过错。

明天早晨黎明时，

须弥山顶煨堆桑。

做上灶台上中下，

上灶锅里熬上茶，

中灶锅里煮上肉，

下灶锅里酿上酒。

头茶敬奉给佛陀，

头肉供奉给神灵，

头酒敬奉给上师，

我们这样取吉祥，

取个吉祥看兆头，

看看是吉还是凶。

阿朗部形成何预兆，

此仪式就为它而做。

大小将领来聚会，

千位佛祖来聚会，

万位神灵来聚会。

龙王神说道："呀！天王神您说的这话是千真万确的，您说过的话就像是佛祖的旨意一样，也像上师的言语一般没有错。明天早晨我们就按您的吩咐，到须弥山的峰顶上煨一堆很大的松柏桑。然后，吹响从来也没有吹过的海螺法号，敲响从来也没有敲过的佛钟，再把从来没有挂过的佛像挂起来。我们再在那里做上三个灶台，上灶的锅里熬上茶，头茶供奉给佛陀；中灶的锅里煮上肉，头肉供奉给神灵；下灶锅里酿上酒，头酒供奉给上师。这样做是为了唤来我们这里所有的大小神灵和佛祖。等众神灵都来了之后，我们取个先兆，看看我们这次造大地的这件事是个吉兆还是凶兆。看看这次我们能不能把它造出来呀！"

又是一次祈祷和请求昭示的情节，再次表明造地举动的庄重与慎重，甚至借非自然的精神力量来鼓舞自身改造自然的决心和信心。

到了第二天早晨，众神灵在须弥山的峰顶上煨起了一堆前所未有的松柏桑，桑烟弥漫，烟雾缭绕。有一些神灵吹响了从未吹过的海螺法号，有一些神灵敲响了从未敲过的佛钟，还有一些神灵把从未挂过的佛像也挂起来了。同时也做好了上、中、下三个灶台，上灶中熬着茶，茶香四溢；中灶中煮着肉，肉香飘溢；下灶中酿着酒，酒香弥漫。这时，上部天王神，中部财宝神和下部龙王神三位天神与众天神也向须弥山顶走去，三位天神刚来到山顶时，茶也刚刚熬开，肉也刚好煮熟，酒也刚好酿成。于是三位天神将这茶、肉和酒向四方，对各位佛祖以及山神和家神等都一一做了供奉。看这样子兆头非常好，看上去一派祥瑞之兆。

天王神说道："呀，众神灵请你们听呀我来说！我们的上部有座金城堡，你们去看看，那里有取不完的黄金，你们把它背出来吧！"

到了第二天早晨，众神灵就按天王神的吩咐，打开了金城堡的大门，接着又打开了存放黄金的金殿的大门。这时，众神灵眼前顿时变得金黄一片，无法睁眼。然后，天王神又派来了青牛神和黄山羊神，还有大力神三位天神。它们来到金城堡之后，大力神就将一堆堆的黄金装进了袋子，然后又将一袋袋的黄金托上了青牛神和黄山羊神的背上，让他们驮着这些黄金，去鲁赞那里，倒入黑暗的水中，用来压水，这样日复一日、年复一年地不知驮了多少天，多少年。

三位天神骑上了各自的风马出发去查看那里的状况,不多时,他们又来到了水边,当他们走进水中时,眼前又是一片漆黑。这时,龙王神又取下了金法轮照进水里,黑水顿时随着金法轮发出的金光而变亮了。于是,他们三位天神就排成一排,跟随着金光走去。

当他们走到鲁赞那里时,看见鲁赞仰浮在水中,由青牛神和黄山羊神驮去的黄金和沙石围绕着插在鲁赞肚脐眼里的金针的周围伸展开来,逐步地从水中升起。

这一情节包括两方面细节:第一,三位天神在察看了状况之后,发现在水中造地如此不易,从开始就召集众神商议对策,并试图用青犍牛神、黄山羊神还有专门派去共同劳动的身强体健的大力神这样的劳动组合去进行集体劳动;第二,即便是天神,面对如此棘手的问题,也要靠种种神秘力量,包括金法轮、金针、甚至鲁赞本身,都是造地的依靠。这些神秘力量,既包括莫测的神力、法力以及天神们的智慧,也包括某种工具或者他人(人或动物或其他神灵)的一臂之力。无论是超自然的神秘力量还是依靠了外界的附加努力,都建立在团结一致的精诚协作的淳朴劳动观念之上。

(四)大地最终形成

造地神话的另外一个特点是,陆地被造出之后,都伴随着稳定天地或者是治理大地的情节。在土族《格萨尔》史诗中,就有疏浚水路的详细治理过程:

"在这南赡部洲还有很多事要做,人类还没有形成;马、牛、羊还没有形成;树、羊、鸟类还没有形成;狼、虫、虎、豹都还没有形成;处处都有洪水泛滥,还得把这洪水的水路疏导开,要不然这水把大地都快要淹没了,这样所有的动物都无法生存呀!"听了财宝神的这番话之后,天王神说道:"首先我们得把这洪水的水路打开,如果不让洪水流开的话,这里所有的生物都无法形成的。现在我们三位马上就回去,回去后需要我们大家共同来商讨,如果不这么做,要想打开水路很艰难的!治理洪水的事我有个主意,说出来大家听一听,有不同意见就说出来!明天早晨天亮之后我再去南赡部洲看一下,出发时我们把'格朗'带上,我去用它吹吹看能不能把水路打开呀!"天王神说了这番话之后众神都没有异议了。之后,他们就决定采用天王神的这个建议。

到了第二天早晨,天王神背了格朗和金法轮,骑上了红色风马出发了。

> 我骑上红色风马去上部,
> 身上穿着红衣服,
> 脚上穿着红靴子,
> 头上戴着红帽子。
> 身上背着三件宝,
> 格朗就是一件宝,
> 法轮又是一件宝,
> 神箭也是一件宝。
> 只身走在平山谷里,
> 山谷深处有神殿,
> 要把神殿去供奉。
> 只身走在草滩间,
> 草滩中间有石堆,
> 要把石堆敬一敬。
> 只身走到崖豁口,
> 有尊鄂博在那里,

要把鄂博去供奉。
再走就到疆域处，
那里寒风刺骨不好受，
那里的寒风像刀锋。
向着天空走去时，
在那天空升朵云，
升腾升腾去上方，
此云飘到须弥山顶上，
我与此云为伴向前去。

据说，天王神独身一人骑着一匹红色的风马，向上走去。当他走到一个很大的草滩时，看见那里有座石堆，他便走近石堆对此进行了祭奠；当他再向上走去时，就到了一个山谷中，看见那里有座很大的神殿，他又走近后对此进行了祭拜；他骑着马儿继续向上走去，这时他走到一个崖豁处，看见那里有一座很高大的鄂博，他便走近，对此一一地进行了供奉。就在此时，他看见有一朵白云从这山顶向天空升腾，不多一会儿这朵白云就落在了须弥山的峰顶上，天王神看到有云在升腾，便以云为伴，与云朵一起来到了须弥山的峰顶上。

这时，天王神自言自语道：

须弥山峰在那里，
须弥山的长势不一般，
我就站在此山顶。
我站在这里看那边，
那里看去洪水在泛滥。
我站在这里看下边，

> 下边处处是洪水。
> 我站在峰顶看上方，
> 上方也有洪水在泛滥。
> 我站在峰顶看后方，
> 后方也有洪水在泛滥。
> 要想疏导很艰难，
> 在须弥山顶煨堆桑，
> 就在这里献上敬圣水，
> 然后在这做修行。

据说，天王神来到了须弥山顶后，他从须弥山的峰顶向旁边望去，那里到处都是水，只有那些长得很高大的石山才从水中露出个山尖，其余部分却在水中淹没着；然后他又向下望去，下方的洪水也一样，从水中露出了个别山峰，其余部分都在水中淹没着；然后他又向上方看了看，上方也不例外，只看见若干山尖露在水面上，天王神看到这种情况，心里不由得有点害怕。于是，他就在须弥山的峰顶上煨起了一堆很大的松柏桑，然后就地盘膝而坐双手心合拢，紧闭双目，口念着咒语，打坐修行了。

天王神修行完了之后，央求了南赡部洲的大小神灵和老龙王之后，他从背上取下了格朗宝物，对准前方吹了一口气，没见洪水流开，又向上方吹了吹还是没有能把洪水吹开，他又向下方吹了吹，洪水还是没有能吹开。

> 这里水位太高了，
> 这里水源太大了，
> 要想流走很艰难，
> 需要念念嘛呢咒语才能行。

　　说完，天王神紧闭着眼又在心中默默地念起了咒语，然后又拿起了格朗宝物吹了吹前后左右和上下，水位依然没动。这时，天王神也没有再好的办法，能使这水流开。为此，天王神无可奈何，垂头丧气地返回了驻地。

　　天王神回去后又请来财宝神和龙王神商议，财宝神自告奋勇，在第二天早晨，他穿着黄色的着装、骑着黄色的风马去到海边察看。他来到了海边后，在那里煨了一堆很大的松柏桑，又向着大海敬了黄酒、白酒等，然后财宝神在海边修行，口中念诵祈祷词。就这样他每天在海边不知修行了多少年。突然有一天的早晨，财宝神像往常一样正在那里修行时，在大海的中央海水翻滚，像开水沸腾一般，没过多久，老龙王就从那翻滚的海浪中向他走来。老龙王问道："您今天叫我来有什么事情？"

　　听了老龙王的话后，财宝神又说道：

　　　　老龙王呀请您听，
　　　　请您听呀我来说！
　　　　我请您来有事情，
　　　　南赡部洲有洪水，
　　　　那里洪水泛滥不一般，
　　　　要想把水路打开很艰难，
　　　　要想能使洪水流淌不简单。
　　　　今日求求龙王不简单。

　　财宝神接着说道："呀！老龙王请您听呀我来说，我有很重要的事情来找您，如果没有很重要的事情我不会来打扰您的。原因是这样的：天王神、龙王神和我曾多次去了南赡部洲，那里洪水泛滥，看见万物无法生长。我们试图想把洪水引开，但都失败了。现在我来找您就是想您一定有更好的办法,所以,才来求求您给我们想个能治理洪水的好办法!"

老龙王听了财宝神的这番话之后说道:

> 财宝神呀请您听,
> 请您听呀我来说!
> 我看您财宝神不一般。
> 我在这里对您讲,
> 我们的海中有宝物。

老龙王接着说道:"呀!您是中部财宝神,今天到我这里来了,您是一位非同一般的神灵。您来到海边修行已经很多年了,您也受了很多的苦,既然我这里求宝,那我也不再为难您了。说实话,我这里有许多各种各样的宝物,比如,飞禽走兽、狼虫虎豹、花鸟鱼虫都有。在我这里也有一枚金法轮,它的本领非同一般,我现在就把它送给您,也许它能将南赡部洲的洪水引开,您就拿去吧!"

财宝神拿着金法轮,骑着风马返回了驻地。

通过财宝神的辛劳修行,加上老龙王的鼎力相助,财宝神带回了法力无边的金法轮,看来治理洪水拥有了成功的希望。

财宝神回去后就见到了天王神,把他在海边所做的事情与天王神进行了交流,到了第二天早晨,财宝神又骑着风马来到了玉湖河畔,然后在那里又是煨桑又是祈祷,不多一会在下方的湖面上出现了一朵云彩,此云慢慢升腾着、翻滚着向财宝神走来。这时,财宝神从远处看见在这朵云彩的云层中似乎坐着一尊佛,当这朵云飘到了眼前时,他才看清那不是佛也不是神,而是玉湖的老龙王来了。

财宝神又向玉湖龙王借宝，玉湖龙王说道："呀！您说您是中部的财宝神，那肯定是非同一般。既然您亲自来我这里央求我，那我就答应您！这玉湖的主人是我。所以，我也知道在我的玉湖之中有很多的宝贝，但您今天要的这件宝贝非同一般，要想得到它不是那么简单的事，但请您放心，无论这件事有多艰难我也得把它给您背来。现在您就在这里等我，我先去了。"说完玉湖龙王就返回了湖水之中。

玉湖龙王回到湖中自己的龙宫，就召集水龙王、鱼王、虾王、龟王等等这些各类水生之王们聚到一起。老龙王就说道："呀！各类海生之王请你们听呀我来说，中部财宝神现在已经在湖边等了很多年，我去问了问有什么事？他说要我们的玉宝，你们看现在我们怎么办？"老龙王话音刚落，众王坚决不答应将玉宝借给财宝神。就这样不知不觉又几年过去了。财宝神在湖边又等了几年之后，仍然不见老龙王送来玉宝。这时，财宝神从腰间取下金法轮向湖中一照，金法轮的光芒直射湖水之中。此时，水生各类动物都被金法轮的光芒烧得无法忍受了。这时，老龙王又说道："呀，你们看，如果我们现在不把玉宝送去，他会把我们全部都烧死的，我们现在马上就把它取来，我去送给他。"它们都害怕自己有可能被烧死。所以，它们这才肯把玉宝取来，由老龙王送去。

又过了几天，老龙王终于又出现在湖面了。老龙王走到湖边一看，财宝神还在那里煨桑焚香、念诵咒语。这时，老龙王说道：

财宝神呀请您听，
请您听呀我来说！
现在您再别这样，
我把宝物送来了。

　　老龙王接着说道:"呀!财宝神让您久等了,我上次回去后和湖中的众王们商量了一下,结果他们都不同意,我虽然是玉湖的主人,但我一个人也做不了主,所以,耽误了您的大事。我实在是对不起您,现在我就把它给您送来了。请您拿回去压水,如果你们把水压下去之后,就把它还给我!"财宝神听了老龙王的这番话之后又说道:"呀!您在众王反对的情况下还这样把它背来,给您添麻烦了,既然您已经把宝物给我送来了,那我就把它拿走了,我来这里也已经好多年了,我得马上回去。等我们把南赡部洲的水全部治理好了之后,我就把它还给您。"听了财宝神的这番话之后,老龙王就返回了湖中。之后,财宝神也收拾起行李,骑上风马出发了。

　　财宝神的这次出行寻宝并不顺利,充满了曲折,最终成功带回玉宝,显示了天神的权威和法力以及治理洪水的决心与执着的争取。

　　收集齐备了宝物之后,众神意气风发,都在忙碌着,没多久就将一切都准备妥当了。三位天神也都穿好了衣服,戴好了帽子,穿好了靴子,背起了金法轮、玉宝还有尼玛卓娃神箭三件宝物,骑上了各自的风马又出发了。

　　当他们三位天神经过百花滩时,看到百花滩的上方盛开着白色的花;中部盛开着蓝色的花;下部盛开着黄色的花,要住这里很舒服。在百花滩的上方有一座高大雄威的红色的岩石山峰,在这座的半山腰有一个神仙岩洞。这时,天王神说道:"呀!看这样子,这次我们的事情一定能做成,兆头非常吉祥。"

　　说着三位天神来到了须弥山的峰顶上,三位天神站在峰顶上向四面八方各个方向望去,到处都是一片汪洋,只有露出水面的几座山峰孤零零地屹立在那里。三位天神看到这一切后,即刻取下了背着的三件宝摆放在一个高台上,然后煨起了一堆很大的松柏桑,三位天神口中不断地在念诵着祈祷词和咒语,等他们三位天神完成了这一系列复杂的仪轨之后,天王神拿起了金法轮,财宝神拿起了玉宝,龙王神拿起了神箭。又念诵了几句咒语之后,天王神把金法轮高高举起的同时,金法轮发出了刺眼的金光,金光所到之处山崩地裂,所向披靡;这时,财宝神也把玉宝高高举起,玉宝也同样发出了一道强光,所到之处山崩地裂,水路顿开。于是,三位天神就拿着手中的宝物一路照来,他们所走过的地方,光到渠成。他们把小的水涡引向较大的水涡,再将较大的水涡引向大海,就这样他们艰辛地工作了不知多少年。终于有一天,他们的任务完成了。之后,几位天神又返回了驻地。等他们回到了驻地后不久,又分别将金法轮和玉宝奉还给了老龙王。

湖泊、河流逐步形成,有了各自规范的水道,不再泛滥。天王神又吩咐将领们把金、银、铜、铁等金属以及各类树木花草等所有的珍宝全都洒到了阿朗那里被治理的大地上。

三位天神很谨慎,经常查看大地事物繁衍的进程,一边修行一边念法又过了好几年。

龙王神说道:

> 大小河流已治好,
> 流入大海不复返,
> 天王神呀请您听,
> 请您听呀我来说!
> 我们三位去天空,
> 坐着船儿去天空,
> 要去空中看一看。
> 四大部洲已形成。
> 南赡部洲有洪水,

> 如今已经流入海，
> 流入大海不复返。
> 南赡部洲事已成。

据说，龙王神对天王神说道："呀，天王神呀天王神，请您呀我来说，我们已经把这里的洪水治理得差不多了。四大部洲也都已形成，尤其是我把这南赡部洲的河流全都治理好了，而且，河流都按自己的流向从上而下地流入了大海，水一旦流入大海，它就不会再倒流的。但是，三年以后这水又要返回到这里后，以下雨的形式重返一次的，到那时，即使是水又回来，也不用怕，它还是按自己的流向流回大海去的。现在虽然我们把水治好了，但我们现在还要上到四大洲的中心山上去看看周围的情况，一切都正常不正常！"天王神听了龙王神的这番话之后，与财宝神，龙王神一道向上方走去了。

> 走呀走呀，去天空，
> 到那中心山峰不简单，
> 要去那里高又高，
> 要去那里难上难。
> 历经艰辛到此地，
> 到了此地站峰顶。
> 放眼看那北俱卢洲，
> 北俱卢洲事已成；
> 再去看那东胜身洲，
> 东胜身洲事已成；
> 还去看那西牛贺洲，
> 西牛贺洲事已成；

又去看那南赡部洲，

南赡部洲事已成。

　　古人也觉得放牧牛羊的大地相对平坦，不需要太多力气去治理，放牧的土地有水、有草才是最重要的；而要整治被河谷切割得千沟万壑的土地、落差极大的水流，则不能操之过急，需要疏导和平整。洪水泛滥、水路阻塞、漫流无忌，从侧面反映了造地之初的艰难，开发大地的过程也并不顺利，显得十分曲折。

　　近些年对土族族源和民族融合的历史研究成果表明，土族在历史上存在着农牧共举的生产方式，从这些最初的对大地的改造细节也可以得到一些侧面的印证。

　　大地终于被整饬了，这个过程是曲折往复的，说明造地不是容易的事情。天神们不止一次前往探察，每次也都是用心改进各种办法解决各类新的问题。可以推测上古先民在面对蛮荒时代的开发任务时的勇敢无畏的行为、吃苦耐劳的风采，甚至是优秀的组织协调能力，以及先民们自始到终、延续至今的对天地和自然万物的敬畏之情。

第三节　土族《格萨尔》史诗中的
天体运行

　　大陆初形，谷深诡异，山黑岭险，仍为一片黑暗之地。要想使大地光明复苏、万物生长，就必须用金色的太阳、银色的月亮和闪烁的群星驱赶黑暗。

　　为此，三位天神商讨筹划，为造太阳举行了隆重的祭祀活动，艰难曲折地收集了各种珍贵的元素之后，煨桑诵经，虔诚修行，造好了十三个太阳送往南赡部洲,系在叫尼玛卓娃的神箭上射上了天空,大地顿时变得一片光明。

虽然天空有了太阳,但是到了太阳落山之后整个陆地又陷入一片黑暗之中。天神们又商量筹划,找来各种造月亮的元素,造出了皎洁的月亮。月亮被射上天空后,大地被照亮,夜晚的漆黑变成了一地清辉。

由于夜晚独行的月亮太孤单,和太阳商讨换行未果,三位天神几经调解,又准备造出星星。龙王神经过几番周折之后,终于找来了所需之物。经过诵经,造出了许多星星,并以同样的方法将这许多颗星星一一送上了天空。

一、太阳形成的过程

天王神以同样的程序,先召集众神灵再通报情况,商量对策,安排下一步的创造工作。

天王神对众神灵说道:"呀,你们大家来了就好,我今天有话要对大家说。我们三位天神前些日子又去鲁赞那里看过了,看见那里底层的岩石已经形成了,到处的山尖也在向上生长着,看样子大地已经形成了。在那黑暗的地方,只有岩石和山脉是不行的,要想那里万物生长和光明的话,我们就必须还要造出金色的太阳、银色的月亮和闪闪的星星。没有它们大地无法复苏,就像死一般的寂静和黑暗,但要想造出太阳也不是一件容易的事情。"

　　　　我们的地域有元素,
　　　　我们现在就出发。
　　　　如果蔚蓝的天空有太阳,
　　　　首先必须有热光,

要做太阳还有其他元素，
要做太阳还要火，
要做太阳还有其他元素，
要做太阳还要针，
除此之外还有其他元素。
金山那边有金城，
金城元素有很多。
金城之中有宝座，
宝座上面有金锣，
金锣好似金法轮，
去把金锣拿回来。
要做太阳很艰难，
要做太阳元素多。
再去上部那上方，
上方那里有厨房，
去后打开厨房门，
厨房也叫陈列房，
陈列房中有陶罐，
去把陶罐拿了来。
再到上部去看看，
把金色的石头装里面，
把黑色的石头装里面，
把白色的石头装里面，
去把这三色石头拿了来。
再到那边看一看，
那边长着三棵树，
金树玉树和海螺树，

去把三棵树拿来。
再去看看那下方，
下方那里有三湖，
金湖玉湖和海螺湖，
金湖里面生金子，
去把砂金拿回来；
玉湖之中生玉石，
去把玉石拿回来；
海螺湖里长海螺，
去把白螺拿回来。
再去下方看一看，
绿湖之中长竹子，
去把竹子拿回来。
赶到下午天黑时，
请把这些宝贝都拿来。
再去岩山那东方，
那里看看有大火，
去把火种拿回来；
再去岩山那南方，
那里看看有种草，
草色为黄就是它，
去把草种拿回来；
再去岩山那西方，
那里看看有种草，
草色为红就是它，
去把草种拿回来；
再去岩山那北方，

那里看看有种草，
草色为绿就是它，
去把草种拿回来；
再去岩山那上方，
那里看看有种草，
草色为白就是它，
去把草种拿回来；
再去岩山那下方，
那里看看有种草，
草色为黑就是它，
去把草种拿回来。
大地之间有泥土，
去把黑土拿回来，
去把白土拿回来，
再把黄土拿回来，
还把青土拿回来。
这样各种宝物都齐全，
宝物备齐拿回来。
把金色法轮拿回来，
全部放到神女洞，
此后我们来禅修。
……

　　天王神接着说道："呀，请你们听呀我来说，除了以上这些宝物以外，再去下方看一看，那里有位叫做祥兄的老人，他的手里有绣花针，你们去后从他手中把这 13 枚绣花针拿了来。这样我就在神女岩洞中一边修行念咒语，一边做出 13 个太阳呀！"等到众神灵把所有的元素都找来后,天王神就在神女岩洞中修行了 108 天,太阳也都做成了。

之后,天王神将做好的 13 个太阳一一高高地摆放在门前的一块大石板上,然后,他们举行了盛大的送太阳仪式。在每个太阳前煨起一堆很大的松柏桑,所有的佛祖、神灵和将领们有的在煨桑;有的在念诵祈祷词;有的在跪拜;有的在烧香;有的在吹法号;有的在敲佛钟;有的在悬挂佛像;还有的在向天空抛撒"朗达"(即风马),场面宏大而庄严。

之后,天王神对财宝神说道:

> 财宝神呀请您听,
> 请您听呀我来说!
> 十三个太阳已做成,
> 禳解祈祷词已念完。
> 明天早晨天亮时,
> 我骑红色风马走,
> 您骑黄色风马走,
> 龙王神骑白色风马走,
> 背着太阳去须弥山顶峰。

天王神接着说道:"呀!太阳也已经做好了,仪式也已经举行完了,明天早晨天亮时分,我们就分别骑上各自的风马,我们要把太阳送到刚刚形成的大地的上空。那里没有太阳,天气寒冷,我们要穿上从未穿过的衣服,戴上从未戴过的帽子,穿上从未穿过的靴子。还有背上叫做尼玛卓娃的箭,我们到那里后要用这支箭把 13 个太阳一个一个地射向天空呀!"

每位天神都背了几个太阳,骑上了各自的风马出发了。他们

越走越远,越走越高了。此时,他们身后背着的太阳也渐渐地开始
发光发热了。当他们离开了驻地,跨过了边界的那扇大门时,看到
刚刚形成的大地那边依然黑如山洞,漆黑一片。这时,天王神从背
上取下一颗太阳向前一拿,那里顿时变得光芒四射,大地即刻显现
在眼前。于是,他们三位天神背着太阳来到了大地最高的一个峰
顶。取下 13 颗太阳,又在那里燃起了一堆很大的松柏桑。同时,
取下了叫做尼玛卓娃的箭插在 13 颗太阳前面,三位天神又给它燃
起了一堆松柏桑,并祈祷它能顺利地把这 13 颗太阳射到天空中。
之后,三位天神将 13 颗太阳一一地送上了天空。

三位天神做了太阳,并把 13 颗太阳射上了天空,这还没完,他
们不放心阿朗部究竟怎么样。于是财宝神接着说道:"呀,天王神
请您听呀我对您说! 现如今我们虽然已经把 13 颗太阳做好并送
上了天空。但是,我们还没有去看一看那里现在到底怎么样了,这
不是一件小事,而是一件大事。无论如何我们需要再去看一
下的!"

1. 造日方式

上述的情节是史诗中太阳产生的过程,这个过程首先就造日
的方式进行了描述:

天神们商议制造太阳,太阳的光和热是万物生长的基础,也是
天神们首先考虑到的世间万事万物诞生所需要解决的能量来源
问题。

虽然困难重重,但是为了打破死寂和黑暗,再艰难也要把造太
阳的元素找齐。依旧不能缺少煨桑、敬奉、挂唐卡、修行念法等程
序,从这种仪式中,可以获取一些对于未来事业的信心和前途未卜
的自我安慰,是一种潜意识征服自然的愿望的真诚流露。

众多需要寻找的元素一样一样备好了:金城之中宝座之上貌
似金法轮的金锣;上方厨房里陈列室中的陶罐内装上金色、黑色、

白色三色石头；另外也需要将金树、玉树、海螺树也拿回来；下边金湖中的金子、玉湖中的玉石、海螺湖中的白螺；下部绿湖中的竹子；东方岩山的火种；南方岩山的黄草；西方岩山的红草；北方岩山的绿草；上方岩山的白草；下方岩山的黑草；大地之间的黑土、白土、黄土、青土；还有金色法轮，连同上述所有宝物全部放在神女洞。

随后，天神们又找到了下方祥兄老人手中的 13 枚绣花针。

各种原料备齐之后，天王神便在神女洞中修行了 108 天后，做成了 13 个太阳。

佛、神灵和将领们煨桑、跪拜、念诵祈祷词、烧香、吹法号、敲佛钟、挂佛像、抛洒风马，这样盛大的场面不能不说是宏大而隆重的。

天神们盛装出发，还在众神的帮助下，各自背上了几个太阳，这个情节也非常具有人情味。天神们会在正式和特殊的场合穿戴上首次使用的帽子、袍子和靴子，用来表示这件事情的特殊重要性；另外由众人簇拥着几位天神，帮助他们背太阳，在一旁祈祷做法事，说明这件事拥有很多的见证人，同时也是众望所归的大事，从一个小小的细节烘托出原始先民们重视协作劳动和对美好事物的热烈追求和期盼。

在大地最高的山顶上，尼玛卓娃神箭将太阳们一个个送到了天空。

2. 射日模式

太阳虽然被制造出来了，但是接下来还有很多的烦恼：太阳的能量过剩导致地面火热难耐，万物难以生长，必须想办法减少太阳的数量，削弱太阳的光热。无独有偶的是在不少的神话中都存在有造日之后的射日过程，也特别引发人们的兴趣：为何在原始状态下人们首先觉得需要如此多的太阳或能量源来驱赶黑暗，带来生机？为何在之后太阳形成却又发现能量过剩，引发了新的生存危机的抗争？先民们想到的办法多数是把太阳从天空射落下来？这些神话中的射日模式是否存在有内在的相互影响呢？

土族《格萨尔》中天神们将太阳送上天之后，依然持续关注着这一事件：

到了第二天早晨，天刚刚亮的时候，三位天神各自穿上了红、黄、白三色的衣服，戴上了红、黄、白三色的帽子，又各自骑上了红、黄、白三色的风马出发了。

> 此时此刻天已亮，
> 我们即刻就出发，
> 走啊走啊去上方，
> 处处酷热又难耐。
> 我们三位歇一歇，
> 歇下脚呀看那边。
> 向着蔚蓝的天空去，
> 走到中途看天空，
> 空中太阳已形成，
> 光芒四射不一般，
> 那里何物已形成。
> 抬头仰望那上方，
> 上方须弥已形成；
> 再看中部那一边，
> 浩瀚大海已形成；
> 再看下部那一面，
> 岩石神山已形成；
> 再向后方看一看，
> 绿色山头已形成。

　　　　十三颗太阳当空悬，
　　　　由于光强酷热又难耐。

　　三位天神骑着各自的风马来到了已形成的大地上方，他们停下脚步，站在那里观察，在鲁赞的肚皮上，四大洲五大洋已形成。他们又看了看上方，那里须弥神山高高隆起，中部大海已形成，下部岩石神山已形成。

　　　　大地形成好兆头，
　　　　我们兴奋又快乐。
　　　　但是看着那上空，
　　　　十三颗太阳红又红，
　　　　十三颗太阳热又热。
　　　　在那须弥山的峰顶上，
　　　　草木燃烧已成灰。
　　　　再看那边那一方，
　　　　说是那里要长树，
　　　　但是由于火势大，
　　　　一棵小树没留下。
　　　　再看下方那一面，
　　　　绿色山头要形成，
　　　　就在绿山那峰顶，
　　　　草木生火不成阴。

　　他们三位天神看到了已经长成的四大洲和五大洋之后非常高兴，也非常兴奋。就在这时，他们再走近仔细一看，在 13 颗太阳的光芒照射下，刚刚形成的须弥山的峰顶上大火四起，寸草不生。他们又转身看了看下方,那里原本是刚刚形成的绿色山头,在太阳强势的光芒照射下,处处都是熊熊大火,原本绿色的山头变成了黑色的山头。于是,三位天神马上取下金法轮向水中一照,看见鲁赞由于太阳的照射,热得快要受不了了,再这样下去它就会翻滚身体,刚刚造好的大地就要反倒在漆黑的汪洋之中了。

三位天神见此情况后,即刻取下了尼玛卓娃箭插在了地面上,又煨起了一堆很大的松柏桑。之后,天王神对着尼玛卓娃箭跪拜央求道:"呀,尼玛卓娃箭请您听呀我来说! 您的本领我们都清楚,在造地球之前我们就已经来过这里了,当时感觉这里寒冷又难耐,想造出一个太阳又害怕起不了什么作用。所以,我就造了 13 颗太阳,没想到 13 颗太阳的光芒如此厉害。当初这 13 颗太阳也是由您一颗一颗地送上天空的,现如今已经造成了这样的后果,这是我们所没有想到的。因此,我今天再次央求您,请您把其中的 12 颗太阳射下来,只留下一颗太阳就可以了,请您听听我们的忠告吧!"天王神话音刚落,尼玛卓娃箭好像听懂了他的话,就已经摇摆不定。这时,天王神急忙把尼玛卓娃箭射向了天空。没过多久,尼玛卓娃箭将 13 颗太阳中的 12 颗太阳一一射落下来了。尼玛卓娃箭说道:

> 天王神呀请您听,
> 请您听呀我来说!
> 空中太阳十三颗,
> 现已射下十二颗,
> 半空仅剩这一颗,
> 我的使命已完成。

三位天神看到 12 颗太阳被射下来之后,又背着金法轮和尼玛卓娃箭,骑上了各自的风马返回了驻地。

大地造成了,太阳造成了,并且把13颗太阳都射上了天。因为造出的太阳太多,大地接受不了它们的酷热,三位天神又将12个太阳射下来,天上只留了一个太阳。一个太阳的光与热,在大地上刚合适,这个程序就此告一段落。

二、月亮和星星的形成及运行规律

1. 月亮的出现

但是,天神们的创造工作还没有完,接下来他们又商量开始造月亮。

财宝神主动承担了造月亮的差事,对手下将领们说:

　　　　向着上方看上去,
　　　　上方那里有神殿,
　　　　要去神殿做修行。
　　　　请把白色银锣取回来!
　　　　再看上部那上方,
　　　　上方那里有三山,
　　　　金山玉山海螺山,
　　　　长年矗立在那里。
　　　　金山上面有黄金,
　　　　去把黄金取回来!
　　　　玉山上面有玉石,
　　　　请把玉石拿回来!
　　　　海螺山上有海螺,
　　　　请把海螺拿回来!

　　　　绿色山上有绿松石，
　　　　请把绿松石拿回来！
　　　　在那高高的岩山上，
　　　　有棵松柏在那里，
　　　　请把松柏拿回来！
　　　　金山顶上有金土，
　　　　请把金土拿回来！
　　　　海螺山顶有海螺土，
　　　　请把海螺土拿回来！
　　　　玉山顶上有玉土，
　　　　请把玉土拿回来！
　　　　绿山顶上有绿土，
　　　　请把绿土拿回来！
　　　　所有宝物都得齐，
　　　　如若不齐事难成。

　　说完，财宝神到上部的神殿内去修行了。他的手下将领们也都分头去收集这些宝物去了。没过多久，他们就把这些宝物一样不少地全部拿到了财宝神修行的神殿里，财宝神看到手下将领们把这些宝物一样不少地都拿来之后，他又说道：

　　　　再去下方看一看，
　　　　高高的雪山在那里，
　　　　雪山顶上有白狮，
　　　　请把白母狮的乳汁拿回来！
　　　　浩瀚大海在下方，
　　　　请把海水拿回来！

就用奶汁和海水，
做成圣水和净水。
再去看看那旁边，
有棵松柏树枝拿回来！
水和奶汁合在一起，
就用圣水敬上部，
金山玉山和海螺山，
给金山神灵敬一敬，
给玉山神灵敬一敬，
给海螺神灵敬一敬。
再用此水敬中部，
中部雪山在那里，
给雪山神灵敬一敬。
再用此水敬下部，
绿色山峰在那里，
给绿山神灵敬一敬。
再用此水敬那边，
浩瀚海洋在下方，
给浩瀚大海敬一敬。

　　据说，财宝神的手下将领们听了财宝神的这番话之后，他们就按财宝神的吩咐，各自分头去取这些所需物品。没过多久，他们把这些东西全部备好后又送到了财宝神修行的神殿。之后，财宝神将这些东西一样一样地进行念咒、禳解，一样一样地分配到做月亮的元素当中。

　　这样他耐心地做了一年多的时间后，月亮终于做成了。

　　天王神见月亮造成了，便对财宝神说道：

　　　　财宝神呀请您听，

　　　　请您听呀我来说！

　　　　您说的话语没有错，

　　　　白色的月亮已做成，

　　　　现在要把它来送。

　　　　明天早晨天亮时，

　　　　我们三位去送它，

　　　　背上白色的月亮走，

　　　　背上尼玛卓娃走。

　　　　骑上红色风马走，

　　　　骑上黄色风马走，

　　　　骑上白色风马走。

　　　　穿上从未穿过的衣服，

　　　　戴上从未戴过的帽子，

　　　　穿上从未穿过的靴子。

　　　　我们一起去往阿朗部。

　　这样，他们三位天神骑着各自的风马，通过了疆域的大门后，径直向着须弥山的峰顶走去。此时的须弥已经形成，他们就来到了须弥山的峰顶上，在那里三位天神一边休息，一边煨了一堆很大的松柏桑。然后，他们取下尼玛卓娃神箭插在地上，又把白色的月亮摆在了神箭的前方，天王神、财宝神和龙王神也都跪在神箭面前，一边念诵祈祷词，一边磕头。这时，神箭再也等不及就开始慢慢地颤抖起来了。天王神看到后，马上拔下尼玛卓娃神箭，高高举过头顶，闭着眼睛，默默地念了几句咒语，然后把月亮绑在尼玛卓娃神箭的箭杆上，用尽全力将神箭射上了天空。三位天神射上了月亮之后，又在此山顶上煨桑、吹海螺，举行了很多仪式之后，又骑着各自的风马返回了驻地。

2. 星星的出现

当太阳和月亮造成之后,太阳月亮有一段对话,非常精彩。

很多年后,天王神感到"眼跳心也跳"不知是凶还是吉,天王神将心跳的事告诉财宝神和龙王神,说道:"这件事与刚刚形成的大地、刚刚形成的太阳和刚刚形成的月亮有关系,我们不妨再到阿朗部去看看,看看那里究竟发生了什么事。"

他们三位天神跨过了疆域,爬过了雪山,来到了须弥山的山顶上。这时,三位天神来到了须弥山的峰顶上之后向下望去,看见那里太阳很暗、月亮不明。三位天神也不明白这里到底发生了什么事。于是,三位天神就在须弥山的峰顶上煨起了一大堆松柏桑,又吹响了海螺法号。这时,月亮说话了:

　　　　三位天神请你们听,
　　　　请你们听呀我来说!
　　　　天地形成之初,
　　　　不分黑夜和白天,
　　　　有了我和红太阳,
　　　　有了黑夜和白天。
　　　　因为没有光明才有了我,
　　　　你们造我是为了光,
　　　　当你们把我送这里,
　　　　没有说句话就走,
　　　　这里天黑路难行,
　　　　再说我身是雌性,
　　　　天生怕黑又怕冷。

月亮接着说道:"三位天神请你们听,我是为了光明而生的,但是我原本就是个雌性。所以,我胆子小,尤其是到了夜晚,这里漆黑又寒冷。我请你们能不能把我安排在白天行走,我求求你们了!请三位天神为我做主呀!"三位天神听了月亮的这番话之后,觉得月亮说的话有道理。于是,三位天神便商定月亮白天走,太阳夜晚走。这时,月亮又说话了:"三位天神请你们听呀我来说,白天行走好是好,但是白天太亮我害羞,这我应该怎么办才好呀?"听后,龙王神说道:"这您不用怕,我这里有一枚绣花针送于您,当您白天行走时,把这枚绣花针拿在手里头,这样其他东西不敢看您,也看不到您,这样您就不害羞了!"听后,月亮也就答应了。

没过多久,太阳也说话了:

> 三位天神请你们听,
> 请你们听呀我来说!
> 大地形成之初,
> 不分白天和黑夜,
> 有了月亮和我在,
> 从此有了夜和昼。
> 如今月亮走白天,
> 我就从此走夜晚,
> 我生虽为男儿身,
> 但我也怕黑又怕冷。
> 请三位天神说句话。

三位天神听了太阳的这番话之后,天王神说道:

> 天地形成之最初，
> 没有白天和黑夜，
> 如今大地已形成，
> 须弥山也已形成，
> 金色的太阳已形成，
> 银色的月亮已形成，
> 太阳月亮听我说，
> 从此你们别再争，
> 我们再做星星数不清，
> 夜晚他们来做伴。

天王神说了这些话之后，太阳和月亮再也没有说话了。之后，三位天神又在那里煨起了一堆很大的松柏桑对他们表示敬意后，又骑着各自的风马返回了驻地。

这里有趣的是太阳和月亮谁走白天谁走夜晚的争论，走白天，天太亮，月亮怕羞，走夜晚，又黑又冷也害怕，太阳也这么说。三位天神原本让太阳白天走，月亮夜晚走，没想到这种安排导致了阿朗部的"太阳很暗，月亮不明"，太阳和月亮其实在闹矛盾。三位天神听了太阳和月亮的叙述，想把它们颠倒一下，让月亮白天走，太阳夜晚走，结果还是未能达成一致，只好答应造星星，让月亮走的夜晚由星星们照亮，这样寒冷而黑暗的夜晚也就不阴冷了、不黑暗了。

然而造星星也不是一件容易的事。天王神对下部龙王神说："呀，现在我们把太阳和月亮也都做成了。太阳是我做的，月亮是财宝神完成的，星星由您来做怎么样?"龙王神听了天王神的话后说道:

天王神呀请您听，

请您呀我来说！

财宝神呀请您听，

请您听呀我来说！

要做星星很艰难，

做出星星难上难，

所需物品有很多，

各种各样的物品在哪里？

哪里有宝物尚不知，

请天王神给我下旨意。

　　天王神接着说道："呀，龙王神，对这件事您也不必过于害怕，现在我们就去那边上上下下都看一看，找一找。这样您就能明白，那些元素该怎么拿到。做星星这件事就拜托给您了，就麻烦您去办一下呀！除了您再也没有第二位神灵能完成呀！"

　　于是，龙王神首先进入了艰难寻找造星星的原材料的过程中，他领了天王神的旨意，无法推托，只好苦苦去寻找。他遇见高山上的鄂博，求鄂博神给他指路；遇到各路神灵，央求神灵们给予帮助。最后，他遇见一位小矮人，乞求小矮人帮忙，龙王神从背上取下了神箭交给了小矮人。小矮人拿到那神箭后就走到了鄂博前将神箭插在地上，心中默默地念了几句咒语之后站了起来，就在小矮人站起来的同时，从鄂博旁边发出了一道光芒直冲云霄。于是，二位神灵拿起了神箭就在发光的地方挖了起来，他俩挖了足有几个时辰，在那地上也挖出了一个一人多深的土坑，在土坑的最底下他俩终于挖到了一个圆疙瘩。就在挖出了这枚宝贝的同时，这枚宝贝发出了一道白光，用眼睛根本就无法直视，看上去白中透着亮，亮中透着白，十分美丽。之后，他俩跳出了土坑，走到鄂博前面，将挖到的宝贝摆放在那里,然后又煨起了一堆松柏桑,龙王神磕了三个头表示对这尊鄂博和此地神灵的感谢。

龙王神又按天王神的明示,把金山上的金子,玉山上的玉石和海螺山上的海螺都拿回来了。这时,天王神对龙王神说道:

> 龙王神呀请您听,
> 请您呀我来说!
> 要做星星很艰难,
> 就此不能来偷懒,
> 现在即刻就动身,
> 去看下部那下方,
> 浩瀚大海在下方,
> 去把海水拿了来!
> 再去看看那中部,
> 那里有棵松柏树,
> 去把松柏树枝拿回来!
> 那里还有金柏树,
> 去把金柏树枝拿回来!
> 那里也有玉柏树,
> 请把玉柏树枝拿回来!
> 那里还有海螺树,
> 请把海螺树枝拿回来!
> 就在绿色那阴山,
> 有根绿草很特别,
> 去把它也拿回来!
> 再去后方看一看,
> 那里有座黑土山,

请把黑土拿回来!

那里有座黄土山,

请把黄土拿回来!

那里有座白土山,

请把白土拿回来!

那里还有红土山,

请把红土拿回来!

再向上部看一看,

那里有座红色的岩石山,

就在岩石山顶上。

有棵红树长在此,

请把树枝拿回来!

请把它们都拿来,

做星星的元素都找齐。

龙王神请了中部财宝神带着造星星的元素一起去会天王神。他们说了一会儿话,就开始做起星星来了。天王神一边念咒语一边把这些找来的元素一样一样地放在铜锣中,他们利用多半天的时间才把这些元素放到了一起,然后把铜锣摆在一个台面上,又煨起了一堆很大的松柏桑。之后,三位天神共同念咒语,施展法术,没过多久,一颗颗又明又亮的星星形成了,大家都高兴地欢呼起来了。

三位天神把星星放在三个台面上,又把尼玛卓娃神箭插在星星的前方,然后又煨起了一堆很大的松柏桑。这时,三位天神进行了跪拜,又把星星绑在尼玛卓娃神箭上一颗一颗地射上了天空。此时,天空中星星闪闪发光,变得非常美丽了。

第四节　土族《格萨尔》史诗中的
人类起源

日月星辰虽然形成了,但是天神们的创造还没有结束,接下的创造工作就是创造人类和万物了。

一、造人的元素众多

造人的元素比之造日月星辰的物质要更加丰富和具体,包括来自自然的各种植物、矿物,还有一些神秘的物质:

要说人类要产生,
产生人类很艰难,
要把各种元素找,
这些元素哪里找?
要找元素很艰难。
元素种类有很多,
所需元素种类十二种,
还有衣帽穿戴九层。
产生人类不简单。

天王神对龙王神说道:

请您到下方去一趟,
到那浩瀚的大海边,

有种草叫染巴草，
去把这草拿回来！
您把金色法轮拿了去，
再去海边看一看，
看看海边有沙土，
去把沙土带回来！
有种白草像海螺，
去把这白草带回来！
除此之外说法有很多。
仰望上部那上方，
金色的金湖在上方，
您把金法轮手中握。
握在手中看湖心！
湖中说法有很多，
湖中有鱼类在游动，
湖中金鱼有很多，
您把金法轮手中握，
握在手中看湖底！
不一般的海螺在里面，
请把海螺拿回来！
再从这里去下方，
去那蓝色的玉湖边，
金色法轮手中握，
握在手中看玉湖，
有种黑草在那里，
去把这黑草背了来！

　　按天王神的旨意,造人的材料有十二种,它们是：染巴草、白草、黑草、海螺、湖中三宝、圣水、白土、绿土、黄花、白花、蓝花、木头等。总之,三位天神要造人,所需元素很多。史诗将寻找造人材料的过程描述得非常具体,也很艰难。

　　天王神接着说道:"呀,财宝神,请您听呀我来说,我们要想把人类做出来的话比较艰难,需要的十二种元素和衣帽穿戴都得要。做人首先我们得做骨头,有了骨头还不行,还要用胫线来连接,有了胫线还需要有肉,有了肉还要血和血脉。如果没有血就像山上没有水一样,如果没有血脉就像大地没有河床一般。明天早晨天亮的时候,您到下部的海边去看一看,那里虽然有无数的草本植物把湖面覆盖了。但是,这不碍事的。您把金法轮拿去,到湖边以后,把金法轮拿在手中,把光芒照在水面上后就能把湖底看清楚,那里有一种草是白色的,长得像白海螺一般,您把这给我们拿回来。您再到玉湖中去看一看,那里有很多长着一千个嘴的鱼类,在它的底下有一种草,去把它也拿来。再到下方的湖边用金法轮看湖底,那里有一种黑草,去把它也拿来。等您把这些都拿来之后,我们就到神仙岩洞中去修行,修行之后我们再一起造人呀!"龙王神听了天王神的这番话之后,对上部天王神说道:"呀,天王神请您听呀,我来说。您说的话是千真万确的,我就按您的吩咐去做。明天早晨天亮的时候,我背金法轮,骑上白色的风马,我就去湖边把您说的那些元素取回来呀!"

　　到了第二天早晨,下部龙王神背上了金法轮,骑着白色的风马出发了。下部龙王神骑着风马来到了金湖边上后,骑着马向上方奔跑了一趟,又向下方奔跑了一趟之后向湖中一看,湖中由于长满了无数的"染巴草"而看不见湖水。于是,龙王神又骑着风马向下走了一程之后,停下脚步,取下金法轮,将金法轮握在手中,光芒照进湖水时,他看到了湖中有各种鱼类、虫类在水里来回游动,有些在玩耍,有些在打架,无奇不有。这时,他收镜下马,又在湖边煨起了一堆很大的松柏桑。这时,空中刮起了寒风,水面海浪翻滚,他无论如何去做,也无从下手,无法拿到"染巴草"。

> 这个大海真大呀,
> 要取此草不简单,
> 这里寒风刺骨冷又冷,
> 海水翻滚高又高,
> 空中寒风在吼叫,
> 水中海浪在咆哮。
> 此刻心中很惧怕,
> 我要在此做修行!
> 要在这里敬圣水!
> 还要念诵咒语经,
> 还要念诵求神经,
> 要把水龙王请上来。
> 请了来呀央求他,
> 求他给我帮帮忙。

据说,龙王神无论如何也无法拿到"染巴草",此时,天空中刮着寒风,声音大得像霹雳,大海中海浪翻滚,咆哮犹如虎的嘶鸣。龙王神见此情景之后,心中不由得紧张起来了,害怕极了。于是他就在海边远处的一块空地上,煨起了一堆很大松柏桑,磕了头之后,坐在那里念起了请神经和咒语。这样没过多久,水龙王从水中出来了。水龙王从水中伸出头之后便询问道:

您是哪里的人回哪里去!

您是哪里的神回哪里去！
您是哪里的佛回哪里去！
您来此地为何事？

龙王神听了水龙王的这番话之后，说道："呀，我今天在这里又煨桑又磕头地把您叫来，我有一件非常重要的事情要求您，那就是，现如今四大部洲已经形成，这四大洲之中的南赡部洲有个地方叫朗部，在朗部那个地方没有一个人，也没有任何动物。我们三位天神经过反复商量后决定，要在那里做出人类来，要做人类的话，所需的元素有十二种，而且其中的一些元素就在您这里，所以，我央求您把这里的宝草采给我。我就为此事来到这里的。"之后，水龙王又说道：

听了您的这番话，
觉得你们也艰难，
您是神灵不一般，
我把宝草采给您。

水龙王走了之后，龙王神又在海边双膝盘坐，双手合掌，双目紧闭，口中念诵着央水经。没过多久，龙王神仿佛听到了有水浪的声音，这时，他睁开眼一看，看见从海水中央有一簇海浪像是水在沸腾一般向上翻流，没多久，从浪花中升起一团云朵。这时，龙王神自言自语道：

奇怪奇怪真奇怪，
金湖中央升朵云，
此云升腾来这里，

不知是吉还是凶。

龙王神想到这,不由得有些紧张,于是他嘴唇动得更快了,使劲地在念诵祈祷词。过了一会儿这朵云彩的云层中跳出了一只很大的蛤蟆,这只蛤蟆的嘴里叼着一根宝草,一跳一跳地来到了龙王神的面前放下了口中的宝草之后说道:

> 天神呀天神请您听,
> 请您听呀我来说!
> 我把宝草拿来了,
> 这里水中龙王让我来。

蛤蟆接着说道:"呀,这位天神请您听呀我来说,这里我们的水龙王让我给您拿来的宝草,现在您就马上把它拿去送给天王神和财宝神,他们二位天神在那里等着您。这根宝草也很不一般,如果拿出水面时间长了,它就会干枯的,如果宝草干枯了就不能用了,现在请您赶快回呀!"龙王神急忙从怀中取出一条三丈长的白色的布带将这根宝草包在里面,这根草在闪闪发光,光彩夺目。于是,龙王神便将包着宝草的包袱小心地装在怀里,继续寻找其他的元素去了。

据说,龙王神骑着风马来到了海螺湖的湖边上,看见那里狂风大作,海水泛滥,无法接近。于是龙王神就骑着风马上到了半空中,他从空中向下一看,水面浪花翻流,冰雹狂风交织在一起,水龙的吼叫声和海浪咆哮声混在一起,让人心惊肉跳,万分惧怕。看来要想从水中得到宝草难上加难。想到这里,他便骑着风马来到了离湖边不远的一棵大树底下,便在那里又煨起一堆很大的松柏桑,又向湖的方向敬献了圣水,一边念诵着央求经,一边向湖主人敬献圣水。就这样过了几天后,冰雹停了,风停了,云朵慢慢地淡去散尽,湖面也平静了,太阳出来了。这时,湖边顿时变得暖和起来了。龙王神又在那里继续打坐修行,又过了好些天后,海螺湖中的水龙王从湖水中伸出头来对龙王神说道:"您今天来这里又煨桑又敬圣水,口中还不断地念诵着祈祷词和咒语,您到底有什么事情来我这里?"听了他的这番话之后,龙王神说道:

> 水龙王呀请您听,
> 请您听呀我来说!
> 我来这里有要事,
> 如若没事我不来。
> 四大部洲已形成,
> 南赡部洲没人烟,
> 没有人烟很空旷,
> 为此我们做人类,
> 要造人类很艰难,
> 需要元素有很多。
> 您的湖中有三宝,
> 三种宝物我需要。
> 一种宝物叫镜子,
> 请把小小镜子交给我!
> 二种宝物叫白草,
> 请把白草交给我!
> 三种宝物叫沙土,
> 请把沙土交给我!

水龙王说了这番话之后又接着说道:"呀!你们三位天神也非

同一般,造了太阳造月亮,四大部洲已形成,现如今又急着做人类,虽然您要的这三件宝不好取,但我无论如何也得给您取来,我现在就下海去取呀!"说完水龙王一下子就不见了。

水龙王走了之后,龙王神在此念诵着祈祷词等待水龙王来送宝。没过多久,下部龙王神看见水面水波荡漾,海浪翻滚,翻滚的海浪渐渐地向湖边涌来,这团浪花来到湖边后,从中出现了一个全身长满了嘴巴的水生物,它不同的嘴里一共叼着三件宝向湖边走来,龙王神又从怀中取出了三丈长的三条白布带,将这三件宝小心翼翼、仔仔细细地分别包在了白布带后装入怀中。此时此刻,龙王神的心情好极了,他得到了三件宝之后又在这里煨起了一堆很大的松柏桑,念诵了祈祷词之后又上路了。

据说,龙王神离开了海螺湖又来到了玉湖边上。他就在湖边上找了一块空地后又在那里煨起了一堆很大的松柏桑,之后,又坐在那里开始念诵着咒语和祈祷词。没过多久,湖水翻滚,浪花四溅,就在浪花中间玉湖龙王探出了头。当玉湖龙王走近时,龙王神看到他红头发、红胡须、红脸,穿了一身红衣服,看上去很恐怖,海螺湖的龙王也是问明来意之后给了龙王神支持,委托一只颈部很细、腰间好像背了一口铁锅的动物来到了龙王神的面前送宝草。这个动物唱道:

> 不一般的神灵请您听,
> 请您听呀我来说!
> 您不是人类是神灵,
> 您要的宝草我送来了。
> 请您拿它快快回,
> 如若不快回驻地,
> 宝草也许会干枯,

因此请您快快回!

龙王神又急忙从怀中取出一条三丈长的白布带,将黑色的宝草包好后装入怀中。此后,龙王神牵来了白色的风马,准备就绪之后又骑着风马出发了。

> 骑着白色的风马走,
> 我喜悦的心情无法说,
> 我的心中喜又喜呀乐又乐,
> 把所有宝贝拿了走。

汉族神话中捏泥造人至多是泥加水,原料比较简单,其他少数民族的造人的原料也有多元的。例如:

> 金＋木＋水＋火→人
> 狼＋幼儿→人
> 天鹅＋人→人
> 日＋人→人
> 光＋人→人
> 骨灰水＋人→人
> 天女＋人→人
> 卵＋人→人
> 神＋兽→人
> 木＋蝶→人
> 日＋龙→人

而土族《格萨尔》中造人的"原料"格外丰富。这就说明,人类并不是无中生有的天外之物，而是在某种物质基础产生的。土族《格萨尔》中，天神们造人类的原料可以看出，人类来源于客观存在的事物。

二、造人的过程复杂

土族《格萨尔》中天神们造人可谓是最为精细、不厌其烦，从肚脐、心脏、肺脏，再到其他内脏、身体、头部、手臂、双腿、血管、肌肉、皮肤，最后还要做襁褓，变活人类。其中，头部的制造是最复杂的。造人需要一定的演变过程，不是魔术般一蹴而就的，土族《格萨尔》中天神们造人的过程让我们不得不惊叹于先民的想象与今日科学在总体上的不谋而合。

史诗中是这样描述造人的过程的：

据说，天王神对财宝神和龙王神说道："呀！财宝神，龙王神你们二位天神听呀我来说，现如今我们已经把做人类所需的各类元素都已经找齐了。等到明天早晨太阳升起的时候，我们就去到神山顶上煨一堆很大的松柏桑，还要供奉一千个净圣水，用这一千个净圣水来敬奉给天空中的太阳、月亮和星星，还要敬奉给天中的各路神灵。然后把这一千个净圣水敬奉给大地间的众山神、众水神、土地神、灶神和家神等各路神灵，都要一一敬到。之后，我们还要修行，修行之后我们将这些珍宝一样一样、一件一件地集中到人的身体中，用它们来做出人的肢体和内脏呀！"

到了第二天早晨，他们就去到神山上煨起了一堆很大的松柏桑，把一千个净圣水敬奉给了天空中的日、月、星和众神灵，又向大地的各路山神、水神等一一进行了供奉，之后三位天神又回到神女洞中进行修行，念咒语和祈祷词。同时，把他们找来的所有元素也在那里一样一样地摆放在神女洞的地上。这时，天王神问道："呀，

财宝神和龙王神,我有个问题问一问,如果我们做人的话首先应该
形成什么? 第二步应该形成什么? 第三步应该形成什么?"听后,
财宝神回答说:"呀,第一步应该做出肚脐眼,第二步应该做出心
脏,第三步应该做出其他的内脏,等我们装完了这些五脏六腑之后
人就基本上形成了四方形的上身。此后,首先要把头做出来,其次
做出两只胳膊和手,最后再做出两条腿和脚呀!"说完财宝神接着
说道:

> 天王神呀请您听,
> 请您呀我来说。
> 您来做出人的心脏!
> 我来做出人的肺脏!
> 龙王神做人的肚脐!
> 人类内脏要完成。

　　天王神又说道:"呀! 龙王神呀请您听我来说,您先把肚脐做
出来,如果要想人类产生,首先要把人的肚脐做出来,如果人的肚
脐不首先做成,之后的事就无法做,所以,您首先把人的肚脐眼做
出来,然后我们再去做其他的内脏呀!"听了这番话之后龙王神先
要做人的肚脐了。龙王神一边念诵着咒语和祈祷词,一边将那些
元素中的个别所需元素调出后一一地放在了一起,不一会人的肚
脐就做成了。之后,他说道:

> 天王神呀请您听,
> 请您听呀我来说,
> 我把肚脐做成了,
> 现在请您做心脏。

> 财宝神呀请您听，
> 请您听呀我来说，
> 现在请把肺来做。

听了龙王神的这话之后，天王神就开始做人的心脏了，财宝神就开始做人的肺脏了。过了一会天王神说道：

> 龙王神呀请您听，
> 请您听呀我来说！
> 我把心脏做好了，
> 并把红血装其内。

之后，财宝神又说道：

> 天王神呀请您听，
> 请您听呀我来说！
> 我把肺脏做好了，
> 并把空气装其内。

这样，三位天神分别把肚脐，心脏和肺都做出来了。这时，龙王神对天王神说道：

> 天王神呀请您听，
> 请您听呀我来说，
> 三种脏器已做好，
> 一是连接天地的肚脐，
> 二是输送血液的心脏，

> 三是用来喘气的肺脏。
> 除此之外还很多。

　　龙王神说道:"呀,我们三位天神已经分别把肚脐、心脏和肺都已经做完了,除此之外还有很多器官要我们做,下一步我们应该做人体内的胃、肝和脾这三种脏器。"天王神和财宝神听了龙王神的这番话之后,分别又开始做胃、肝和脾了。三位天神一边念咒语一边做,不一会儿,天王神做出了胃,财宝神做出了肝,龙王神做出了脾。

　　看得出,三位天神先造出三个重要器官是有道理的:肚脐连接起天和地,肺的呼吸也与外界有关联,而心脏是人体的动力源。这三个器官先造成,表明人与自然、人与自身最重要的联系就有了。这之后,就剩下具体器官的细部的创造工作。比如肝、脾、胃、肠、肾、筋、脉等,包括排泄器官都造出来。

　　之后,天王神说道:

> 把所有内脏都做好,
> 如若人类产生还需要做很多,
> 人体骨架还要做,
> 人体肌肤还要做。

　　说完,三位天神分别做着各部位的骨头,三位天神从脚骨开始,向上依次是腿骨、脊椎骨、肋骨,又做了胳膊和头骨。天王神拿着一根草线把这些大大小小的骨头都从脚骨开始向上依次连接起来了。就这样三位天神把人的整个骨架做好并摆放在平坦的石桌上后,从人的头骨开始依次向下安装人的骨架。

　　做人类最关键的头部时,天王神说道:

做出人头最困难，
人头部位最复杂。
第一步做出什么来？
第二步做出什么来？
第三步做出什么来？

龙王神听了天王神的这番话之后说道：

天王神呀请您听，
请您听呀我来说！
要做人头部位多，
部位多呀最复杂，
虽然复杂但不难，
天王神请您不要怕，
我们一件一件慢慢做。
第一步先把后脑与大脰相连，
第二步再把脑门来做，
第三步再把下巴来做。

天王神听了之后说道：

龙王神呀请您听，
请您听呀我来说！
要做人头顺序多，
第一步工作我来做，
第二步工作财宝神来做。
第三步工作您来做。

说完,三位天神又开始做头颅了,还给里面装上脑浆,做脑浆要做成圆形的。圆形的脑浆外围还要包上一层薄薄的皮,包皮外还要做上管与心脏相连呀。三位天神用湖中得来的宝物一边念着咒语,一边做脑浆,不一会儿,把脑浆又做好了。这时,龙王神又说道:

> 天王神呀请您听,
> 请您听呀我来说!
> 人的大脑已做好。
> 除此还要做很多,
> 做上三个部位像瓢子,
> 要想做出这部位,
> 不太容易很艰难。
> 要做眼睛很艰难,
> 眼睛在人体最重要,
> 要做眼睛做一双,
> 坏了一只不要紧,
> 还有一只能见光。

龙王神说道:"呀!天王神,我们现在已经把头颅做好了,现在就得做人的眼睛,要做眼睛最困难,因为,它是人体中最重要的部位,做一只眼睛还不行,得做两只眼睛,如果以后一只眼睛看不见了另外一只眼睛还能看得到光。做眼睛首先要做一对像瓢一样的骨头,头颅的左右两侧还得做一双耳朵,要用它听声音。"三位天神又开始做人的眼睛、耳朵和脸部了,他们就坐在那里用那些从天上采来的各种材料,各自忙着做各自要做的器官。龙王神用双手将两只耳朵捏成了像小汤勺那样;天王神首先捏出了一片白色的骨片,又做出了额头的形状,在额头下又做出了放置两只眼睛的位置和鼻子的位置,还有上颚等;财宝神用两个透明的水晶那样的小镜子做出了两个小圆球,然后他们就用胫线将两只耳朵和眼睛都一一地串联到了人的头部上。甚至连睫毛和胡须这些部位的功能和制作也是天神们关心的问题:人的头顶还需要有头发,如果头顶没有头发就怕虫咬和雨淋,眼睛上还要有眼睫毛,如果眼睛没有眼睫毛就怕进土和沙石,嘴巴还要有胡须,如果嘴巴没了胡须就怕不卫生。

当他们三位天神做完了这些后,看上去人头的轮廓已经渐渐形成了,也很漂亮。接下来三位天神又把人的头颅连在了身体上,在连接处又做了几个小骨头把头支撑着,然后从心脏里引出血管通到了头颅上,打开血路之后,看见血液从心脏开始顺着血管向着头部流去,从左面的血管流进去,又从右面的血管流出来,往返地开始循环了。接下来三位天神又用从天上拿来的鲜花和黄土开始做人的各个部位的肉体和肌肉。首先用鲜花和草将人的头颅、各部位的骨头以及五脏六腑等从头部开始,依次向下一边做一边念着祈祷词和咒语,慢慢地编织在一起,成为一个整体。三位天神念诵了祈祷词和咒语之后,编织在人体上的鲜花和草变成了一块一块的肌肉,人体雏形开始慢慢地呈现了。做完了这些工作之后,三位天神又用圣水和黄土搅拌成泥浆均匀地糊在人体的表面上,在三位天神念诵了祈祷词和咒语之后,涂抹在人体上的泥浆变成了光滑的肌肤,看上去非常的整洁和美丽。

最后一步是需要让做好的人类的身体获得生命力,三位天神开始了艰苦的修行,天天端坐在那里一边念着咒语和祈祷词,一边不断地向人体上点撒着圣水,就这样过了很长一段时间之后的第108天的早晨,三位天神都站立起来后做了一个左臂背到身后,右臂向前伸直,左腿向前成弓形,右腿向后蹬直,竖起右手的大拇指向上的姿势,紧闭双目,念了几句咒语之后,三位天神同时将右手大拇指向下一指,吹了一口仙气,顿时看见那7个男人和6个女人先后一个一个地都活了过来并慢慢地站立起来了。

从史诗"造人"的描述中我们可以看出,三位天神"造人"的工作既扎实又细致,整个过程可以当作一种工艺流程来对待:首先,三位天神商议,大地造成了,日、月、星都造成了,在这个空间中如果没有人就是一种无法忍受的空旷,因此必须要造出人类以及相关的生物。这是"造人"的必要性和重要意义。其次,"造人"是件很困难的事,需要很多稀少的元素才可以造成人。因此,史诗中描述三位天神到处寻找材料的过程细致而且复杂,特别强调找到某一种元素的艰难过程,即使是神也要向其他神灵"示情下话",甚至要下跪,才能把材料弄到手。再次,"造人"的诸元素找齐之后,就等着三位天神"造人"了。天神们"造人"的过程中有三个环节特别重要:一是要商议每一个重要环节都由众神确定,然后才去做;二是先做人的各"部件",然后把各部件连接起来,这个工作流程与现代制造业的工艺流程相差无几,比如现在的"机器人"的生产过程莫不如此;三是连接起人的各部件,人还没有生命的活力,不能称之为完整意义上的人,只有经过三位天神一百零八天的修行做法和禳解,人的各"部件"之间才能真正融合为整体,然后实施最关键的一步"吹仙气",这一吹,人不但活起来了,而且能说话了。

由此可见,天神"造人"的确不容易,一次一次地商量,一次一次地察看,特别是一样一样做成人的各"部件",再把它们连接和整合成一个整体,经过多日修行和吹仙气,人才活了,会说话了,从此人类就在大地上诞生了。

造人过程歌颂了劳动的伟大,史诗中的人类,还有万事万物都一样,也是劳动成果,是辛勤劳动的结晶,史诗通过造人这种艰辛过程的奇特想象，使劳动焕发出炫目的光彩。

制造人类是创世活动中最复杂的，这也就是肯定了人的生命至高无上的价值，自从人类诞生，地球就充满了勃勃生机，不再是一片寂静与荒凉，一派无限美好的欢乐景象。

人类用自己智慧的双手，从开田破土入手，使地球表面陆地上繁花似锦，财富涌流，显示出万物之灵的无限创造力、无限生命力。

土族的民间创世神话是比较丰富的，虽然它表现的形式各异，但所要表达的思想还是很清楚的，那就是以土族先祖们的认知方式来探讨宇宙，人类和世间万物起源问题，它们的天真、幼稚是不言而喻的，然而土族先祖们能留下这样比较全面和完整的创世神话则是难能可贵的。它表明在人类的起初，土族的先祖们对于自然和人类自身已有自己独特的认识，特别值得称道的是土族的创世神话都比较接近实际生活，而不是那种"奇思妙想"的纯神话故事，这就使它们具有了一定的考证价值，在这样的创世神话基础上产生土族《格萨尔》中那种系统和综合的创世神话，也就是一种必然的事情了。

土族《格萨尔》中的创世神话内容远不止以上的陈述，除此还有阿朗部地方未来的五位英雄或领袖人物的诞生过程，"阿洛爷爷"给阿朗地方传授各种技艺的过程等，这些内容的描述同样很详细，非常精彩。

第五节　土族的祭神风俗和
生活风俗

土族《格萨尔》创世神话中反映的土族先祖史前生活的一些内容与当今土族的某些生活风俗有着直接的联系，此处列举当代土

族日常生活中的风俗,并与土族《格萨尔》创世神话中的内容加以
比对,从祭神风俗和生活风俗两方面入手来寻找史诗风俗对当代
土族人生活产生的深远影响。

一、祭天地和祭众神的习俗相一致

很多的土族人家,每天早晨都要祭祀,主要的形式是煨桑敬神,
也有一部分土族人家选择在吉日里煨桑敬神;无论每天祭祀敬神还
是选择一些吉日祭神,敬祭的内容是一样的,即先敬"腾格热"(天),
再敬"哈热格加"(大地),三敬"普日汗"(神或众神),这样的程序千年
不易,并为土族人世代坚守。这种坚守不是某个时代或者某个个体
所决定的,而是整个民族在日常生活中一种自然而然的坚守,虽然
这种程序不是社会规则,但只要是土族人,就必然会自觉遵守这个
程序。究其原因,首先是由于这个程序时先祖遗留下来的,代表了
土族先民的哲学思想和生活理念,其次更是由于土族人传统创世
观念驱使的作用。这种风俗已经成为土族人的日常生活。

土族人在庆祝春节来临的时候,晚辈都要用磕头行礼来向家
族中的长辈拜年。每年正月初一,当晚辈们进入堂屋时,要先磕三
个头:首先敬"腾格热",以天为尊;然后是敬地,第二个头磕给"哈
热格加";第三个则要敬家神或者是众神,也就是向"普日汗"磕头。
完成了这一系列的膜拜之后,晚辈们才依次向家族中的长者磕头
拜年。长辈们则会说:"呀希格腾格热的穆古,哈热格加的穆古,乱
普日汗的穆古。"这句习惯性的话语用汉语解释就是:"给上天磕
头,给大地磕头,给众神磕头。"言外之意就是谦虚地把自己放在靠
后的位置上,意思是告诉晚辈,不用给自己磕头了。这种风俗在土
族人处理日常生活的问题时,表现为先天地众神后个人的处事原
则,一切行动都是先敬天、地、众神,然后才讨论具体的"人"的

事情。

土族婚礼中,"曲儿匠"们说唱、对唱、独唱的内容常常会涉及天地形成,万物萌发的唱词,用这些古老的唱词祝福新人,烘托出婚礼热闹喜庆以及庄重的氛围。新人们给长辈行礼之前,也要先磕三个头,代表敬奉"腾格热"(天)、"哈热格加"(地)和"普日汗"(众神)。磕过三个头之后,才给家中的长辈磕头行礼。

土族最古老的一首古歌叫《鲜卑山之歌》或《思贝尔吾拉》,这首古歌流传在民和回族土族自治县的三川土族地区。据土族学者吕建福先生在其所著的《土族史》中介绍,这首古歌"一般在婚嫁之夜由女子们说唱,两两相对,一问一答,伴以舞蹈。凡喜庆场合亦可说唱。"[①]其开头的两段是这样说唱的:

> 哎,鲜卑之山哟,
> 鲜卑山头上顶的是什么?
> 哎,鲜卑之山哟,
> 鲜卑山头上顶的是威严的天帝。
> 哎,鲜卑之山哟,
> 鲜卑山额上供奉的是什么?
> 哎,鲜卑之山哟,
> 鲜卑山上供奉的是众多的神灵。

在之后的唱词中,与天地有关的唱词有:

> 哎,鲜卑之山哟,
> 鲜卑山耳中听的是什么?

---

① 图举仁:《解读〈鲜卑山之歌〉》,《中国土族》2004年第1期。

哎,鲜卑之山哟,
鲜卑山耳中听的是宇宙的信息。
哎,鲜卑之山哟,
鲜卑山左肩扛的是什么?
哎,鲜卑之山哟,
鲜卑山左肩扛的是北斗七星。
哎,鲜卑之山哟,
鲜卑山右肩扛的是什么?
哎,鲜卑之山哟,
鲜卑山右肩扛的是南斗六郎。
哎,鲜卑之山哟,
鲜卑山背上背的是什么?
哎,鲜卑之山哟,
鲜卑山背上背的是温暖的太阳。
哎,鲜卑之山哟,
鲜卑山怀里揣的是什么?
哎,鲜卑之山哟,
鲜卑山怀里揣的是皎洁的月亮。

从以上诸段唱词中,我们不难看出,《鲜卑山之歌》与宇宙天体之间的亲密关系,对众神灵的崇敬和尊爱。古歌全部只有六十多行,吟唱宇宙天体和众神灵的就有三十多行,几乎占去了古歌的大半。

另一首著名的《混沌周末歌》中起唱的一段是:

昆仑高,昆仑低,
昆仑山下一窝鸡,

鸡抱蛋来蛋抱鸡。

　　这是"起唱"的第一段,实际是个古老而又难下定论的哲学命题:鸡在前还是蛋在前? 古今的哲人们各有说法,土族人的说法却很肯定:鸡在前,蛋在后。虽然要证明这一古老的哲学命题的结论,尚需严密的论证,但土族的先祖们却很直接,直接得出自己的认识结论,鉴于论证此命题并不是民间故事和神话的职责,这里暂且不论。

　　《混沌周末歌》第二部分中唱道:

　　　混沌
　　　周天一会生混沌,
　　　无天无地并无人;
　　　混合无极生石卵,
　　　混沌初分一元生。
　　　……

　　然后说唱盘古神如何生成,又如何开天辟地;女娲如何留人烟,造男女,又如何创造了婚姻生活等,说唱得义正词严,深奥古久。

　　土族《格萨尔》中一开始也讲混沌,这说明无论在民间神话中还是在土族《格萨尔》的创世神话中,土族的先祖想探索和回答的天地起源和万物形成过程的问题。恰巧在民间神话和土族《格萨尔》都回答了这一本体性的问题,因此这一认识的对象和认识过程,以及认识所得到的结果,就成了土族人日常生活和婚嫁喜庆中必须要反映和必须要说唱的内容,一方面,是对祖先思想的崇尚;另一方面,唱家们通过对唱,增强婚嫁和节庆的热闹气氛,一问一答,不仅比学识、比智慧,同时也使听众接受这些古老知识的熏陶,起到潜移默化的教育作用。

敬天、敬地、敬神这"三敬"是相互依托的渗透在土族人民生活的方方面面。即使民族内部的分化严重,族内也有不少的分割现象,但是这个敬天、地、众神的习俗相沿不变,保持着惊人的一致。

二、农业生活风俗贯穿古今

土族《格萨尔》创世神话中的三位天神,在创造了人类之后,发现人们没有食物,三位天神首先教给人们的生存技能不是狩猎和放牧,而是农耕,他们赐给民众粮食种子,并教给他们种植的方法,引导人类过上安居乐业的农耕生活。

这里反映出,在土族的历史中,从事农业也是土族人赖以生存的办法。在土族的历史上农业是先于牧业的,土族的始祖鲜卑人首先创造了农业文明,然后才是兼营牧业和渔业,后文中(见第三章)我们将寻找支持这一理论的史实。

土族的很多流传至今的风俗都和农业有关,牧业方面的内容很少,这也证实了农业在这个民族发展过程中的地位。

如开创农耕的神话传说故事《古然那斯布赖》以及《大力士黄牛神下凡》的故事,都是属于农业起源的神话,或是农业生活起源的神话。在土族的家曲、酒曲和各种赞歌中,说唱的大都是土族人的农业生活情景,非常形象生动。

如《唐德格玛》中说唱的一段风俗民歌:

问:

　　　　我们蒙古尔汗的后代,

是蒙古尔祖先的子孙，
唱一支蒙古尔的歌曲，
表达我内心的情感。
向着深山高处看，
三座木城在上面，
一群白鸽在中间；
你再顺次向下看，
一座铁城在中间，
城内海水在翻滚；
你再依次向下看，
一座土城在下边，
城里黄龙吐火焰。

答：

向着深山高处看，
三座木城在上面，
不是木城在上面，
那是蒸笼叠上面；
不是白鸽在城中，
那是蒸馍在笼中；
你再依次向下看，
一座铁城在中间，
不是铁城在中间，
那是铁锅在中间；
不是海水在翻滚，
那是开水在翻滚；

你再依次向下看，
一座土城在下边，
不是土城在下边，
那是锅台在下边，
不是黄龙吐火焰，
那是柴禾发火焰。

这段风俗民歌通过问答的对唱形式，歌颂了农妇在铁锅里蒸馍的农业生活情景，气势恢宏，比喻生动，把农妇蒸馍的工具和过程描绘得活灵活现，反映了土族人民对农业生活方式的追求和满足。从这段古歌中我们也可以看出，土族从事农业和过农业生活并非近古的事，而是有着非常遥远的历史。

李少波先生在他的《土族农业生产中的科技与宗教》一文中，通过对互助东沟乡大庄村的调查，表明在土族的农事活动中遗留下诸多的萨满式农业祭祀活动，经历漫长的历史演变，这些原始宗教活动已经演化为农业生产中必不可少的风俗文化了。

李少波先生认为：许多宗教活动和农业生产活动有着密切的关系，并沿袭至今。以下是和生产活动直接相关的主要宗教活动和习俗。灯卜：每年正月初一，大庄村部分土族村民向神佛点灯时，通过看油灯灯花的大小来预卜来年的运气。火卜：大庄村一些老人会在正月十五晚上，点燃火堆来预卜来年庄稼的收成，如火焰呈红色预示当年有充足的雨量，是个丰收年；呈淡黄色则预示当年歉收；呈白色则预示当年流行疾病和瘟疫。龙王会：二月二的龙王会，祈求龙王保佑庄稼获得丰收。祭耕：每年春播之前，土族都要进行"祭耕"仪式。在良辰吉日，在牛角上串上油饼，头上系上红色彩绸，额头上贴上黄表纸的耕牛在田里先犁出一个"田"字形，在"田"字中心处煨桑求神，祈求风调雨顺，五谷丰登，标志着一年的农事活动正式开始。近年来由于大多数家庭采用了机械耕作方式,祭耕仪式只是偶尔才能看到,越来越多的家庭只是选择一个吉日便开始春播。插牌护青:在农历五月十三日清晨,村中的庙倌、老者、特日其和村内各家代表会集,先向龙王神轿煨桑、磕头,由老者向龙王请示插牌的确切时间后,众人各自回家,"特日其"们开始准备打桩用的三尺高、半尺宽的柏木五根,在寺门口打一木桩,寺院四角各打一根柏木桩,而后抬龙王神轿到村庄周围的山顶,并在山顶上各插一面经幡。插牌之后,禁止在田间地头放牧牛羊,禁止村民打架斗殴,禁止砍树、拆房。农历九月九日庄稼收割完毕后,村民到山顶举行谢降活动表示"护青"活动结束。斯过拉:这是土族每年农历六月初一举行祈佑丰年的宗教活动。转山队伍,由喇嘛或本村的"胡古安爹"为前导,抬着龙王和神箭,背着珍藏的大藏经,擎五色彩旗和绘有佛案的大(土语叫"夏达尔"),敲锣打鼓,吹海螺,唱道歌,绕村庄地界一周,每经主要山口、山峰时,以神物(碗盆、柏木橛、刀等)安"镇",禳灾辟邪。卧碌碡:打碾完毕后,村民们要举行卧碌碡的仪式。人们在麦场上铺满麦草,将除了柄的碌碡置于麦草之上,插香、煨桑,并且要在碌碡上撒少许油炒面。主人要向碌碡行跪拜礼,虔诚祷告。卧碌碡的习俗在 20 世纪 80 年代仍普遍,但近年已罕见。卧犁铧:当一年农活结束后,村民要将犁铧拆卸下来,擦拭干净,然后将煮熟的饺子供在犁铧前酬谢。祭献完毕后,将犁轭架在屋梁之上,铧头则放置在柜下,妥善保存。崩康:其形状为一个四方形的亭子,四周有许多圆柱,中间的四根圆柱作为四角用砖砌成没有门窗的土屋,里面放置着三四千个用模具压制出的一寸大小的泥佛像。村民们相信它能挡住冰雹等天灾,可保一方平安。①

---

①　李少波:《土族农业生产中的科技与宗教》,《中国土族》2005 年第 2 期。

　　一种风俗文化的流行和延续,不是随时随地就可以形成的,它是在悠久的历史文化传承中流传和延续下来的,土族的萨满式原始农业风俗文化就是最好的证明。它的源头不在近古,不在中古,而是在远古,具体说就是在土族《格萨尔》创世神话中说唱的那样,是三位天神创造了人类,但人类又没吃没穿,三位天神就赐给人类粮食种子,让人类自己去耕种,通过自己的农耕生产来养活自己。因为在土族《格萨尔》中三位天神创造人类的同时也创造了农业,因此在土族的历史文化中就以农业生活为主,传承和延续下来的也是古老的农业文化风俗,这一点,今天的土族人民的实际生活与土族《格萨尔》创世神话中反映的生活是高度一致的,因而也是可信的。

第六节　土族历史的相关发现

　　桑吉仁谦先生在他的《土族〈格萨尔〉与人类起源神话》一文中,对土族《格萨尔》创世神话中三位天神修行的"神女洞"作了初步的考证,认为土族《格萨尔》创世神话中的"神女洞"就是 20 世纪 80 年代考古发现的"嘎仙洞"。他在他的论文中这样说:"一个民族有没有根本,神话传说是它的依据之一。但仅有神话传说还不够,哪怕原创性十足的神话也只能是神话,而不是历史。一个民族要证明自己民族的历史有根本、并且证明它的神话传说是有依据的,最佳的途径就是能够找到相关的文献记载或是考古发现资料,只有拥有了其中的一个佐证,我们说话时的腰杆就可以硬起来,如若这两方面的佐证都具备,那么,我们就可以挺直身子大声说:我们这个民族是有根本的,而且它的根扎得很深很远。今天的土族就是这样一个可以挺直身子大声说话的少数民族。"
　　土族不仅拥有远古的神话传说,而且拥有自己民族的创世精神。

土族的历史非常悠久而且曲折。从现在的土族上溯到中古时期的吐谷浑,再追溯到上古的鲜卑,这就把土族的历史推到了史前时代。

有关土族的始祖鲜卑的历史,从《后汉书》开始一直到《宋史》中都有记载,记述最详尽的当属北朝的《魏书》。因为北朝是鲜卑的一个分支部族拓跋鲜卑建立的,它对先人们的发源和事迹都有详尽的记载。

在《魏书》的序中,对鲜卑或拓跋鲜卑的起源有一个概括的叙述,只因文字简约,历史又很久远,无法证实。在《魏书·包洛侯传》中有拓跋氏遗使到乌洛候国的"石室"祭祖的记载,《魏书·礼志》中对其祭祖事记载甚详:

> 魏先之居幽都也,凿石为祖宗之庙于乌洛侯国西北。自后南迁,其地隔远。真君中,乌洛侯国遣使朝献,云石庙如故,民常祈请,有神验焉。其岁,遣中书侍郎李敞诣石室,告祭天地,以皇祖先妣配。祝曰:"天子焘谨遣敞等用骏足、一元大武敢昭告于皇天之灵。自启辟之初,祐我皇祖,于彼土田。历载亿年,聿来南迁。惟祖惟父,光宅中原。克翦凶丑,拓定四边。冲人纂业,德声弗彰。岂谓幽遐,稽首来王。具知旧庙,弗毁弗亡。悠悠之怀,希仰余光。王业之兴,起自皇祖。绵绵瓜瓞,时惟多祐。敢以丕功,配饗于天。子子孙孙,福禄永延。"敞等既祭,斩桦木立之,以置牲体而还。后所立桦木生长成林,其民益神奉之。咸谓魏国感灵祇之应也。石室南距代京可四千余里。①

这一记载的意思是说,鲜卑先祖的"石室"仍在乌洛侯国境内,完好如故。北魏太平真君四年,拓跋焘派员去"石室"祭祖,并在

---

① 《魏书》卷一百八之一《礼志四之一》,中华书局,1974年,第2738—2939页。

"石室"石壁刻了祝文。现在只要找到刻有祭文的"石室",也就找到了鲜卑拓跋氏先祖的"石室"旧墟,找到了"石室"旧墟,也就证实了鲜卑的起源地。

由于《魏书》中的这段记载,历代的史学家们对鲜卑"石室"多有考证,说法很多,但毕竟这种考证只是从文字到文字,找不到"石室"本身也就无法证实所有人的猜测。直到20世纪80年代初,寻求鲜卑"石室"的千古之谜终于被破解了:考古工作者在鄂伦春自治旗首府阿里河镇西北十公里处的半山腰中,发现了"石室"嘎仙洞,并在洞内的石壁上发现了古人刻下的祝文。后经对比研究,洞壁上的祝文与《魏书》中的祝文基本一致,时间、地点都相吻合。这就证实"石室"嘎仙洞就是鲜卑的先祖曾经生活过的"天然石洞",一个悬而未决的历史谜案终于真相大白了。

那么,鲜卑族的"石室"旧墟嘎仙洞的发现,与土族《格萨尔》中的人类起源和繁衍的神话有什么关系呢?倘若我们不做横向的整体思考,它们之间或许永远都没有联系,但是我们如果把这两者联系起来看,土族《格萨尔》中的人类起源和繁衍的神话同样得到了历史的证实。

一方面,土族《格萨尔》中,三位天神造人的地方就是在一个"天然石洞"里,而且在这石洞里天然地置放着"石桌"和"石凳";考古发现的嘎仙洞正中央,也放着一个天然的"大石桌",周边还有"石凳"。这说明土族《格萨尔》创世纪中描写的"天然石洞"和考古发现的嘎仙洞是一个石洞。另一方面,在已经出版的土族《格萨尔·阿布朗创世纪》中,阿布朗叉根就是坐在那个半山腰中"悬挂"着的石洞中创造人类和让人类得到繁衍的,它所描述的"天然石洞"的颜色和周边环境都与嘎仙洞的红砂岩颜色和周边长满草木花卉的大兴安岭北端的环境完全吻合。两项对照,证明了这一点,那就是土族《格萨尔》创世纪中的"天然石洞"就是考古发现的鲜卑

"石室"旧墟嘎仙洞。

除此,还有一个更重要的方面,鲜卑"石室"嘎仙洞中发掘出的遗物与神话产生的年代相符。

考古学家们在嘎仙洞的发掘中采集到了陶片、石器、骨器、角牙器、铜器和铁器。据初步分析,嘎仙洞采集到的细石器较多,其上有石镞、石矛、刮削器,石叶和用于钻孔的尖状器等。其次为角骨器和夹砂陶器残片,铜器和铁器只有个别发现。嘎仙洞的出土文物表明,这些遗物大都是新石器时代中晚期的遗留,而土族《格萨尔》创世纪中创造和繁衍人类的也是在"天然石洞"中进行,而且是从"知母不知父"的时期开始往下发展,然后出现"四大英雄"和"三十英雄"向周边地区迁移。史诗中反映的这段历史正是由新石器时代中晚期的母系氏族社会向铜石并用和铁器时代的父系社会过渡的这一转型历史,神话产生的时代和创世神话中所反映的历史生活与考古发现的嘎仙洞内的文化堆积完全一致。①

以上的考证表明,土族《格萨尔》创世神话中的神女洞与考古发现的嘎仙洞实际就是一个洞,即鲜卑始祖在史前生活和繁衍初民的石洞。土族《格萨尔》中三位天神称这个洞是"神女洞",他们的祭祀和修行活动都在这个洞中,这进一步表明,在三位天神之前,"神女洞"已经存在。假如这个结论能够成立的话,那么"神女"是该洞的第一个主人,"神女"生活的时代就是旧石器时代中晚期向新石器时代过渡的阶段,这一历史的上限就更加遥远了。

总之,已经取得的考古成果与土族《格萨尔》创世神话中的生活相一致,特别是地点相吻合,新的考古发掘还在进行中,相信在未来的考证和研究中,还会有更多的发现和研究点,我们期待着这一辉煌时刻的来临。

---

① 桑吉仁谦:《土族〈格萨尔〉中的人类起源神话》,《中国土族》2008年第2期。

第七节　土族创世神话与创世
神话的比较研究

创世神话主要指的是天地开辟、人类起源、民族诞生、文化发端以及宇宙万物肇始的神话。

创世神话的体裁基本上分为两大类,一类是韵文形式,另一类是散文形式。韵文形式的创世神话主要是创世神话,即以诗歌的形式,讲述天地开辟、人类和万物的起源。许多民族又称创世神话为"古歌",多半由巫师或歌手说唱。这种以韵文形式出现的创世神话在国外并不多见,我们见到的外国创世神话绝大多数是散文形式的。现在我们知道的一部残缺不全的创世神话,只是古巴比伦的苏美尔人所创作并用楔形文字刻在泥板上的《咏世界创造》。但在中国的创世神话中,韵文形式的创世神话却占重要的地位。中国许多民族都有创世神话,现已翻译成汉文出版和发表的就有20多部。这些创世神话多数在一千行以上,像彝族的《梅葛》《阿细的先基》,多达五六千行。创世神话与散文创世神话相比,除具有诗歌的形式这一特点之外,还有另一特点,那就是绝大部分都是系列创世神话,即包括开天辟地、人类诞生、万物起源等一系列创世内容。这些内容都排列得井然有序,大体上天地的形成都放在开头第一章,其次就是人类的起源,然后才是其他事物的起源。假若有洪水再造人类的情节,都必定放在后面。韵文形式的创世神话,是原始社会中、后期的作品,有的甚至形成于奴隶社会初期。这些作品的巨大规模和内在的逻辑性表明,这时人类的思维能力(包括概括力、逻辑性)已达到相当高的水平。

创世神话的另一种形式是散文形式。这种体裁的创世神话,一般比较短小，多数是讲述一种或几种事物起源的故事，如三国时徐整的《三五历纪》中记述的盘古开天辟地的故事，只有一个盘古如何开天辟地的内容。古籍中记载的女娲抟黄土造人的神话，也只讲了一个人类起源的内容。鄂伦春族的《族源的传说》，讲述了鄂伦春人和火的来历两个内容。此外，有的单独讲天地的形成，有的专讲人类的起源，还有的只讲日月的形成、火的来历等等，都不像创世神话那样有次序地讲述一系列事物的起源。少数散文体创世神话也有较系统的创世内容，但都比较简单，如南朝梁人任昉《述异记》中的盘古化万物的故事，只说盘古死后，头化为四岳，目化为月，脂膏为江河，毛发为草木。这里虽有个小的系列，但都很简单，没有化生过程的细节，所以篇幅也很短。哈尼族的《天地人的传说》是散文体创世神话中系列型之一种，它含有天地形成、人类起源以及洪水、兄妹婚等重要创世内容，但也只是千余字的短篇。在散文体中，只有一种例外可以称为"长篇巨著"，这就是流传在群众中的创世神话故事。以吟唱方式表述的长篇创世神话，只能以巫师或天才歌手所掌握，但群众听的次数多了，也能较详细地复述其主要情节。这种复述被记录下来，就成为长篇的散文体系列创世神话。如与创世神话《密洛陀》同名的散文体创世神话，就属这一类。

　　韵文体创世神话与散文体创世神话往往是互为因果的。一般地说，短小的散文体创世神话产生于先，经天才的巫师或歌手以韵文的形式将各自独立的散文体加以综合创作，就产生长篇创世神话。创世神话故事或其中的某些情节，在群众口头上流传，又可产生一些与创世神话内容相同的散文体故事。但是，散文体创世神话中，大多数不是来自创世神话，仍是各自独立的故事，以独立的形式，由群众口头传承下来。

　　长篇韵文体创世神话一般由专职巫师或歌手说唱；散文体创

世神话大都由群众口头上讲述。①

　　陶阳和牟钟秀所著《中国创世神话》把创世神话的类型阐述得清清楚楚,同时对创世神话的发生、发展和演变的历史也做了史学意义上的概括:

　　　　通过对不同时期的原始民族的创世神话的研究,我们认为,创世神话的发展大体上经历了胚胎期、形成和发展期、成熟期这样三个大的发展阶段。

　　　　伴随着早期人类的图腾信仰与图腾制,各种图腾神话产生了,这是人类神话最初的形态。早期的图腾神话中包含着创世神话的萌芽或胚胎,但还不是严格意义上的创世神话。我们称这一时期为创世神话的胚胎期。初期图腾神话的进一步发展,就出现了最初的族源神话、日月神话,以及稍后期出现的人类起源神话和某块陆地某个岛屿和湖海的来源神话等,整个宇宙的形成神话在此时还未出现,这就是创世神话发展的第二个阶段,即形成和发展期。到了原始社会末期(包括母系氏族公社后期和父系氏族时期),创世神话进入了成熟期,即创世神话发展的第三个阶段,也是最后一个阶段。成熟期的主要标志:一是宇宙起源神话的出现。这时期的人类已能从整个宇宙的角度来思考问题,把"天"和"地"作为一个整体来看待;二是系列创世神话(主要是长篇创世神话)的产生。这时期人类的思维能力进一步发展,能把零散的各物种的起源神话综合起来,并加以有次序的安排,于是从天地开辟起,依次包括日月星辰的来源、人类的起源、洪水滔天、兄妹婚等大致相同的模式,组成了系统的创世神话或散文体创世神话。

---

① 　陶阳、牟钟秀著:《中国创世神话》,上海人民出版社,2006年。

> 创世神话在形式上也是逐渐发展的。最初的创世神话都比较短小、简单、粗糙，有时情节连贯性差；越往后形式上就逐渐完整起来，最后形成数千行的长篇创世神话。①

这也就是说，长篇创世神话的产生也不是偶然的或是什么人通过冥思苦想随意编造出来的，它的基础是散文体的短小精悍的创世故事或神话，在此基础上产生了韵文体的创世神话，而创世神话的最终完成是韵散合一的综合型创世神话汇集起来，经过历代的补充完善才形成的，其历史的下限至迟也在母系氏族公社后期和父系氏族时期初期，这是已经被学者们所确认了的。

由创世神话的类型和演变历史来观照土族《格萨尔》中的创世神话神话，我们不难发现土族《格萨尔》创世神话的一些基本特征：

一，在土族民间具有丰富的散文体创世神话。

诸如前述的"阳世的形成""黄牛大力士下凡""古然那斯德布赖""混沌周末歌""幸木斯里"等，这些散文体的独立成篇的创世神话就是产生土族《格萨尔》创世神话的思想基础，没有这些散文体的创世神话，也就不可能产生像土族《格萨尔》"创世神话"那样恢宏的神话诗篇，这一点是非常清楚的。

二，史诗呈现出较为完善的综合型创世神话的思想体系和形式体例。

从前述的文字中我们已经看到，土族《格萨尔》中的创世神话从天神造地、造日、月、星辰，再到造人类，造万物的生成，都是按照一定的逻辑顺序逐次编排下来的，其中还有诸文化起源的描述，比如"阿洛爷爷"到阿朗部去传授各种生产和生活技艺的情节，限于篇幅未作详细介绍，实际上这部分内容也是非常生动

---

①　陶阳、牟钟秀著：《中国创世神话》，上海人民出版社，2006年。

的。除此还有阿朗的"五英雄"诞生的描述也没介绍，它描述的实际就是族源文化，表明阿朗部的英雄时代和"英雄史诗"又是怎么产生的。

总之，土族《格萨尔》创世神话的综合型特征是无可置疑的，它就像土族先祖的"史前史"一样，从族源的产生到对大自然的认识都具备，只要你沿着史诗的思路贯穿下来，可以续接到土族今天的现实生活之中。

三，史诗完整经历了自身发展和演变的三个阶段。

史诗产生的第一阶段为图腾神话的产生。土族《格萨尔》的创世神话中，在水陆两栖的巨大水生动物"鲁赞"怀中创造大地的神话就是典型的图腾神话之一。假如没有"鲁赞"，三位天神在茫茫无际的水域中创造大地是不可能的，因为"鲁赞"的出现，天神们才在它身上找到了创造大地的可靠依托，大地就在它怀中形成，并成长起来，形成今天我们看到的这个样子。而且由于和"鲁赞"的私下约定，"鲁赞"经常看肚脐中的"神针"，它一看就发生地震。这又是与大地相关的地震文化的起源。

史诗发展的第二、第三个阶段为族源神话、日月神话、人类起源神话等，这些内容在土族《格萨尔》创世神话中是核心的内容，描述得非常细致：三位天神先造日、月、星，然后造人类，创造农业等，一件一件逐一地不厌其烦地进行创造，最终他们的创造都成功了，大地、日、月、星辰和人类万物都形成了，在此基础上，阿朗部未来的"五英雄"也一一诞生，他们是去治理阿朗部地方和阿朗部的人类的，人类的世俗社会就这样一步步建立起来、创造出来，它从本源上首先解决了宇宙万物和人类的由来，然后进一步延伸出"英雄史诗"部分。仅从土族《格萨尔》创世神话的这一思想体系而言，它在迄今的《格萨尔》史诗中是独一无二的，显得更符合逻辑、更深沉，更具韵味和心灵的震撼力。

第三章

土族的农业生活传统与
土族《格萨尔》

要考察一个民族的历史身份,我们不能只盯住它的表面和某些文化现象,而要从历史的角度考察它的风俗文化和生活样态,才能确定它的真实的历史身份。对于土族在历史上的农业民族的身份,我们可以从目前土族的农业风俗文化中来了解和考证。

随着土族历史研究的不断深入,土族的历史身份也变得清晰起来。通过求本溯源的方法上溯到土族《格萨尔·创世神话》,我们可以看到有关土族的真实民族身份和生产生活状况。土族《格萨尔》史诗的发现与整理,为确定土族的历史身份提供了最有力的证据。

研究土族《格萨尔》就必须和土族的历史相联系,从"创世神话"的角度看,土族《格萨尔》是"源",土族的历史是"流";从生产和生活两方面看,源与流的关系也是这样。因此可以从土族今天的现实生活"流",上溯到它的"源"——土族《格萨尔》,求证一个亘古未易的历史事实。

土族首先是中国古代北方的农业民族,由于气候、迁徙等原因,土族的先祖们由农转牧或经营大农业经济,有个别时期也以

"游牧民族"的身份出现。因为土族历史上的这些较为复杂的变化因素,今天的土族史研究者认为土族在历史上就是个"游牧民族",他们上溯的土族历史正好就是土族的先祖们以游牧为主的历史时期,这恰巧是个历史的误会。

无论土族的现实生活、风俗文化还是历史文献中的反映,都能证明这一点,土族《格萨尔》从创世神话角度提供了较为可信的创世传说,而且土族《格萨尔》中创世神话与土族现实生活中流传的神话传说完全一致,表明它们的传承性和一贯性。

土族的农业风俗文化、农业生活方式、吐谷浑与鲜卑的农业经济以及土族《格萨尔》中有关农业起源神话,都论证了土族最早是农业民族这一民族身份。

第一节　土族神话与农业生活

从目前了解的情况看,土族的神话很丰富,其中在民间最为流行的还是有关农业起源的神话传说,比如《古然那斯德布赖》是这样叙述农耕起源的:

> 唐德格玛——
> 我是土族祖先的子孙,
> 唱支土族人的歌曲,
> 表达我内心的情感。
> 刚满三岁的尕娃,
> 没有生活的出路。
> 向着湛蓝天空看,
> 刚满三岁的尕娃,

捕捉腾去的青龙，
他捉青龙为了啥？
向着雄伟石山看，
刚满三岁的尕娃，
捕捉凶猛的野牛，
他捉野牛为了啥？
向着展平荒滩看，
刚满三岁的尕娃，
捕捉肥壮的黄牛，
他捉黄牛为了啥？
飞上湛蓝的天空，
捕捉腾云的青龙，
扎上金制的鼻圈，
拴上金丝的缰绳，
驾上金制的轭头，
套上金铸的犁铧。
双脚站在了左边，
扬起金打的鞭杆。
来来往往犁两趟，
闪闪火花电一样，
隆隆犁声如雷响。
凶猛青龙不驯服，
甩掉轭犁奔腾走。
刚满三岁的尕娃，
生活实在不容易。
登上雄伟的石山，
捕捉凶猛的野牛，

扎上银制的鼻圈，
拴上银丝的缰绳，
驾上银做的轭头，
套上银铸的犁铧。
双脚站在了左边，
扬起银打的鞭杆。
来来往往犁两趟，
火花闪得电一样，
犁声隆隆如雷响。
凶猛野牛不驯服，
甩掉轭犁奔腾走。
古然那斯德布赖，
生活实在不容易。
下去展平的荒滩，
捕捉肥壮的黄牛，
扎上柏木的鼻圈，
拴上牛毛的缰绳，
驾上桦木的轭头，
套上铁铸的犁铧。
双脚站在了左边，
扬起雄刺的鞭杆。
上上下下犁两趟。
黄牛没有青龙凶，
黄牛没有野牛猛。
黄牛被人驯服了，
生活道路大开了。
犁了南滩犁北滩，

荒滩变成了良田。

这首古歌中有这样几点值得深思：第一，主人公是"三岁的孕娃"，也就是一个幼童，这么小年龄的祖先出现在创世神话中是很独特的；第二，家畜与农耕的起源几乎是同时的，至少耕畜与农耕生活密切相关，这一点也是很重要的信息；第三，驯服耕畜的过程步履维艰，在《古然那斯德布赖》中从天上捉青龙，到山里捉野牛都未能驯服，最后在滩里捉住了黄牛。驯服耕畜和农耕生活才结合起来，可见驯服耕畜在原始人类那里也经历了艰难的选择和不凡的过程。

《古然那斯德布赖》的三岁孕娃能轻易地征服黄牛，还有更久远的原因在里面，这就是原始农耕生活的前奏，《黄牛大力士下凡》的神话故事：

据老人们传说，玉皇大帝把造好的人安置在广阔无垠的大地上，便返回了天宫，再也没来过人间。所以，不知道人们是怎样过日子的。

有一天，玉皇大帝唤来黄牛大力士到宝座前听令："我把造好的人安置在广阔的大地上，让他们自己去过日子，但不知道他们眼下生活得怎样？你前去看一下，人们的生活如果过得太苦，就传达我的旨意：叫他们每天吃一顿饭，洗三次脸。"黄牛大力士领旨后，便立即腾云驾雾降到人间，当它看到人们辛苦劳动的情景后，带着十分傲慢的神气，说："人间的黑头凡人们听着，我是受玉皇大帝的派遣来看望你们的，同时带来了玉皇大帝的圣旨：你们黑头凡人一天要吃三顿饭，洗一次脸。这样，你们才能过上富裕的生活。"说完，高高兴兴地返回琼楼玉阁、金碧辉煌的天宫，向玉皇大帝禀报凡间人们的情况。

玉皇大帝听完禀告，问道："你是怎么传达我的旨意的？"

"承蒙玉帝厚爱,遣我出使凡间,我看到人间的锦绣江山,还看到人们已经学会了劳动度日的本领。传达了您让他们一日吃三顿饭、洗一次脸的圣旨。"

玉皇大帝听后,气得火冒三丈,暴跳如雷。他从御座上跳起来,对准黄牛的嘴,飞起一脚,踢掉了黄牛大力士的前门牙,并气冲冲地责骂道:"畜生!我让你去通知人们一日洗三次脸,吃一顿饭;你却说成一天吃三顿饭,洗一次脸。这还了得!人们一日三餐吃什么?好吧,既然你让人们一天吃三顿饭,那么你就去养活他们吧!"

黄牛大力士受到玉皇大帝的严厉斥责,吓得毛骨悚然,双手抚摸着自己的脖子,苦苦请求饶恕,表示愿意马上下凡人间,尽自己全身气力为人们耕耘造福。

这就是至今广泛流传的:黄牛没有前门牙,是被玉皇大帝踢掉了;牛脖子下面的肉瘤是求饶请罪时抹出来的;最早给人类驾犁耕耘的牲畜是黄牛。所以在土族人的心目中,黄牛是财富的象征,勤劳的典范。①

这则神话与前面的《古然那斯德布赖》征服黄牛的神话是有着内在联系的,《黄牛大力士下凡》中黄牛之所以被征服,并不是黄牛本身容易屈服,而是由于黄牛传错了天神的旨意后,被天神打发到人间去用苦力来养活人类。这是天神对黄牛的惩罚。由于黄牛失去了神性,因而才被人类征服,黄牛驾起犁铧犁地,为自己的错误付出永久的代价。

土族关于农耕起源的这两则神话,根据桑吉仁谦先生在《黄牛神的农业文化意象》一文中的研究可以归纳为以下几点:

---

① 王殿搜集整理:《黄牛大力士下凡》,载《甘肃民间故事选》,甘肃人民出版社,1982年。

1. 这两则农业起源神话是有着某种内在联系的

如果按照现代人的逻辑把它们的顺序排列一下的话，那么黄牛神受到惩罚下界应在前面，《古然那斯德布赖》中三岁尕娃的征服黄牛的事情应该在后。

黄牛神的神话反映了土族先民天真幼稚的生活理想：天神感到人间的生活太苦，让人们每天打扮梳洗三次，并且吃一顿饭。黄牛大力士传话时候却恰巧说反了，错传了天神的旨意。人们于是每日三餐，打扮一次，吃饭的时间要比美化自己、改造现状的次数多。在人们的生活中，吃饭成为了一等一的大事情，其他的事情都变得无足轻重。黄牛大力士的傲慢和粗心，让本该享受的美好人生被疲于奔命的苦难生活代替。直至今日，人类依然摆脱不了这样的生活方式。

在牛耕地的传说中我们看出，被三岁尕娃轻易征服的黄牛本来就是天界的一个罪神，它的目标任务很明确，为自己的错误将要付出无穷尽的代价，而征服了黄牛大力士的三岁尕娃就成了被神化的祖先代表。因为他英明和勇敢，上天捉青龙，进山擒野牛，下滩驯黄牛，最终完成了从耒耕、耜耕到犁耕的农业革命，从而把苦难的先祖们从人拉犁的重体力活计中解放出来，成为了土族人世代相传的神话英雄人物。从这个角度说，土族神话中的"三岁尕娃"不仅与中原的"神农氏"、西方诸多的"农神"们一样古老，而且是个革命性的英雄人物。

2. 关于牛耕的缘起时间，目前还没有确切的说法，但桑吉仁谦先生的研究认为，中国北方黄牛进入原始耕作制度是鲜卑人首创

在辽宁朝阳北庙村北燕1号鲜卑墓室的壁画中，有"耕牛图"，是当时的耕作场面：前面画一头身涂红色的耕牛挽犁，后面跟一人扶犁耕作，其后还有一人执锄破土。壁画的画面的下部，用朱红彩画出三道并行的波浪状纹，表示耕过的痕迹，其间有三只小鸟掠

地飞行。在扶犁人之后,有一雄鸡,昂首振翅,形象生动。可见当时在朝阳—带的鲜卑人,已改变传统的放牧生产方式,并已使用一牛一人的犁耕法。

这幅鲜卑人墓室壁画中的"耕牛图",只是反映北燕(公元407—436年)时期的鲜卑人的牛耕生产,并非表明在这一历史时期才普遍使用,使用农耕法的时间应该比这个时间早很多。

根据《农业考古》研究表明,牛包括两种不同属的黄牛和水牛。黄牛既可用于肉食又可用于耕田,水牛主要用于南方水田耕作。它们是分别从不同的野生祖先驯化而来的。在黄河流域和长江流域的上新世到更新世地层里,都发现有现今黄牛和水牛祖先的化石,为原牛或原始牛。所以,中国黄牛和水牛是独立起源的。河北省武安县磁山遗址,河南省新郑市裴李岗遗址和巩义县瓦窑嘴遗址及午阳贾湖遗址、山东省腾县北辛遗址、陕西省宝鸡市北首岭遗址等,都出土过牛骨。虽不能确定都是家养的牛,但也不能否定当时已有驯养野牛的尝试。仰韶文化和龙山文化时期遗址中,出土的牛骨大为增加,至少在新石器时代后期,牛已在原始畜牧业中占有重要地位。商周时期养牛业有很大发展。除了肉食、交通外,牛还被大量用于祭祀。春秋战国时期,耕牛已经推广,在农业生产上发挥了很大作用。可见,耕牛的出现和牛耕的生产方式很早就出现在北方广阔的生产领域中。

那么,有什么理由能证实牛耕和耕牛是古代北方的鲜卑人首创的?理由有三,分述如下:

(1)从相传的文献上,我们至今未见到汉族的牛耕神话,而且叙述有神力的英雄以工具开天辟地的神话亦不多见。也就是说,在中国古代的牛耕生产中,只有黄牛和水牛两种被驯养的耕牛,黄牛出自北方,水牛出于南方,而汉族是以中原为根据地发展壮大起来的,这就意味着存在北方的黄牛和南方水牛传入中原的可能,而中原在相同的历史时期内就没有驯养黄牛和水牛的经历。这是理由之一。

（2）目前的考古发现表明，东北的西辽河流域的原始农业文明，在相同的历史时期内"相当于"甚至"略微先进于"中原的原始农业水平。比如兴隆洼遗址是"中华第一村庄"，距今已有 8 000 多年的历史；红山文化遗址是中国最早的农业古国形态。而古代的鲜卑人，在秦汉之前就一直生活在西辽河流域，是西辽河文明的创造者，因此也就可以是牛耕生产方式的创造者。关于这一点，鲜卑人后裔，居住在今甘肃、青海的土族人传说的《黄牛大力士下凡》和《古然那斯德布赖》即是最好的佐证。

（3）理由之三，是对《山海经·海内经》"稷之孙曰叔均，是始作牛耕"记载的破译。

"叔均"也作"始均"，《山海经》说是神农的孙女，也有史书认为是黄帝的孙女，无论是谁的孙女并不重要，重要的是这个名字的内涵。"叔均"或"始均"，按今天土族语解，就是姑娘的意思，一般是长辈称呼小辈未婚女性时用。按《山海经》的说法，"叔均"是"稷"的孙子，我认为"稷"就是鲜卑人的一个代表，他的名字是土族语"水"的意思。他发明了农业，而他的孙女"叔均"却发明了牛耕的生产方式。那么，"稷"和"叔均"这两个名字为什么能用今天的土族语破译呢？直接的理由就是"叔均"属于北方鲜卑族人，即史书上的"北狄"系。因为在当时，北方的鲜卑人（北狄）的势力已延伸到了甘肃南部、陕西渭水流域以及河北北部地带，在这一交叉的"边缘地带"，北狄、西戎和中原居民处于大杂居状态，如《史记·周本纪》记载："周后稷，名弃。其母有邰氏女，曰姜原。……帝尧闻之，举弃为农师。……封弃于邰，号曰后稷，别姓姬氏。"后来，其后裔"奔戎狄之间"就是在此"奔戎狄之间的"。"叔均"将鲜卑人的牛耕技术带入中原，从而成为"始作牛耕"这也是理所当然的事，没有什么可奇怪的。因此,中原的牛耕技术很可能最早是由北方鲜卑系的"叔均"传入中原的。因为她的这一巨大功劳,她的名字也就和牛耕生产方式联系在一起。由此看出,牛耕神话实质上是对劳动者、生产工具发明者的崇敬和颂扬。正如高尔基所说:"在原始人的观念中神并非一种抽象的概念,一种幻想的东西,而是一种用某种劳动工具武装着的十分现实的人物。"鉴于牛耕开始的时间,按《山海经》提供殷商的"叔均"始作牛耕的说法,牛耕传入中原至少也有3 000多年的历史了。①

3. 农耕神话的文化内涵

以上我们从神话传说、文献考据以及考古发现的角度,对牛、黄牛和牛耕生产方式作了初步的分析,那么,在土族的历史中,"黄牛神"究竟有着什么样的文化内涵呢? 这个问题我们要从与西方基督教的原始文化的比较中才能找到较为满意的答案。

在基督教的《圣经》中记载,上帝创造了天地万物以及人之后,就把现代人类的始祖亚当和夏娃安置到了伊甸园,让他们在那里无忧无虑地生活,只是警告他们不能偷吃智慧树上的果实。可是亚当和夏娃受蛇的引诱,违背主命偷吃了禁果,从而开启了智慧,知道了荣辱。上帝知道这事后非常生气,将亚当和夏娃被逐出伊甸园,并让人类背负罪责,直到如今。按基督教的说法,只要人类在,人类的原罪恐怕永远也摆脱不了。而上帝对蛇的惩罚也不轻。神对蛇说:"你既做了这事,就必须比一切的牲畜野兽更苦。你必用肚子行走,终生吃土。我又要叫女人和你彼此为仇;你的后裔和女人的后裔也彼此为仇。女人的后裔要伤你的头,你要伤她的脚跟"。又对女人说:"我必多多增加人的怀胎的苦楚,你生产儿女必多受苦楚。你必恋慕你丈夫,你丈夫必管辖你。"

---

① 桑吉仁谦:《黄牛神的农业文化意象》,载《中国土族》2006 年第 3 期。

看得出上帝对人和蛇的惩罚是非常重的：上帝不仅把亚当和夏娃赶出了伊甸园，而且加剧了女人怀胎生养的痛苦，尤其是借此机会给整个人类判定了"原罪"，让人类永远无法逃出这一罪责的惩罚。诱惑了人祖的蛇呢？上帝惩罚它用肚子走路，终生吃土。上帝的这一系列惩罚是在处于永恒的时空中，而且永无休止。

相对基督教的"神创说"故事，土族的"黄牛大力士下凡"的故事也有相似之处，天神知道人间的苦楚，并且也想改变人间的苦难生活，但天神自己没下凡，却让老实巴交的黄牛大力士下凡。这个情节，特别是对整个人类的原罪的惩罚是何等的相似，简直可以说它们是同一个思维模式下出现的两个神话故事。

不过，东方的土族人的神话与西方基督教的神话还是有着本质的区别，这个区别就在于："土族的农业创世神话只对物而不对人，基督教的'神创说'却既对物又对人。比如基督教的神（上帝）既惩罚了蛇和人，又对整个人类宣判了原罪。基督教的这种惩罚的目的不是为了惩罚本身，而是借此理由建立起自己的某种思想体系，这就是西方以人为本的宗教起源的根由。相对基督教的惩罚，土族农业创世神话中的惩罚就比较单纯了：天神借黄牛大力士的天真和笨拙，以及它所犯的错误，将人类生活苦难的一切原因都推给了黄牛大力士的一句错话，由此产生了'天神'的惩罚。即黄牛大力士的下凡以及牛耕地的传说。看得出，土族牛耕神话中反映的是'牛'与'犁'的组合这一革命性的重大农业事件，是北方农业文明进入牛耕阶段的重要标志。所以，土族的神话就成为真正的农业起源的神话，而不是宗教。"[①]

---

① 桑吉仁谦：《黄牛神的农业文化意象》，载《中国土族》2006 年第 3 期。

第二节　古歌谣与农业生活

土族神话中有关于农业起源的信息、农业生活方式和农业民族的生活气息，在土族民间传唱的歌谣中十分浓重。

一、描写农业生活场景的歌谣

在土族中广泛流传的《强强什泽》的古歌这样唱道：

> 天上圆来什么圆（哪），
> 天上圆来月亮圆（哪）。
> 索罗罗树儿当中里显（哪），
> 满天的星星扎一圈哪；
> 地上圆来什么圆（哪），
> 地上圆来场院圆（哪），
> 八棱子碌碡当中里显（哪），
> 青稞麦捆扎一圈（哪）；
> 进去大门什么圆（哪），
> 进去大门转槽圆（哪），
> 嘛尼旗杆当中里显（哪），
> 犏牛骡马扎一圈（哪）；
> 进去大房什么圆（哪），
> 进去大房火盆圆（哪），
> 奶茶缸子当中显（哪），
> 阿爹孙子扎一圈（哪）；

……①

这首古歌非常通俗，一般在喜庆时说唱，它的特点是以"圆"作比喻，从天上的圆月到地上的场院，再到家庭的转槽以及到厨房的锅盖。场院是农民打碾的场地，"转槽"是土族家院中间一个旋转的圆槽，中间竖一根拴牲口的木桩，后来这木桩就改作"嘛尼旗杆"，拴牲口的木桩分布在周围。就从这首单纯质朴的古歌中，我们不难看出土族人生活的性质，能代表农业生产的场院，在家饲养耕畜的转槽，无不是农业生活性质的。

二、描写农业家景的古歌

在土族著名的《唐德格玛》中有一段"来到我家"的古歌是这样对唱的：

甲唱：

> 土族人的儿女，
> 唱支我们土族的歌，
> 是我们土族的习俗。
> 来到我家门前时，
> 有一个耷拉着脸的，
> 那是说的什么？
> 走进我家的话，
> 有一个问话的，
> 那是说的什么？

---

① 星全成：《欢乐安召迎吉祥》，载于《中国土族》2004年第1期。

来到我家院子的话，
有一个挖眼睛的，
那是说的什么？
来到我家灶房的时候，
有一个没有骨头的，
那是说的什么？
从那里往里看的话，
在建着一座土城，
那是说的什么？
从那里往里看的话，
在建着一座铁城，
那是说的什么？
在铁城里面，
像海一样的荡漾着，
那是说的什么？
海洋的浪峰上，
有一座五层楼，
那是说的什么？
往楼里看的话，
在雕塑佛像，
那是说的什么？
土族的儿女，
请回答我的歌，
回答不上请回去！

乙对唱：

土族人的儿女，
回答咱土族的歌，
是土族的习俗。
来到你家门前，
耷拉着脸的是假的，
说的是猪。
来到你家门前，
问话的是假的，
说的是狗。
来到你院子时，
挖眼睛的是假的，
说的是鸡。
来到你家的灶房时，
没有骨头的是假的，
说的是抹布。
从那里往里看，
有座土城也是假的，
说的是灶台。
在土城里面，
有座铁城是假的，
说的是铁锅。
在铁城里面，
大海荡漾也是假的，
说的是开水。
海洋的浪峰上面，
有座楼是假的，
说的是笼屉。

往楼里看时，
雕塑了佛像是假的，
说的是馒头。
回答了你的歌，
你问了我，
我回答了你。

这首古歌以来到我们家为前提，先问一些神秘的事物，然后回答这些事物究竟是什么。从古歌的问答中我们不难看出甲问的我们家的神秘事物一点也不神秘，从我们家门前一直到家里，实际呈现的物象是猪、狗、鸡、抹布、灶台、铁锅、开水、蒸笼、馒头。说唱者通过对这些事物的曲折表达、生动反映了土族人具体的农业生活的家庭景致，其中没有一项是描写游牧或纯牧业的细节。

比之上述的古歌，还有更甚者。有一首"蒸馍歌"是这样说唱的：

问：

我们是蒙古尔汗的后代，
是蒙古尔汗的子孙，
唱一支蒙古尔汗的歌曲，
表达我内心的情感。
向着深山高处看，
三座木城在上面，
一群白鸽在中间；
你再顺次向下看，
一座铁城在中间，
城内海水在翻滚；

你再顺次向下看，
一座土城在下边，
城里黄龙吐火焰。

答：

向着深山高处看，
三座木城在上面；
不是木城在上面，
那是蒸笼叠上面；
不是白鸽在城中，
那是蒸馍在笼中。
你再顺次向下看，
一座铁城在中间，
不是铁城在中间；
那是铁锅在中间；
不是海水在翻滚，
那是开水在翻滚。
你再顺次向下看，
一座土城在下边，
不是土城在下边，
那是铁锅在下边；
不是黄龙在吐焰，
那是柴火发火焰。

古歌《唐德格玛》的这一段问答歌，是歌颂农民生活中蒸馍这一细节的。古歌的语言虽然很质朴，浅显易懂，但气势恢宏，用词生动,把农民蒸馍的过程和工具,描绘得活灵活现,反映了广大土族人民对农业生活方式的追求和满足。从这段古歌中不难看出,土族从事农业的历史并非近古的事,而是非常久远。灶台、蒸馍工具与蒸馍过程相对应,这种质朴的表现方式本身就说明了它的历史的古老程度。

三、反映农耕生活的歌谣

这种类型的歌谣在多种歌曲或古歌中都有穿插,我们这里重点介绍两种:

一种是反映在儿歌中的农耕生活。土族的儿歌也很丰富,儿歌是以极其通俗的口语和方言形式反映生活的,也是古今不变的一种民间文学形式。土族的儿歌中除了广泛涉猎的生活内容外,其中有一部分儿歌是反映农耕生活的。比如:

> 一个扁娃娃,
> 背个扁背斗,
> 到扁坡里去摘瓣白豆儿瓣,
> 不会摘了摘上少半背斗扁瓣角豆儿。

这是一个用青海方言说的绕口令,内容是扁娃娃摘扁瓣白豆儿,这是农业生活中的一个细节,但在绕口说的过程中充满情趣。

再比如一个与岁时节令有关的儿歌:

> 毛毛雨儿下下,
> 田里麦苗大大,
> 毛毛雨儿下不罢,

> 白面馍馍蒸得大，
> 毛毛雨儿唰唰唰，
> 凉面油饼到人家。

这则儿歌把毛毛雨和麦苗、白面馍馍、凉面、油饼联系在一起，表面上看，是小孩子唱着玩的，实际它包含着"毛毛雨"与农业生产的密切关系。

还有一则儿歌是教育孩子接受农业思想的，如：

> 蜗牛儿蜗牛儿快快穿，
> 快背上壳壳到地边，
> 人家们犁了三斗三，
> 你还在炕角打懒展。

儿歌用拟人化的手段，让"蜗牛儿"快起床，快去犁地，别人都犁了那么多，你还在炕角头伸懒腰，意思是教育孩子农业生产的人要勤快，不可偷懒。

儿歌颇具娱乐功能，但也不乏教育和认识事物的功能，以上的几则儿歌从不同侧面反映了土族人的传统文化生活，同时也透露出土族人民教育孩子的主要文化内容。

另一种歌谣是直接反映农业生产的，比如《耕地谣》就是这种类型的歌谣：

甲唱：

> 土族人的儿女，
> 唱支我们土族的歌。
> 这是土族的习俗。

往沟脑里看的话，
有一只猴子在跳跃，
为什么在跳跃？
从那里往外看，
有一个人在翻地，
为什么在翻地？
从那里往外看，
有一个人在刨地，
为什么在刨地？
三句三句地唱，
回答我的歌，
不能回答的老实听。

乙对唱：

往沟脑里看，
猴子在跳跃是假的。
他在踏红灰，
说的是种地。
从那里往外看的话，
有人翻地也是假的，
是在挖红灰土块，
说的是种地。
从那里往外看，
在刨地也是假的，
是在翻红灰土块，
说的是种地。

你的歌已经回答了，
我给你回答了，
你问我了。

甲唱：

往沟脑里看，
有一个在堆石堆，
为什么堆石堆？
从那里往外看，
有一个夯地的，
为什么夯地？
从那里往外看，
有一个在做佛像，
为什么做佛像？
三句三句地唱，
回答我的歌，
不能回答的请听着。

乙对唱：

往沟脑里看，
在堆石堆是假的，
有一个在烧土块，
说的是种地。
从那里往外看，
在夯地是假的，

他在撒红灰，
说的是种地。
从那里往外看，
做佛像也是假的，
有一个在分土堆，
说的是种地。
你的歌已经回答了。

甲唱：

往沟脑里看，
有一个人在撒雾。
为什么在撒雾？
从那里往外看，
有人用红青稞祈祷，
为什么在祈祷？
从那里往外看，
有人在开裂土地，
为什么要开裂土地？

乙对唱：

往沟脑里看，
在撒雾是假的，
是一个撒灰的，
说的是种地。
从那里往外看，

用红青稞祈祷是假的，

是一个撒种子的，

说的是种地。

从那里往外看，

在开裂土地是假的，

是一个犁地的，

说的是种地。

这首《耕地谣》用问答的说唱方式，将土族地区二阴地的耕种程序阐述得清清楚楚：二阴地因地温低，当地人用山灰温地，同时也当肥料，歌谣把这个过程从头道来，从踏灰（用耕畜把灰地踏成硬块）、挖土块（人工把硬地挖成小土块）、翻土块（晾干）、烧灰（垒成土垄烧成红灰）、分土堆（分配到各地）到撒灰（均匀撒开），把红灰制作过程阐述明白，然后撒上种子，再犁过，整个二阴地的种植过程就完成了。

《耕地谣》是完整的，细节和技术含量更高，只要是农民，即使不识字，一听这歌谣也能明白二阴地区的"红灰"怎么制作，然后怎么耕种。这种专以农业生产技术为描述对象的古歌谣的流行，表明土族人对传统农业生产技术的熟练程度和热爱，这种熟练和热爱远非游牧的民族所能做到，迄今一些游牧的民族还不会种庄稼，用歌谣来歌颂它就更不可能了。

四、《鲜卑古歌》中透露出的农业生活气息

《鲜卑古歌》中透露出来的古代农业生活气息，更能说明土族人的农业生产生活持续了多久。鲜卑是土族的始祖，鲜卑族有一首古歌叫《鲜卑古歌》，其中透露出的农业生活气息是非常浓厚的，

抄录如下:

        哎,鲜卑之山哟,
        鲜卑山头上顶的是什么?
        哎,鲜卑之山哟,
        鲜卑山头上顶的是威严的天帝;
        哎,鲜卑之山哟,
        鲜卑山额上供奉的是什么?
        哎,鲜卑之山哟,
        鲜卑山额上供奉的是众多的神灵;
        哎,鲜卑之山哟,
        鲜卑山眼里见的是什么?
        哎,鲜卑之山哟,
        鲜卑山眼里见的是阳世的光明;
        哎,鲜卑之山哟,
        鲜卑山鼻中嗅的是什么?
        哎,鲜卑之山哟,
        鲜卑山鼻中嗅的是五谷的味道;
        哎,鲜卑之山哟,
        鲜卑山嘴里嚼的是什么?
        哎,鲜卑之山哟,
        鲜卑山嘴里嚼的是十二样五谷;
        哎,鲜卑之山哟,
        鲜卑山耳中听的是什么?
        哎,鲜卑之山哟,
        鲜卑山耳中听的是宇宙的声息;
        哎,鲜卑之山哟,

鲜卑山颈上戴的是什么？
哎,鲜卑之山哟,
鲜卑山颈上戴的是藏布汗的念珠;
哎,鲜卑之山哟,
鲜卑山左肩扛的是什么？
哎,鲜卑之山哟,
鲜卑山左肩扛的是北斗七星;
哎,鲜卑之山哟,
鲜卑山右肩扛的是什么？
哎,鲜卑之山哟,
鲜卑山右肩扛的是南头六郎;
哎,鲜卑之山哟,
鲜卑山左手拿的是什么？
哎,鲜卑之山哟,
鲜卑山左手拿的是角骨的弯弓;
哎,鲜卑之山哟,
鲜卑山右手拿的是什么？
哎,鲜卑之山哟,
鲜卑山右手拿的是锋利的箭;
哎,鲜卑之山哟,
鲜卑山背上背的是什么？
哎,鲜卑之山哟,
鲜卑山背上背的是温暖的太阳;
哎,鲜卑之山哟,
鲜卑山怀里揣的是什么？
哎,鲜卑之山哟,
鲜卑山怀里揣的是皎洁的月亮;

哎,鲜卑之山哟,

鲜卑山膝上镶的是什么?

哎,鲜卑之山哟,

鲜卑山膝上镶的是银子的盖骨;

哎,鲜卑之山哟,

鲜卑山脚下踩的是什么?

哎,鲜卑之山哟,

鲜卑山脚下踩的是藏布汗的土地。①

这首古歌较为完整的是 15 段,其中有两段说的是"鲜卑山鼻中嗅的是五谷的味道","鲜卑山嘴里嚼的是十二样的五谷"。这两段专门的描述表明,古老的鲜卑族一开始经营的就是原始农业,"五谷"和"十二样的五谷"表明当时的农业种植品种有很多。这首古歌中并没有出现描述牧业或游牧的句子,这从另一侧面更有力地反证了鲜卑族的真实身份。

五、根深蒂固的农本思想

青海省民和县的土族每年都要举行一次"纳顿会",其延续的时间长达三个月,被誉为世界上历时最久的农民"狂欢节",其中有一个表演节目,叫《庄稼琪》,意为种庄稼的人,由老农、儿子、母亲、儿媳共同表演。

老农扛着犁杖,领儿子、老伴、儿媳上场,在一慢两紧的锣鼓声中绕场而舞,又并排朝地方神行跪拜礼,然后席地而坐,鼓停锣息。

老农:"哎,儿子长大了,但是不学好,不是去做买卖,就是去赌

---

① 吕建福:《土族史》,中国社会科学出版社,2002 年。

博,不管管可不得了!儿子啊,你有什么打算?是想种庄稼,还是想做买卖呀?"

儿子:"我不种田,也不想做买卖,只是想耍赌博。"

老农:"那怎么行呀,人说赌博行里出盗贼,这可千万耍不得啊!"母亲和儿媳也一齐劝道:"是呀,赌博千万耍不得呀!"

儿子说:"那我去做买卖,别的什么也不干。"

老农摇摇头,叹口气,说道:"看来这孩子得好好开导。这样吧,请几位老者问一问,看他们怎么说。"

众:"可以。"

锣鼓响起,老农等在人群中请几位德高望重的老者,老者与老农、儿子等舞蹈,锣鼓节奏加快,气氛热烈。父子一同给老者敬酒,老农说明事由,请求老者指点。

老者说:"古人说,七十二行庄农为先,千买卖,万买卖,不如地里翻土块。五谷粮食是宝中宝,庄稼人一心务农才是本分。"

又一老者说:"万民百姓,以食为天,守本务农,富国养人。你们要安心务农,代代相传。但愿春种一斗,秋收一石。祈告神灵,风调雨顺,五谷丰登,收获千石万石的粮食,在龙坛庙会上拿头缸美酒头酥盘,答谢神恩。"

经老者们规劝,儿子回心转意,点头称是,再次敬酒。老者们退场,锣鼓又起。儿子学着驾犁耕种,一对扮牛的孩子戴牛头面具蹲在场中央,儿子反驾格子,倒挂犁,得意洋洋地吆喝起牲口来。

老农见状,又气又笑,追打儿子,在儿子的屁股上踢了一脚,观众大笑。父亲帮助儿子驾正了犁杖,驾牛耕田,婆媳二人撒籽种。在场内耕一"田"字形结束表演。

《庄稼琪》贯穿始终的一个基本思想,就是重农轻商,或根深蒂固的农本思想。认为玩赌博是邪道,这是正确的,经商也是不务正业,便是时代的局限,只有老老实实种庄稼,才是庄稼人应有的本分。这种重农轻商的农本思想是古代农业民族的一种最基本的价值观。比如在中国古代的社会经济思想中，就有"本""末"之别。"本"指农业，"末"指商业，区别"本""末"的理由是：农业关系到生产和生活，而商业只是关系交换。在交换之前，必须先有生产。在农业为主的国家里，农业是生产的主要形式，贯穿在社会经济思想中的理论、政策和法制，都是以农为主的农本思想和重农轻商的观念。比如中国古代的社会中有四个阶层，分别是士、农、工、商，农在前，商最末。士和农在中国古代是最光荣最被尊崇的行业，一个家庭最基本的生产方式就是农业，最基本的生活也是农业生活方式，如果能把"士"的阶层结合起来，形成"耕读传家"的生活方式，那是最自豪和最有价值、也最理想的生活方式。所以，在中国古代，"士""农"的生活和命运都维系在农业上，收成的好坏意味着他们命运的好坏，对生活的基本看法也就是对"农"的基本看法。

　　不仅如此，在《吕氏春秋》中有一篇叫做《尚农》的篇章，对从事"农"的人和对从事"末"的人的生活方式进行了对比："农"很朴实，容易使唤，他们孩子似的天真，不自私，他们的财富很复杂，比如土地呀农具呀等等，不易搬运。所以，一旦国家有难，他们绝对不会弃家而逃。相对之下，从事"末"业的商就不一样了，他们的心眼儿坏、狡猾、不甚听话，而且很自私；他们的财富很简单，没有像土地这样不易搬运的生产资料，一旦国家有难，他们就会卷了行李，带上财富逃至国外，不承担任何责任。由此看出，不仅在经济生产方式上"农"比"商"重要，而且在生活方式上"农"也比"商"高尚，至少"农"能够和国家同命运，共患难，真正是国家的脊梁。从这个意义上，"农"的道德价值和生活方式都比"商"崇高，是国家尊崇、思想强化的对象。

　　土族的表演节目《庄稼琪》，通过一个家庭中两代人的价值观出现分歧，父辈要求后代们老老实实做个庄稼人，以农为本；子孙们却"重商轻农",要做"买卖"不想种庄稼,经过家里老人的教化和村里人的劝导,作为后代的晚辈们终于明白了农比商重要的道理,死心塌地跟着父辈种庄稼了,可以说是对这一传统思想的形象化展示,看后令人深受教育。这表明在土族的历史文化生活中"重农轻商"的思想根深蒂固,传之久远,绝不是一个"游牧民族"学种庄稼的戏言之作。

六、丰富的农业宗教节会

土族和当地的汉族一样,过春节、端午节、中秋节、冬至节、腊八节等,这些节日的活动内容基本与当地汉族没多大区别。除此,土族也有本民族的节日和各种节会活动,这些节日和节会活动,都是农业式的,或者说都与农业生产和农业生活方式分不开。比如"三月三""祭神农""青苗会""斯古拉""纳顿会"等等,都与农事生活直接相关。这里简要介绍几种较为典型的农祀活动的节会。

(一) 三月三

流传于青海互助东瀛姚马庄一带的"三月三"跳神会,就是典型的农祀活动。每到"三月三"这一大,附近各村庄的土族以及其他民族群众身着盛装,来到选定的地点集会。跳神会仪式开始,由五到六个法师向会场中央的龙王频频点头,口中念念有词,并击鼓跳神舞。围观的群众跪禅祈祷,以求龙王保佑当年风调雨顺,庄稼丰收,人畜平安。仪式结束后是丰富多彩的商贸活动。"三月三"的跳神会是新的一年开始后的祈祷佑农活动。

(二) 祭神农

青海民和一带的土族,在每年农耕开始时举行"祭神农"活动:

每年春耕播种前选一吉日进行。届时,各家各户带一些麦草到自家地中烧黄表纸,烧香并跪拜磕头,祭祀神农爷,每家还牵牛驾犁,人和牛都吃一些油馍,然后,在地中犁出一个圆圈,圆圈中再犁一个十字。一人赶牛,一人扶犁,后面有妇女们在犁过的圆圈和十字中撒上种子。敬过神农一年的春耕才正式开始。

(三) 青苗会

规模较大的如流行于青海互助东沟大庄的"青苗会",这一节会保留了很多原始的生活信息,一般在地里的禾苗长高时举行。

届时,全村及邻村土地交叉的四方民众,鲜衣新帽,倾家出动,张幡结彩,焚香煨桑,游山踏青,歌舞摔跤比过年还要热闹。青苗会的会期按各地农事季节、传统习俗而有前有后,通常在夏历三至六月绿满山野时举行。像丹麻乡索布沟村多在三月十八日左右,大庄则在五、六月前。过去,由乡老族尊主持会务,事先请"苯苯子"推算良辰吉日,确定会期,晓谕全村。是日,乡民黎明即起,将准备停当的旗幡彩仗,锣鼓、牛角等带到集中地点,乡老族尊至广福寺点灯焚香,顶礼膜拜,请出龙神轿杆,护法神箭,乡民们由一面蓝底白边绣有北斗七星图案的三角月牙旗领路,鸣锣开道,踏青勘苗。据说:北斗星象征着北方驱魔斩妖的玄武真君,以它开路所向披靡,逢凶化吉;北斗星是鉴别方位的星,斗是贮粮的衡器,也有为整个队伍指明方向和祈祝五谷丰登的含义。其中有二十四面大旗,旗面彩绘"拉木桑"(即骠子天王,又叫护法天王),其余绘有青、蓝、白、黑诸位龙神,或其他彩旗队伍排成单行,有击鼓鸣金的,有吹海螺牛角的,有背负经卷的,有手摇法铃的喇嘛和"苯苯子",有更多的是肩扛柳枝的随行人众,约有千人,游山队伍沿本村地界鱼贯登高,众多的彩旗仪仗在山间蜿蜒起伏,犹如一条生机勃勃的长龙在游动,煞是壮观。

　　浩浩荡荡的登山队伍来到了大东岭，这里是制高点，山头垒有一大"毛祭"（藏族称之为拉什则，蒙语称为"鄂博"），是用鹅卵石（多用白色的）堆积而成，围以木栅，上插神箭之类的圣物，下面埋有佛教经卷"八珍"，即金、银、铜、铁、铝、锡、珊瑚、玛瑙，十二味中药，即海龙、海马、天南星、地南星、天王补心丹、补中益气丸、十全大补丸等其他物件，俗谓"下宝瓶"，它具有相应的法力，是本村保护神的前哨据点，立在边界以驱邪辟秽，庇佑一方人畜平安，五谷丰稔。登山队伍将彩旗仪仗堆放在"毛祭"四周，便在草滩上休息，主事的乡老族尊点燃柏香煨桑，不断往里面添一种土语称为"堪巴"的野草。这种草丛生，香味浓郁，它的花晒干后可以用来当枕芯，既柔软又有一股清香。大东岭上青烟缭绕，蜂蝶纷飞，略带苦涩的香气四溢，沁人心脾。喇嘛和"苯苯子"席地诵颂佛经，献上用面捏制成的惟妙惟肖的三牲祭礼，洒下"禄马"纸钱，传统的宗教仪式即宣告完毕。人们从褡裢背包里取出青稞酩馏酒、茶瓶及锟锅、牛肋巴、油饼等各类面食，共同进食。与此同时，悠扬婉转的"花儿"唱开了，传统的摔跤比赛也拉开了场子。这时青苗会才真正进入高潮，一年一度的大庄村摔跤冠军便在大东岭上产生，在村民们登高踏青时，"插牌"是重要内容之一，在沿途巡视检阅各自的禾苗时，把式们品头论足，何人耕作粗，管理不善，是懒庄稼，何时拔头草，何处当施追肥……客观上起到交流生产经验的作用。"插牌"是借用神的名义来约束乡民，自兹日起至庄稼收割前，不准放牧牲畜，不许伐树，不得践踏青苗，不可动土打庄廓等，采取一系列措施保护田禾，违者将处以责罚。青苗会的本意是请神祇巡山，保佑一方风调雨顺，人丁兴旺，冰雹不降，昆虫毋作，是一种原始神会。[1]

---

[1]　王培芳：《春天里的节日：土族青苗会》，《中国土族》2006年第1期。

（四）纳顿会

民和三川地区的"纳顿会"也是传统的农祀活动之一，其规模不亚于互助东沟大庄的"青苗会"。

"纳顿"是土族语，具有庆祝，娱乐之意，是通过人的娱乐活动达到娱神目的的一种农祀活动。

每遇丰收之年，三川地区最早收割庄稼的中川乡宋家村，便在农历七月十二这一天拉开纳顿节的序幕。此后，以收割先后为序，这一欢庆丰收、酬谢神恩、传承尚武精神的活动在 21 个村中依次举行，直到农历九月十五在中川乡朱家村结束，为期 2 个多月，被称为"世界上时间最长的狂欢节"。

在"纳顿"会上跳"会手"的队伍中身着长衫的老者走在最前面，土族汉子和稚气未脱的孩童依次跟在后面。他们擎旗敲锣，舞扇执笛，且舞且行。在有的村庄，青年男子还穿着古代士兵的军装，彩旗上写着"精忠报国"的字样。土族男子们不时摆出一字长蛇阵、二龙戏珠阵、中心八卦阵、天上龙门阵等古代军阵，尽情地跳着、舞着，"大好——哟好"的齐声祝愿和震天的锣鼓飞旋于七月的蓝天。

纳顿会上，关公的地位很高。名为《三将》《五将》的傩舞中，刘、关、张等人轮番上阵与吕布作战，而关公杀死吕布的结局与我们在《三国演义》中读到的截然不同，这反映了土族人对忠义精神的推崇。取下面具后，扮演英雄的少年依旧正气凛然，在傩舞中他已与古代英雄融为一体，难分彼此了。

除了"尚武忠勇"，"以农为本"的思想是纳顿会上另一个永恒的主题。如前所述的《庄稼琪》讲述了一个游手好闲、一心想经商赚大钱的青年在老人们的劝说下，回心转意，学习务农的故事。虽然土族人早已没了不重视商业的观念，民国时期，三川喇嘛就以善于经商而闻名，但从这出傩戏中可以看出，以屯戍为己任的历史传统使土族人对农业生产格外重视。

纳顿会上的压轴傩戏是《杀虎将》：老虎逞凶，吃牛伤人，观众里跳出几个年轻力壮的小伙子，与老虎搏斗，怎奈又败下阵来。就在此时，威武的杀虎将被众人用梯子抬着，从天而降。他神勇非凡，经过搏斗，终将长剑架在了老虎的脖子上，杀死了危害人畜的老虎。这出傩戏反映了土族先民筚路蓝缕，以启山林的艰辛历程。文化史专家认为，该戏唯土族所有，具有很高的文化研究价值。纳顿的组织管理者叫做"牌头"，其手下还有几个"老者"。"牌头""老者"等人构成了一个民主管理农业事务的乡村组织，负责全年中保护青苗、引水灌溉等农事的组织协调工作，围绕这些农事活动，还要开展包括纳顿在内的一系列民俗活动，以使村民们渴盼风调雨顺、国泰民安的愿望得到充分的抒发。就在纳顿的鼓声平息后的两三天里，和煦的微风里传来消息——新的牌头、老者推选产生了，三川土族人又在企盼着下一个麦穗般沉甸甸、金灿灿的丰收年。[①]

（五）六月会

除了以上重要的一切节会活动，土族在农祀活动中还有一个重要的节会内容，比如流行于青海同仁一带的"六月会"，一般在六月二十日举行。相传六月会是旧时地方政权的阅兵集合，也是安排农事活动的集会。在旧时的这一天，土族千户要演讲民族历史：我们的祖先是从东方来的，是皇帝派来守卫在这里的，这里是皇家的土地，好好拔草，保苗等。

节日这天，男女老幼穿上节日盛装，汇集在本村寺庙，敬二郎神。当地神庙建在高山岗上，坐西面东，三间神殿面前有一广场，场上设有煨桑炉，立有旗杆。届时，要进行煨桑、点灯、祭祀神祇、

---

① 辛元戎：《纳顿节：屯田和戍边者的狂欢》，《中国土族》2006年第2期。

祝愿天地众神护佑平安,禳灾避祸,人畜两旺,二十至三十名未婚女子身穿长袍,并列两行,按长队序列起舞,手捧哈达,头微低,缓缓向前跨三步,然后下跪一次,转圈,至神帐前列横队拜三次结束。之后由几十名青壮年男子装扮的神舞队表演神舞。其中,有的表演者在两颊和肩肌上插五寸钢针数枚,以示真神下凡,与民同乐,保佑生灵。这天还要上演表现历史生活的军舞。演员们脚穿双梁红花鞋或高筒马靴,把裤脚装入靴内,扎上腰带,头戴羊毛毡做的喇叭缨帽,典型的武士打扮。以后几天主要是各种娱乐活动。有抬花轿跳神、踩高跷、唱拉伊(山哥或情歌)等。伴奏乐器主要有羊皮鼓和海螺,还要轮流到各庄演出。

(六)朝山会

青海互助一带,有一种传统的郊野活动,称之为"朝山会",每年农历六月六日举行。每年的朝山会由众人推举的六个"青苗头儿"主持。头年十月份由青苗头向众家收一两升粮食。到六月初六这天,附近几个村的男女老少,身着新衣,手持碗筷,到寺内吃一顿好饭,另外还要请三四个阴阳先生在庙内念经,以祈祷五谷丰收,人畜兴旺。

(七)祈雨

甘青地区的土族还有一种传统祭祀活动,一般在久旱不雨时举行,称为"祈雨"。

在久旱不雨时,土族村民便组成一支108人的队伍,赤足,头戴柳条帽。在护法神箭或龙王轿、娘娘轿的前导下,从各自的村庙里出发,鸣锣开道、擎彩旗、大伙浩浩荡荡,齐唱道歌并诵经,一步一磕头,徐徐去某个泉水边或湖泊边祈雨。到泉边后,众人默不出声,跪下祈祷,一人用小瓶灌水,将瓶浸入到水中,又立即拉出来,捧着水瓶返回。视瓶中水量判断降雨征兆。其中,互助东山乡那楞沟土族去龙王山神湖祈雨,规模最大,往返百余里。

(八) 献冰日

土族还有一种传统的岁时活动,每年农历十二月八日举行,称之为"献冰日"。

早晨,土族人家取冰块献于庭院、房沿、田边地头、粪堆等处,男女老少皆食冰。当天早晨吃豆面搅团(散饭),第一碗搅团献于堂屋(风干后当药用)。

民间认为,此举可求得来年风调雨顺,丰衣足食,六畜兴旺,积存一部分冰,供给感冒咳嗽的病人治病服用,民间有"腊八冰能治病"的说法。

第三节 土族《格萨尔》与
农业起源

《格萨尔》是一部结构宏伟、包罗万象的英雄史诗,土族《格萨尔》是它的一个分支,但同时土族《格萨尔》所包含的历史内涵,又要丰富很多。土族《格萨尔》中有关土族始祖在远古创立的农业起源神话,就是土族《格萨尔》中独一无二的内容。

我们不妨将土族《格萨尔》中有关农业生产和农业起源神话分为两个不同的时代论述。

第一个时代,可称为"可汗时代",它包括"罕木洛夏尔干桑可汗""阿卡其东"和"格萨尔"三个时代。其时间跨度大约与《格萨尔》所处的时代相当。

"在罕木洛夏尔干桑可汗时代土族《格萨尔》则向人们反映了

一幅以血亲为纽带而形成的早期氏族公社面貌,经济生活以畜牧为主,生产资料为整个民族所共有。"①

这里认为罕木洛夏干桑时代人们还处在游牧经济为主的生活状态。从《土族格赛尔》中零星反映出来的生产和生活内容看,罕木洛夏干桑时代的早期的确是以畜牧为主的经济。但也不尽然,杨恩洪在《土族地区流传之〈格萨尔王传〉探微》一文中却透露出另一个信息,即在罕木洛夏尔干桑时代,同样有着浓郁的农业文化的信息。

"史诗中描述了年过百岁的老查干王是'头发像羔皮,眼睛像鸟窝,嘴巴像石洞'。文臣武将向老查干王表示衷心拥戴之时说:我们将像树叶扶持牡丹一样扶持你,像盔甲保护身体一样保护你。在天界、卦师评价天神什当拉谦的三个儿子时说:长子是'在家一只虎,出门一只狗';次子是'在家雄狮一般,出门懒狗一般';意即他们都不能下凡,唯有三子尕玛顿珠'在家是爱子,出门是雄狮',可以胜任拯救人类的使命。

"在形容天神的长子、次子穿上查干带去的盔甲时的狼狈相时说,他们立刻脸黄得像丧纸,汗流雨下,如同油料压在油梁下,青菜叶子上撒了盐……如此形象生动的比喻,比比皆是。这绿叶、牡丹、油料、青菜,正是土族人民所居住的以农业为主的地区的现实生活的真实写照,是传承史诗的土族艺人的聪明才智和艺术才华的最好体现。"②

也就是说,在罕木洛夏尔干桑时代,畜牧经济的特征非常突出,但农业经济的势头也不弱,生活口语比喻中,随处都有这样的信息。这就给我们提供了一个在罕木洛夏尔干桑时代的社会经济

---

① 马忠:《〈土族格赛尔〉的哲学价值及其他》,载于《中国少数民族哲学宗教儒学》,当代中国出版社,1995 年。

② 杨恩洪:《土族地区流传之〈格萨尔王传〉探微》,《格萨尔研究》集刊第 3 集。

结构：牧农经济是最主要的经济形式,除此还应该有手工业等类型的经济形态。

在阿卡其东时代,阿卡其东为格萨尔和斯藏莎的婚礼高颂祝词:"金子般的新娘,金子般的新郎,在进入金龙门,迈过金门槛的时候,双手捧起子孙的福音。一叩:永恒的长生天,护佑众神的天神,主宰世界的可汗。金子般的新娘,金子般的新郎,在迈入金龙门,迈过金门槛的时候,双手捧起五畜兴旺的福音。二叩:供于阿寅勒的众神,威力无穷的山神,消祸禳灾的照山。金子般的新娘,金子般的新郎,在迈入金龙门,迈过金门槛的时候,双手捧起五谷丰登的福音。三叩:生育你肉体的双亲,阿寅勒的各位父老,帮助你的亲戚朋友!"①

在阿卡其东的祝词中,以"神""畜""五谷"三样的具体的精神和物质的内容为可汗的婚礼祝福,这三样被敬拜的对象是当时社会生活中最为主要的生活要素。仅从后二者论,当时的鲜卑人已经是个农牧并举的半农半牧民族,而非现在人们认为的游牧民族。

"《土族格赛尔》"在写到阿卡其东可汗时代的社会背景时,提到阿卡其东召集阿克隆众多百姓,摊派差役还要人头税。'没有黄金要黄金,没有白银要白银,没有牦牛要牦牛,没有绵羊要绵羊,没有货币要货币,没有粮食要粮食,没有酥油要酥油,没有劳力要劳力。赋税繁杂名目多,吸尽了阿克隆百姓的脂膏。'以上述引文反映的畜产品、农产品和货币的情况来看,当时的土族社会是一个以畜牧业为主,农业、商业都有发展的社会。从生产、生活资料为少数人所垄断,而大多数人一贫如洗的情况来看,当时的土族社会已经出现阶段分化,社会形态已由罕木洛夏尔干桑可汗时代的原始社会

---

① 杨恩洪:《土族地区流传之〈格萨尔王传〉探微》,《格萨尔研究》集刊第3集。

过渡到阶级社会。"①在社会经济结构中,农、牧、商具备,在政治方面阶级分化明显,并且以赋税的形式剥削广大的劳动人民,这说明阿卡其东可汗时代,是处在较为典型的封建社会之中,它与土族《格萨尔》创世纪部分相隔甚远。因此,我们在研究土族《格萨尔》时应由原初的创世生活(主要以神话为主),阶级社会中的王权政治生活以及大量的民间文学的拼贴这样三个部分来理解。这三个组成部分,反映了土族不同历史时期的文化特质,具有不同的文化氛围和价值趋向,从中我们可以了解到土族始祖们的宇宙观、人类观、世界观以及人生观和生活价值观。

"在格萨尔可汗时代,部落走向联盟,国家开始形成,社会分工更加明确,这些情况在土族《格萨尔》中都有具体反映。格萨尔通过联姻和战争的手段先后取得了桑国、歆国、恩孜玛国、乌都特国的统治权,并在阿克隆修建了规模宏大的都城,建立了强大的军队和国家管理机构。在他统治的百姓中,有牧民、农民、商人、手工业者,僧侣、占卜者等,其中手工业者中有铁匠、木匠、石匠之分;在商人中有经营土特产的小贩,有经营百货的大贾,表明当时的生产关系和生产力水平有了较大的发展。"②

整体地看,在土族《格萨尔》的"可汗时代"社会经济构成中有农、牧、商、手工业等,种类比较齐全,社会经济比较发达;但由于生产资料的垄断和各种税赋、各种形式的剥削比较严重,基层人民的生活还是十分艰难。正如王兴先教授在他的专著《〈格萨尔〉论要》中所指出的:"格萨尔时代的部落社会,是以牧业经济为主体,构成了以牧业生产为主,兼有少量农业、狩猎业、商业和小手工业的生

---

① 马光星:《土族文学史》,青海人民出版社,1999年。
② 马忠:《〈土族格赛尔〉的哲学价值及其他》,载于《中国少数民族哲学宗教儒学》,当代中国出版社,1995年。

产惯例。各类产品之间的流通,基本上都是以物换物,就连劳动工钱也是用实物偿付。"①王兴先老师论述的是《格萨尔》的社会经济状况,土族《格萨尔》的社会经济状况与其基本相似。

第二个时代,可称之为"创世时代",这是土族《格萨尔》中独有的,而在其他民族中流传的《格萨尔》中所没有的内容。

"创世时代"内容,将被整理成土族《格萨尔》的第一部或序集出版,前述的章节中已经大量涉及它的创世内容,这里重点介绍一下土族《格萨尔》中的《创世部》中有关农业起源的神话。

土族在古代是一个农业民族,从土族的现实风俗文化,吐谷浑及鲜卑农业文化一直上溯到了它的源头,土族《格萨尔》中有关农业起源的神话内容十分丰富,而且它的历史和学术探讨价值巨大,可以说它从源头上将锁定土族始祖最终的文化身份。

目前,土族《格萨尔》有两个主要的版本,一个是施劳德记录、李克郁翻译的《土族格赛尔》;另一个是由王兴先、王国明记录整理的土族《格萨尔》。这两个不同版本的最大区别就在于后者拥有"创世纪"而更显得完整和统一,尤其是土族始祖起源的最古老的神话就在这一版本中充分体现出来。

但第一个版本的优势依然不容小觑。根据桑吉仁谦著《鲜卑的起源与发展》,鲜卑"旧墟石室""嘎仙洞"的发现,使《土族格赛尔》中的"阿布朗叉根创世"说和土族《格萨尔》中的"神女洞"说有了现实的价值和意义,因为三者的一些共同点不得不使我们相信这种惊人的巧合。

1. 地名

《土族格赛尔》中,仙人祖拜嘉措派阿布朗叉根去创造和繁衍人类的地方,叫"萨·札吾岭";土族《格萨尔》中先是三位天神在阿

---

① 王兴先:《〈格萨尔〉论要》,甘肃民族出版社,1991年。

朗部(也叫"花岭")的神女洞中创造和繁衍人类的,后来阿朗恰干出世后又由他在那里修行;鲜卑"嘎仙洞"所在地方名叫大兴安岭,而"阿朗部(花岭)"是从什么时候才有的地名,我们无从知晓,但它也同样以"萨·札吾岭"的"岭"、"阿朗部(花岭)"的"阿朗"和"大兴安岭"的"岭"作为确认地名性质的一个词,他们是否有本质上的区别? 这三者说的是不是同一个地名等问题,有待以后进一步考证,但从它们三者各自所描写的周边环境看,有一个共同点,那就是"嘎仙洞"在大兴安岭的北端,《土族格赛尔》和土族《格萨尔》中创造人类的地方也在一个"岭"上。

2. 石洞

20世纪80年代初,米文平发现的"嘎仙洞"在内蒙古自治区呼伦贝尔鄂伦春自治旗境内,其洞本为天然石洞,洞口呈三角形,高12米,宽19米,南北长92米,"宏伟有如大厅,面积约2 000平方米,可容纳数千人"。而在《土族格赛尔》中描述的石洞,是"一个天然生就的男女佛像各一千尊的石洞";在土族《格萨尔》中描述的也是一个天然石洞,三个石洞的来源是一致的,都是"天然石洞",这是第二个共同点。

3. 石桌

《土族格赛尔》中说,岭王的面前有一个石桌,岭王坐在石板座上;土族《格萨尔》中说,神女洞中有一个天然形成的石桌和石凳;而在"嘎仙洞"的"大厅"中央,也有一块不规则的天然石板,长3.5米,宽3米,下面有大石块托起约0.5米高,群众称之为"石桌"。包括像"石桌"一样的细节,都是高度的一致,证明土族《格萨尔》描述的"石洞"中造人的神话传说是鲜卑历史的真实写照。

4."嘎仙"与"仙人""天神"

据米文平先生考证,"嘎仙"是鄂伦春语,词义未详。当地群众说,洞中曾住过一位"仙人",因此而得名。据笔者考察,"嘎"或"嘎尔"是古鲜卑语"房子"的意思,现今的土族语也叫"嘎尔"(意为"房子"),"仙"是汉语,把这两个词连接起来,即为住过神仙的石洞或石房子。《魏书》中称"嘎仙洞"为"石室",即是"石房子"的意思。《土族格赛尔》中也有一位"仙人",他住在这个空山野谷的石洞里,整天诵经驯化飞禽走兽,他的名字叫"祖拜嘉措","祖拜嘉措"这个藏族名字,可能是后人所为;土族《格萨尔》中却说是"天神",后来居住在那里的阿朗恰干也是一位"仙人",但土族《格萨尔》中的"仙人"与"嘎仙洞"中的这个洞名的"仙"的来历可能就是因土族《格萨尔》中的那位"仙人"而取的名字。

5. 外围环境

发现的"嘎仙洞"地处大兴安岭北端顶巅之东麓,属嫩江西岸支流甘河上源,"这一带林海苍茫,峰峦层叠,古木参天,松桦蔽日。"《土族格赛尔》中描述的天然石洞的外围,"这里外三层是草山,中间三层是林木山,里三层是红岩石,中间是草滩,草滩中间有一石崖,石崖上有一石洞。"土族《格萨尔》中描述石洞的外围环境时说:"在一个好似悬挂着唐卡般红色的岩山上,有一个天然形成的岩洞,岩洞的东面是茂密的森林,常常有虎豹在出没;南面是绿绿的草坡,常常有鸟类在盘旋;前方是一块很大的百花滩,滩中盛开着各色的鲜花……"无论是《土族格赛尔》还是土族《格萨尔》,二者的天然石洞外围与发现的"嘎仙洞"外围环境是一致的,既有草滩,也有林木,还有红岩山。

6. 繁衍人类的方式是农业式的传播方式

《土族格赛尔》中,仙人祖拜嘉措派阿布朗叉根到萨·札吾岭去繁衍人类,他的繁衍方式是"扩散式"的,即一个家庭变成两个,分别派到两个地方,这两个家庭又分化成四个以上,分别又安置到更远一些的地方去,依此类推。土族《格萨尔》中三位天神创造了人类后,他们的繁衍方式和《土族格赛尔》中所描写的方式是一致的。这种繁衍人类的方式,可以认为是农业"迁移"的"扩散"方式,这种方式又与"鲜卑"这个以农作物为部族名的历史事实联系起来,成为鲜卑族特殊的农业迁移和扩散方式。

总之,20世纪80年代发现的鲜卑族"旧墟石室"与土族《格萨尔》中传说的土族始祖创造人类的神话高度一致,这就为土族始祖鲜卑族的起源与发展确定了一个基本的基质,成为鲜卑族起源和发展的大本营。确定了这一点,之后的鲜卑族的发展就是顺理成章的事了。

也就是说,在第一个版本《土族格赛尔》中虽然没有神话创世部分,但"阿布朗叉根"在阿克隆繁衍人类、发展生产的描述是可信的,具有历史根据的。再比如《土族格赛尔》中描述人类原始状态景况也是可信的:

> 拿树叶遮掩躯体,铺的却是花瓣和嫩枝。吃的是苦涩的野果和山梨,喝的是清澈冰冷的泉水,住的是黑洞上的石窟。用的是粗糙的石器……①

诸如此类的生活描述,都是人类源头上各民族都经历过的原始生活情景,具有普遍性。桑吉仁谦先生在他的专著《鲜卑的起源与发展》中,对于始祖们的原始生活以及原始农业的起源,都有较为翔实的资料分析和史学考证,我们可作为重要的参考去解读。

在土族《格萨尔》的版本中,《创世部》中比较完整地保存了天神创造农业和农业起源的神话,这是极其珍贵的远古信息,它就像一眼涌泉一样成为土族始祖们创造的原始农业起源的源头。

下面,我们具体看看,天神是如何创造了农业的:

---

① 施劳德记录、李克郁翻译:《土族格赛尔》,青海人民出版社,1994年。

……
> 财宝神呀请您听，
> 龙王神呀请您听，
> 请你们听呀我来说！
> 要做的人类已做好，
> 做好人类烦事多，
> 吃喝的食物没一样，
> 没有食物人类不能活。

　　天王神接着说道："呀，财宝神和龙王神，请你们听呀我来说，虽然我们已经把人做好了，但是，麻烦的事情就更多了，首先他们得吃食物，如果他们不吃食物的话，他们就无法生活，不饿死也得渴死，不渴死也得饿死！现在我们就得想办法给他们弄点食物吃。现在我的背上拿着从天界取来的苹果，现就分配给他们，试试看他们能不能吃下去！"说完，天王神从背上拿下来一个小袋子，伸手取出了几个像大豆那么大的小苹果。然后用指甲将苹果切分成几瓣，一一地塞进了那些人的嘴里。天王神又说道："呀，我现在把苹果分给他们吃了，如果他们吃了这个苹果，以后就不会觉得饿了。"果然他们吃了苹果之后，一下子更加有精神了。于是，那些人就开口说话了。说道：

> 非凡的神灵你们是谁？
> 你们是谁我们不明了！
> 我们在此已形成，
> 要去哪里不清楚？
> 要想走路没有路，
> 要想居住没房子，
> 请三位神灵下旨意！

　　那些人吃了苹果之后说道:"呀,三位天神,在你们的不辞辛劳和不懈努力之下,才创造了我们,现在我们想住下来却没有住处,想走路却没有路可走,那我们现在该怎么做? 请三位天神指明去向!"听了他们的这番话之后,天王神说道:"呀,你们现如今既没有住处也没有路,这不怪你们。现在你们就跟我去上部的那座白土山的山脚下,我教给你们怎么居住呀。"说完他们就一起向上走去。没过多久,他们便来到了那座白土山的山脚下。这时,天王神从腰间取下金刚就开始在那里开挖起来。那些人也帮着三位天神铲土的铲土,拍土的拍土。不多一会儿,一口窑洞就挖成了。这口窑洞的洞门小而圆,洞内大而宽敞,在洞内又建造了一个用来适合睡觉的类似土炕的台子,在台子上面又铺上了一层厚厚的草皮。这时,天王神又说道:"呀,你们现在就住在这个窑洞里,我们三位天神现在就要回去了,等到你们什么时候肚子饿的时候我们就再来看你们呀!"说完,三位天神转身就走了,那些人也走出了窑洞目送三位天神渐渐远去。

　　这里有两个细节很重要,也很有趣。一个是天神第一次赐予人类的食物是苹果,而且人类在吃了苹果以后便不会感觉到饥饿。的确,他们在很长一段时间里,再也没有吃东西。有趣的是,在西方的《圣经》中,亚当和夏娃第一次偷吃的也是果实,他们偷吃了智慧果,从此就有了智慧,知道了害羞。为什么在人类的源头上,人类第一次品尝的食物总是果实呢? 这是否显示着采集农业的某种影响和印记?

　　另一个有趣的细节是天神让造好的人们自己掏窑洞住,住石洞或住窑洞,这也是人类原始生活中真实可信的一面。只是住石洞是选择天然的,住土窑洞却是人工开掘建造的,后者的文化内涵,明显要强于前者。

　　三位天神回到住处,一连做了六个轮回的修行,然后又集中到一起,骑着神马到阿朗部去看他们造好的人类在干什么。

　　三位天神从天界来到大山脚下之后,向上部望去看见那里有数不清的鸟儿在飞翔,又向旁边望去,看见那里有很多的人在忙碌着。由于他们吃没吃的,喝没喝的,穿没穿的,看上去十分地憔悴,他们整天为了吃饱肚子而忙碌着。当三位天神来到这里,那里的人们看见上方有三个人,其中一个人身穿黄袍,头戴黄帽,脚蹬黄鞋;另外一个人身穿红袍,头戴红帽,脚蹬红鞋;还有一个人身穿白袍,头戴白帽,脚蹬白鞋。看上去威风凛凛,非同一般。那里长期处于饥荒中的人们看到有这样的人向他们走来,就飞快地向他们奔去。这时,龙王神说道:

> 天王神呀请您听,
> 财宝神呀请您听,
> 请你们听呀我来说!
> 站在这里看下方,
> 无数人类在奔跑,
> 不知为何来这里?

　　龙王神接着说道:"呀,天王神和财宝神请你们听呀我来说,我看见我们的下方有很多的大人和孩子都向我们奔来,由于人数众多,跑起来尘土在飞扬,我也不知道他们究竟为何向我们奔来?请你们二位天神看一看呀!"听了龙王神的这番话之后,天王神说道:

> 龙王神呀请您听,
> 请您听呀我来说!
> 站在这里看下方,
> 大人小孩在奔跑,

看来他们没吃喝，
身上没有衣服穿，
是为此事来这里。

天王神和财宝神站起身来向下方一看，看见下方有众多的人争先恐后地向他们奔来，他们所走过的每一个地方，处处尘土飞扬，远远望去，尘土就像是大海般向他们涌来。三位天神见此状况，就马上变作三位破衣烂衫的白胡子老人端坐在那里，等待着那些饥民的到来。

当那些人来到三位天神面前后，其中的一位年长的老者说道：

非凡的老人请您听，
请您听呀我来说！
你们三位从哪里来？
你们为何事来这里？

这时，天王神接着那位老人的话说道：

请你们大家听一听，
听一听呀我来说，
我们到此游一游，
不为任何事而来，
你们大家从何来？
你们又为何事来？

天王神接着说道："呀，我们三位来这里的主要原因，是我们每天四处寻找有没有朝拜的地方，在你们这里有没有这样的地方？"

"好个我的老爷爷,你们三位好好看看,我们贫穷得就连一点吃喝的都没有,每天在吃树皮和挖草根而生活着,您再看看我们这些人身上穿的都是树皮和树叶,哪里还有朝拜的地方啊!我们来这里是因为我们看到了你们三位老爷爷,现在我们求求你们三位老爷爷,能给我们想想办法吗?能给我们指条活路吗?我们的孩子和家人们都在挨饿啊!"那位老人说道。

听了老人的这番话之后,天王神讲道:

> 请你们大家听一听,
> 听一听呀我来说,
> 没有饭吃也难怪,
> 没有衣穿也可怜,
> 你们现在听我话,
> 哪里来的回哪里!
> 明天太阳升起时,
> 我们三位去您处,
> 我们去了再商谈,
> 商谈如何来解决。

天王神接着说道:"呀,你们是从哪里来的回哪里去,我们三位来这里是寻找朝拜的地方,现如今你们生活得如此悲凉,我们也实在是看不下去!现在你们就回去,到明天早晨太阳升起的时候,我们三位去你们的住处,然后再召集大家,我们共同来商量商量这件事,如果你们对这件事没有办法的话,那目前我们也没有办法,到明天我们议议再看呀!"那位老者又说道:

> 非同一般的老爷爷,

> 请你们三位听一听，
> 明天的太阳升起时，
> 我们大家等你们来。

到了第二天早晨，龙王神说道：

> 天王神呀请您听，
> 请您呀我来说！
> 东方发明天已亮，
> 我们大家快快起，
> 我们三位喝口茶，
> 我们三位吃口肉，
> 我们三位喝口酒，
> 头茶头肉和头酒，
> 样样敬奉给神灵。

龙王神接着说道："呀，天王神和财宝神，现在天已经蒙蒙发亮了，我们赶快起来！我们把头茶、头肉和头酒都一一地敬奉给这里的所有大小神灵之后，我们也吃一点，等吃好了我们就去下方看一看，那里的饥民们在做什么？昨天已经说好了我们今天要去的。所以，我们现在就快快起来吧！"说完，三位天神很快就起来，把头茶、头肉和头酒都一一地敬奉给了这里的所有大小神灵，三位天神也饱饱地享用了一番之后，起身向下方走去。

> 向着下方走去时，
> 沿途走来无一物，
> 越去下方越贫穷，

　　　　大地处处是空旷，
　　　　空旷说来有三种：
　　　　没有火种是一空；
　　　　没有食物是一空；
　　　　没有衣物是一空，
　　　　快走快走去下方。

　　当三位天神向下方走去时，一路看不到一点火种，看不到一点食物，也看不到一件衣物，越是向下走去越是显得贫穷。三位天神继续向下走去，没过多久，他们就在下方看到了有一群人聚集在那里，等待着他们的到来。当三位天神来到那些人面前时，他们说道：

　　　　不一般的爷爷你们好！
　　　　我们等待已经多时了，
　　　　如今你们看看这些人，
　　　　没有吃喝我们不成样，
　　　　没有衣物我们难御寒。
　　　　三位爷爷你们不一般，
　　　　祈求你们今天指条路，
　　　　我们大家实在无法活。

　　天王神听了这些人的诉苦之后，顺便伸手从自己的脖子上搓下一点油垢，揉成一个小团，然后念了几句咒语，吹了一口仙气后将油垢团递到一位老人的手中并说道："呀，你们这样的贫穷，实在是可怜，现在我把这个油垢团给你们，你们拿去后找一块平坦的草地把它埋到土底下，等生长出果实后，你们就有吃的了。"这时，财宝神和龙王神各自也从自己的脖子上搓下一点油垢,揉成一个小团,然后念了几句咒语,吹了一口仙气后将油垢团递到这位老人的手中。

　　这位老人手中捧着三颗油垢团对三位老爷爷说道:"呀,我们非常感谢你们今天能来这里,并给了我们三颗油垢团,但是,我们根本就不知道如何把它种植啊!"听了他的这番话之后,天王神又说道:"种植很简单,你们把这三颗油垢团拿去后,找一块平坦的地方,再把这油垢团埋在土壤下,用不了多久它就会长出来。它先长出两瓣嫩叶来,然后变成三瓣、四瓣、五瓣,等到最后就开花,开过花之后就结果,等这果实变黄成熟之后,你们就可以采下食用了。"说罢,三位天神就不见了。

> 请你们大家听一听,
> 请你们听呀我来说!
> 那三位爷爷不一般,
> 不知三位从何而来,
> 不是佛陀就是神灵,
> 也不知他们住何处。

　　他接着说道:"请你们大家听一听呀我来说! 刚才来的那位爷爷不是一般的老人。我想他们不是佛陀就是神灵,也不知道他们三位从何而来。他们不是我们专门请来的,而是他们自己来的,来了以后他们又给了我们三颗种子,然后便消失得无影无踪,看这样子他们三位不是佛陀肯定就是神灵!"那里的人们听了老人的话之后说道:"您说的话一点也没有错,他们三位神灵赐给我们这三颗种子后就不见了,看样子这三颗种子肯定不是一般的种子,现在我们就手捧种子下去,就按他们说的找一块平地把它埋起来,看看到底能不能长出来,长出来又是什么东西?"说完大家都回去了。

回去之后,大家就把那三颗种子分别找了三处平地埋了起来。

到了第二天早晨,他们就迫不及待地跑去观望。看见在埋下种子的地方有一个像一枚锥子似的嫩芽从地下长出来了。他们看到这个情况之后又跑去寻找那三位白胡须老爷爷,想问个究竟。此时,他们也不知那三位老爷爷到底是哪里人? 也不知道他们住哪里? 于是,他们就分头去四处打听,当几个人走到岩石神山的山脚下时,看见那三位老爷爷就坐在那里休息。就急忙跑过去问道:

> 不一般的爷爷你们听,
> 请你们听呀我来说!
> 你们三位的确不一般,
> 你们肯定是三位神灵,
> 也有可能是三位佛陀,
> 不管是神灵还是佛陀,
> 总之你们三位不一般。

他们接着说:"呀,非同一般的老爷爷你们听,请你们听呀我来说! 你们三位的确是不一般,我们到处寻找都找不到你们,现在终于找到你们了,你们肯定是三位神灵,也有可能是三位佛陀,不管你们是神灵还是佛陀,总之你们三位都非同一般。您走了以后,我们就按你们的吩咐把三颗种子分别埋在了三块平地上了,今天早晨我们跑去看时,已经有一颗像枚锥子似的嫩芽长出了地面,我们不知道这是怎么一回事? 也不知道我们下一步该做什么? 所以,现在就来找你们三位爷爷,请给我们指点指点呀!"听了他们的这番话之后,天王神说道:

> 大小的人们请你们听，
> 请你们听呀我来说！
> 你们现在回去看一看，
> 我们给了三颗好种子，
> 一种是白色的圆豆子；
> 二种是绿色的圆青稞；
> 三种是灰色的圆麦子。
> 等它们长大结果后，
> 你们就可以吃它们。

天王神接着说道："呀，你们看到的像锥子样的嫩芽是那三种种子的芽。等它们长大后，就是你们吃的粮食。一种是豆子，另一种是青稞，还有一种是麦子。以后你们就不用再来找我们，你们就去等着收获吧！"他们听了天王神的这番话之后，说道：

> 爷爷爷爷请你们听，
> 请你们听呀我来说！
> 我们给你们添麻烦了，
> 我们大家返回去看看。

那些人就这样和三位老爷爷告别之后返回了住地，此刻三位天神也返回了神女洞中开始修行了。

现在，我们可以清楚地知道在土族《格萨尔》的《创世部》中是三位天神分别从脖子里搓出三颗油垢团，吹了仙气，念了咒语后，成为了豆子、青稞、麦子的种子。当然在耕种的过程中还有反复，这是必然的；但三位天神造好人类后，第一次赐给人类的食物是苹果；第二次给他们三颗粮食种子，这就是土族《格萨尔》的《创世部》

中有关农业起源的神话。

在土族《格萨尔》中还有这样的情节：

到了第二天早晨，当第一缕阳光刚刚升起的时候，阿朗部的人们都不约而同地聚集到了阿洛爷爷那里。这时，阿洛爷爷说话了："呀，请你们大家听呀，我给你们说几句话呀！前些日子我已经做好了一口锅和一些碗碟，但是这些器具和你们这里的人口相比，那是远远不够的，你们光靠我一个人给你们做那也是不现实的。所以，我今天召集大家来就是想说，为了今后的日子过得更好一点，就请你们大家都行动起来，去背来你们各自所需的石头，我还要教给你们如何做石磨和石碾的技艺。你们其中的一些人去砍伐一些树木来，我还要教给你们如何建造房屋的技艺。我就把这些手艺一种不落地都要教给你们呀！"那里的人们听后说道：

> 不一般的爷爷请您听，
> 请您听呀我来说！
> 爷爷此来教手艺，
> 爷爷的确不一般，
> 不是凡人是神灵，
> 不是神灵就是佛，
> 您的话语我们听！

说完，那里的人们就分别去了不同的方向，背来了不同色泽的石头。这时，阿洛爷爷就教给他们如何加工金、银、铁器的技艺。后来这些人都成了金匠、银匠和铁匠。也有一些人背来了许多坚硬的青石，他就教给了这些人如何做石磨和石碾的技艺，后来这部分人就成了石匠。还有一些人背来了许多的树木，阿洛爷爷又教给他们如何加工木器和建造房屋的技艺等，后来这些人也都成为了木匠。从此以后，那里的人们自己就可以加工各种各样的器具和劳动工具了。有一天，阿洛爷爷向阿朗部的民众传授完最后一个技艺之后，突然消失得无影无踪。其实，阿洛爷爷完成了使命又返回了天界……阿朗恰干说道："呀，阿洛爷爷请您听呀我来说一说！我看了您今天划出的城堡的地址，看似规模很大呀。那么，我们要想建造规模这么大的城堡需要有很多的人力。人力多了食物就得多，现在我们没有那么多面吃，我们该怎么办呀？"阿洛爷爷听后说道："呀，这个事我也想过，我们单靠用手推石磨来磨粮食是供不应求的。但您不用担心，从明天开始，我们首先解决吃饭问题，我们再建造一个专门用来磨面粉的水磨出来，这样建造城堡民众的吃饭问题就能解决呀！"说完，大家就又返回了各自的住所。

到了第二天早晨，阿洛爷爷、阿朗恰干、齐项丹玛、赤帮麻赖、包日包当、扎西什达以及阿朗部的部分老人在阿洛爷爷的带领下去寻找建造水磨的合适地点。他们边走边看，边看边走。这时，阿洛爷爷说道：

> 请你们大家听一听，
> 听一听呀我来说！
> 抬头仰望那上部，
> 上部那里有座山，
> 从那大山山口处，
> 有股清泉流下来。

阿洛爷爷又接着说道："你们大家看那座山峰，从那座山峰里流下来一股清泉水，水流很急，正好可以在那里建造水磨呀！"

从以上诸多描述中我们不难看出，天神们一开始就给人类植

物果实充饥,并且用种植的方式来大量生产植物果实,以此来养活
自己,而不是赐给畜产品,也并没有教导如何狩猎的技术,这又表
明土族的始祖们一开始就是个农业民族,进行的是农业生产,创造
出来的是农业生活风俗和农业文明,虽然神话不足为证,但它毕竟
来自人类最早的文化创造。

第四章

土族《格萨尔》中的
宗教思想简述

土族的宗教信仰显示出多元化的特点,当今的土族信仰苯教、佛教,还有萨满教,如果准确一点说,部分地区的土族还信道教,显得比较复杂。土族《格萨尔》中的宗教思想与当今土族的宗教信仰很相似,延续着以萨满教为理念核心的信仰体系,信仰方面的多样性倾向是土族漫长而又曲折的历史过程中自然形成的。

第一节 土族的萨满教文化遗俗

一、关于"天""天神"和萨满祭天的思想

在土族《格萨尔》中,把天分为上界、中界和下界。上界由上部天王神掌管,中界由中部财宝神掌管,下界由下部龙王神掌管。他们各自拥有自己的妻室和家人,其中上部天王神有一个儿子,中部财宝神有两个儿子,下部龙王神有三个儿子。龙王神的大儿子叫尼玛顿珠,二儿子叫达娃顿珠,三儿子叫尕玛顿珠。

龙王神的三儿子尕玛顿珠也就是后来在土族《格萨尔》中所提到的格萨尔王。

德国的瓦尔特·海希西在《多米尼克·施罗德和史诗〈格萨尔王传〉导论》中说：故事发生的地点分为上界"腾格利"（天），中界（其中心在南瞻部的阿朗）和"那格"居住的下界。在中界瞻部岭的中心被许多王国和民族包围着，例如食人肉者的堆国。说唱艺人官布甲提到在甘青地区所见到的是分为黄、白、黑三色国土的敌对王国霍尔。此外，还有以草根为生的啮齿动物国家，以草和谷物为生的鼬鼠和老鼠的国家印度，出产牦牛、金银的国家西藏，北京的帝王之国和人身鬼面、吃人肉的女人国。在中界，还有一座名叫日拉托姆波或者拉日托姆波的圣山，山上有一座敖包。在上界，腾格利静止不动，第一位上天的统治者拉谦桑在执掌全权，他有一房妻室，三个儿子和三个女儿。他的大女儿是色日嘎吉，老二如日嘎吉，老三多日嘎吉。他的三个儿子是老大尼玛顿珠、老二达娃顿珠和老三格玛顿珠，格玛顿珠即未来的格萨尔。除了他们以外，还居住着一个位居第二的上天统治者瓦日参桑与妻子和两个儿子，还居住着位居第三的天王斯玛洛赞桑，他的妻子和儿子则日顿珠。上天是天上民族的国度，那里有城市和神仙。占卜术士和签文破译者协莫堪西甲波向天国居民预测前途。[①]

在土族《格萨尔》中，围绕瞻部岭的中心有许多部落和民族，这些部落和民族所居住的地理范围涉及西南、西北和东北，还有如"草根为生"的国和"堆国"（魔），目前尚不知其对应的民族和地理方位。仅就这一地理分布看，以中界的瞻部岭为中心的这一地界实际已经很大，它几乎包括了亚洲的大半。那么，中界的"瞻部岭"

---

① （德）瓦尔特·海希西：《多米尼克·施罗德和史诗〈格萨尔王传〉·导论》，载《格萨尔学集成》第二卷，甘肃民族出版社，1990年，第911页。

究竟在什么地方呢？在前面的那些王国的排列中，印度、中国的西藏等地都作为王国已安排在"瞻部岭"周边国家中，说明它们不是"瞻部岭"这一中心，霍尔、女人国，包括帝王之国的北京也排除在外，也就是说"瞻部岭"不在上述国家或地区的区域之内，这就是土族《格萨尔》中关于"瞻部岭"地理位置的一个谜，只要找到了这个中心，其他的问题就会迎刃而解。从目前对土族始祖鲜卑族的研究和鲜卑起源的情况判断，土族《格萨尔》中的"瞻部岭"这一中心大约是指东北的大兴安岭，因为鲜卑族就是从大兴安岭起源的，它的起源地应该就是这个民族的一个总的辐射点，由此中心辐射到它的周边地区，用中心的光芒照射周边的部落和民族，这符合土族《格萨尔》有关"中界"的具体描述。上界，也就是"上天"的那个国度又是指哪里呢？这个地点不好明确，但我们可以从两方面理解：第一，上界居住的"神"们可能是一些文明程度较高的人类群体；第二，上界是古人类虚设的神话世界。这两种可能都有，但目前尚不宜确定是哪一种情况，我们仍按"史诗"的说法去理解，即"上界"就是天神们居住的地方，如此，才有了整个"史诗"的故事构架。值得注意的是：在土族《格萨尔》中没有将天界分成"九重天"，而是把天界分割成"三层"，分别由三位天神分管着，即上部天王神、中部财宝神、下部龙王神。

因为上界天神们的存在，中界的人类必须依赖于上界的天神们才能摆平人间种种的不平事，这样就有了一系列萨满教式的祭祀活动，比如祭天、祭山神、祭诸天神和神灵等。这些祭祀活动和祭祀的仪式就是"上界"和"中界"具体联络的方式，通过祭祀将天地和神人紧紧地联系在一起，成为一个命运共同体。因此，我们说，在土族《格萨尔》中有祭天、祭天神和祭神山等一系列的祭祀活动和天人一体的萨满思想。在今天的土族人的生活中，这一祭祀活动思想依然贯穿了下来。到现在为止，在土族人的宗教观念中，

"天"或"腾格利"依然是宇宙中最大和最高的神,即天神,在天神之下才有佛和诸神的位置,土族人不论是家祭还是村庄祭祀,首先祭奠最大的"腾格利",其次才轮到诸佛和神仙们。这就说明,古今的萨满教思想,在土族《格萨尔》和土族人的现实生活中是相一致的,它们之间是一种自然的延展和自觉的继承关系,无论从思想内容还是具体的形式,都表现出高度的一致性。

二、天神创世造人与土族家神的"装脏"

在第二章中,我们已详细论述了土族《格萨尔》的《天神创世部》中天神们"造人"的方法,他们先是找到"造人"的若干"宝物",然后将这些"宝物"一一对应选出人体的各部分,最后完成整合,形成一个完整的人。在这个过程中,天神们要用很长的时间修行,念诵咒语,才能完成"造人"的过程。土族《格萨尔》的《天神创世部》中天神们"造人"的这个过程,与现今的土族人在村庙中"装脏"的仪式很相似,笔者认为这也是古代萨满教思想的一种自然的延伸和在今天土族人的家神信仰中的一种具体化过程。

土族"装脏"原是按照一定年限把村神旧的脏腑去除,然后装上新的。土族的家神"装脏"仪式中有专门的神职人员,如法拉、法师、阴阳师、庙倌、派头等。法拉与萨满的角色类似,通常被认为是介于神和人之间的神的替身。平日里他们也参加劳动,只是在认为被"附体"之后才成为替神传达旨意的神与人的中间人,有时还会在两腮之间穿插法器。一般"法拉"施法时并不是他个人意愿的体现,而是听命于某个神佛的挑选,即被"附体"。法师则是由男人扮演的女性化的巫师,和法拉不同的是,法师常常为世代继承的。法师在表演时要穿花鞋花裙,头上的假发辫中也会插花,主要的任务是祈祷护佑。阴阳师往往帮助人们在婚丧、建房等方面提供预测和选择,差不多每个村庄都会有这样的阴阳师。庙倌通常是寡居的老年男子,平日里在村庄的村庙里负责日常维护的工作。派头是在村落中有责任心和正义感的人担当,大派头是村中有威望的老成持重者,小派头是年富力强者,协助大派头协调村落的公共事务。

在土族《格萨尔》中,三位天神造人的过程也与土族对家神进行装脏的仪式类同,在此过程中三位天神就充当了以上神职人员的角色。

从土族神佛的"装脏"仪式中我们不难看出,它与土族《格萨尔》的《天神创世部》中天神们"造人"的过程何其相似,在总的指导思想和具体仪式方面可以说是古今一致的,这也是萨满思想在土族的原始宗教信仰中不断延续的结果。

三、梦、预兆和法器

在土族《格萨尔》中,梦是灵魂再现和灵魂通过工作而显示出来的一种预兆,而灵魂的思想最早又是萨满教思想中的核心内容,认为"万物皆有灵",而且生命的肉体可以死去,灵魂是不死的,灵魂可以独立于人的躯体而存在。

正因为如此,灵魂可以独立于人体而观察人体的一切行为以及它的祸福吉凶,梦就是这种"观察"的某种显示,通过这种显示来提醒和指导肉体的生命如何行动。我们不妨看看天神们做梦和破梦的具体过程:

> 荒原大地形成之初,
> 不分黑夜和白昼,
> 一无所有是空旷。

在一个吉祥如意的夜晚，
上部天王神做一梦，
早晨很早很早要起床，
从未敲过的皮鼓敲一敲，
从未挂过的唐卡挂一挂，
从未敲过的佛钟敲一敲，
快把中部财宝神叫回来，
再把下部龙王神叫回来，
叫回来呀有事要商量。
我昨晚睡觉做一梦，
梦中梦到很多事，
是吉是凶不明了，
大家一起来商量。

据说，有一天晚上，上部天王神在睡觉的时候，突然做了一个梦，梦境中他一个人在黑暗的环境中行走，眼睛所能看到的地方都是一片黑暗，到处都有黑水在泛滥。不多一会儿，从水中有很多山头慢慢地在生长，上部天王神就在这水中边游边走，非常惧怕，就在此时，由于极度恐惧而从梦中惊醒。

于是，到了第二天早晨，他对手下的几位小天神说道："呀，今天早晨你们大家早点起床，起床以后煨一堆很大的松柏桑，吹一吹从未吹过的海螺，敲一敲从未敲过的皮鼓，然后去把中部财宝神和下部龙王神请来，我把我昨晚梦到的梦向他俩讲一讲，我们大家一起商量看，我的梦到底是吉祥的，还是凶险的。"这时手下小神对他说道：

天王神呀请您听，
请您听呀我来说，

> 您说的全部是真理，
> 明天早晨起床后，
> 按您的吩咐去上方，
> 去把财宝神请回来，
> 再把龙王神也请回来。

天王神见了财宝神和龙王神之后，说道："您俩这么快就来了，这很好，我今天请你们来是有重要的事情要和你们商量。昨晚我睡觉的时候梦到一个很奇怪的梦，在梦中我独自在一片无穷无尽的黑暗且十分恐怖的水域中行走，那里到处都是汪洋，从这浩瀚的黑水里面好像有几座大山一样的东西从水中慢慢升起。我就在这黑水中边游边走，不知是吉兆还是凶兆。所以，今天请你们来，就是我们大家坐在一起议议这件事呀。"

听后，中部财宝神和下部龙王神对上部天王神说道："呀，听了您讲述的这个梦相来看，这是个好梦，不是个坏梦。"说完中部财宝神又接着说道：

> 上部天王神请您听好，
> 请您听呀我来说。
> 昨夜的梦境您不用怕，
> 不是凶兆是吉兆，
> 明早太阳升起时，
> 我们三位天神去查看。

中部财宝神对上部天王神说道："呀，上部天王神，请您听呀我来说。从您昨晚做的梦相来看，它是个好梦，不是个坏梦，现在您不要太着急，也不用担心和害怕，这到底是怎么回事，我们去查看查看,就会知道的。"听了财宝神的这番话之后,天王神又说道:"呀,您俩说得对,明天早晨我们三位天神一起去看一看,梦相就是这样的,看了就会明白到底是吉兆还是凶兆。"

结果,梦中所预示的和三位天神实地看到的情形是一致的。

诸如此类的"梦"与"梦的预示"有很多。比如格萨尔降生凡尘前,阿卡超同做的梦:

在天界仙境,祈祷,念经七天后,便送尕玛东珠下凡人间……就在这个时候,阿卡超同做了一个梦:梦见在俄木因宽域内积满了雪白的牛奶,有一个狮子不像狮子、老虎不像老虎的四不像凶兽,把上唇一抿,下唇一吮,红舌一舔,把全城的牛奶一口吞食了。这下吓得阿卡超同从梦中惊醒,他想这梦不是吉兆,而是凶兆,想着想着朦胧地又睡着了。忽然他又梦见,在查吾朗的俄木因宽域内,供了尊酥油塑的宝塔,精雕细刻,格外美观,可时间不长,东方升起灿烂的太阳,一霎时酥油宝塔被暴日烘塌,像雪一样化成了水,这是午睡做的梦。

天快亮时又做了一个梦,梦见从北俱卢州飞来一只非常美丽的鸟儿,是一只查吾郎地方过去没有见过的鸟儿。阿卡超同心想抓住它,可是伸手抓去时,不但没有抓到,反被鸟起飞时踏坍了九堵城墙,造成三年才能完工的土工活。[1]

阿卡超同做的这三个梦,随着格萨尔的降生人间,一一应验变成了现实。

土族《格萨尔》的预兆,除了梦的预兆,还有看各种景致的预兆法。比如找专门的巫师占卜,是一种方法;给须弥山供上等酒、上等肉、上等茶,从中看到某种预兆;或是三位天神在行走的途中看到花,看到鸟,从它们的各种形式中看到某种预兆,如三位天神每

---

[1]　高永久:《西北少数民族文化专题研究》,民族出版社,2004 年。

次出行,都能看到黄色、白色、蓝色等彩色花卉,翠绿的树,雪白的云等,以此判断出行的吉凶。

以某种物态展示的预兆判断某种行动的成败,这种古老的兆卜法就是萨满"占卜"中的一种"占卜"方式,这种预兆法的方式在今天的土族人的生活中也很普遍。比如土族人要出门办重要的事情时,出门首先若碰上空桶,空背斗等空物,就会返回家中,再择日而行。因为第一个碰上"空"的物,就预示着事情不成。这预示实际就是一个预兆。

另外,在土族《格萨尔》中,天神们用的法器有好几种,其中最主要的法器是"金法轮"。比如在洪水泛滥的时候,天地一片漆黑,龙王神取下"金法轮",将金法轮握在手中,光芒照进湖水时,他看到湖中有各种各样的鱼,虫类在水中来回游动,有些在玩耍,有些在打架,无奇不有……此时的"金法轮",就像现在的探照灯一样,能照见黑暗中的一切。实际上,天神们随身携带的"金法轮"这一法器,就是萨满巫师们现在仍在使用的铜镜,它的神奇如同神话中的"照妖镜"一样,只要用它一照,一切妖魔鬼怪都会原形毕露,从而为巫师的施法提供依据。

假如以上的文化是反映在土族《格萨尔》史诗中的萨满文化,那么,在今天的土族生活中,萨满文化的遗俗也有很多。在高永久先生主编的《西北少数民族文化专题研究》一书中对土族中遗留的萨满教民俗文化做了如下梳理:(1)祭天、立天杆是萨满教的重要特点。萨满教的宇宙观念中有天地分层的观念。以各种实物形象标志着对天的无限的崇拜。土族"装脏"仪式中立杆祭天的习俗继承自古代萨满教。(2)杀牲祭祀是萨满教的另一重要特点。(3)萨满,从事原始宗教活动的巫师。(4)娱神仪式,娱神法师在装脏仪式上唱神赞神,这是古代氏族社会萨满教巫师的祭祀舞蹈的延续。(5)万物有灵观念,在"装脏"仪式中,土族群众给麻雀、蝙蝠、蚂蚁、蛇等动物赋予了神的神性,视作地方神的"五脏六腑",体现出意识中的"万物有灵"观念。

当今土族人生活中还有一些重大的宗教活动,也是原始的萨满教思想在今天生活中的直接表露和反映。比如:青海黄南同仁县的年都乎村居住的土族人至今流行着一种由巫师操作的拟兽舞,叫"於菟舞",它是一个十分古老的民俗活动,距今已有数百年的历史。

再比如青海民和三川地区每年按时举行的"纳顿"节,也是这种古老的宗教思想在现实生活中的反映。"纳顿",土族语译音,意为"娱乐玩耍",实际是一种古老的"娱神"活动。每当夏粮收割完毕,小麦磨成新面,酿成家酒,"纳顿"节便开始了。人们认为这一年风调雨顺,庄稼丰收,全依赖诸神的保佑,故以此活动来"娱神",以庙会的形式,来欢庆丰收,感谢神恩,祈求来年五谷丰登。从农历七月十三日开始到九月十五日结束,前后持续 63 天,堪称世界上最长的狂欢节。

除了以上的主要民俗事务外,土族每年的宗教性文化活动十分频繁,比如民和东沟乡麻地沟的"刀山会"、互助的"纳家跳神会""波波会""打施食会""东沟大庄跳神坐"等,都是在不同季节举行的宗教民俗活动,而且这些民俗和宗教活动,都是土族原始宗教文化的延伸,与后来信仰的道教、佛教等宗教观念没有直接的联系。

第二节　萨满信仰在土族《格萨尔》中的　　　　　具体表现

"萨满教的活动方式为频繁的祭祀、降神附体、跳神驱鬼、卜问神灵、施展巫术。萨满教更常见于结构松散的采集食物的文化中,在那里,较普遍的仪式活动是治疗仪式,这是为一个扩大的家族群体范围内的一个或更多的病人而举行的。这种仪式不定期,常常是当一个人病了而需要这种仪式时才举行。因此,萨满教的主要职能就是为病人祭神驱鬼,消灾免祸,保佑人畜安全,祈求生产丰收、人丁兴旺。萨满教的形成与发展,对氏族制度起了巩固和维护作用,因此萨满文化中就自然而然地出现了氏族、家庭的保护神。"①

萨满教的这一思想和功能,在土族的现实生活和土族《格萨尔》的创世神话中充分地体现出来了。

从历史的角度看,土族宗教信仰的历史渊源要比前文马光星先生总结的还要早很多。在《魏书》中记载,早在鲜卑时期,鲜卑盛行"敬鬼神,祠天地日月星辰山川……亦同祠以牛羊,祠毕皆烧之"。鲜卑不仅崇拜天地、日月、星辰、山川,而且崇拜神灵。这些宗教信仰对现在的土族仍有影响,从土族的民间信仰中仍可以辨认出来。如:"土族最崇拜上天,土族在正月初一送神迎神仪式中,首先祷告的是'圜格儿',即'天',其次才是众神、祖神。土族的哲学观中万物都有生日,如太阳的生日在农历三月十九日,此日向太阳祭祀。在日食、月食时认为太阳神、月亮神受到恶魔侵害,人们登上屋顶,敲击金属物,发出响声,或大声吆喝,为太阳神和月亮神助威赶恶魔。"②

到了吐谷浑时期,土族的宗教信仰就有所转变。"吐谷浑人初崇尚原始巫术,遇事占卜,崇祠山川日月。至慕利延后期,受周围诸族影响,逐渐信奉佛教。拾寅时,'国内有佛法'。"③也就是说,吐谷浑保留了万物有灵的萨满教崇拜,只因吐谷浑人处于丝绸之

---

① 马钧:《祈祷与敬畏中闪现的灵光》,载《中国土族》2004 年第 3 期。
② 桑吉仁谦:《土族家神源流》,载《中国土族》2007 年第 1 期。
③ 田继周著:《魏晋南北朝民族史》,社会科学文献出版社,2007 年。

路的交通要道,深受佛教传播的影响,到吐谷浑建国时,国内已引进佛教并有了佛教信仰。从吐谷浑到现在的土族,由于吐谷浑亡国,民族迁徙,交流融合等原因,土族先民受到多种宗教文化的影响,故有了多重信仰的文化现象。但要肯定的一点是吐谷浑国内有佛法而并未抛弃传统的萨满教信仰,相反地在土族民间信仰中,土族人还是以信仰萨满教为主,比如土族的家神"信仰"。土族人称为"普日汗",是土族从远古流传下来的神系。譬如"桑吉",是土族人信仰中最大的神,又是土族人共同信奉的家神。"勒木""旦见桑""尼答桑"等,是互助、天祝等供奉的家神,二郎神、财神、灶神、门神等,是民和等地的土族供奉的家神,等等。土族信仰的家神种类有很多,家家都有不同的家神供奉,这种情形大概和土族远古的萨满教信仰有直接的联系,"事事占卜,家家祭神"是当时的一种正常宗教生活,这种生活随着历史的演进和社会的发展,特别是伴随着土族特殊的民族命运,一直流传到了今天。譬如民和土族信仰的二郎神、龙王爷、文昌爷、土主爷、财神爷、灶神、门神、先生爷、摩竭爷、大王爷、四郎爷、五郎爷、变化二郎等神,都属道教系列的神仙。民和土族之所以信仰道教系列的神仙,这与民和土族深受汉族文化影响有关,特别是在土族先民中融合了较多的汉族有关。

一、祭奠性质的神系信仰

这与土族信仰佛教有关,更久远的与土族先民信仰的原始宗教和原始宗教集中活动的祭坛有关。譬如:土族地区普遍存在和信仰的"本康""祭山神"等,都具有祭坛上祭奠神灵的性质。只不过远古的祭坛有专门的房舍作为祭奠神灵的地方,有萨满专门做祭奠神灵的工作,如今没有了祭坛上修建的房屋,没有了专门祭奠神灵的萨满,但祭坛这种形式的祭奠活动依然存在,这便是"本康"

"祭神农""祭山神"这些祭奠性神系之所以流传至今的原因。

二、神性象征物的信仰

这种信仰的层次已经不是具体的神、佛、仙,而是具有神性的象征物。譬如:"苏克斗""玛尼堆""崩巴"或"宝瓶""打拉尕""插牌子""鄂博""雷台"等。它们存在的主要功用不是让人们顶礼膜拜,而是为了镇山、镇地、镇村寨、镇压邪恶,弘扬正气,保一方水土平安。神性象征物的性质依旧是原始的萨满教崇尚自然的遗留,它既崇拜自然,敬仰山神、河神、日神、雷神,又用具有神性的象征物来协调自然与人类之间的关系,从而达到抗御自然的目的。土族的神性象征物伴随着土族的家神而存在,可以说是土族家神系列中的具体内容,同时也是原始宗教在土族生活中的具体反映。

土族的宗教信仰种类繁多,比较复杂,一方面它反映了土族人民认识自然和征服自然的能力,另一方面,它同时也反映了土族人民艰难困苦的生活历程以及为生存而斗争的历史过程。也就是说,"土族信仰神佛的历史是不可磨灭的,至少它始终如一地支撑着这个民族的生存理想和精神家园,延续着他们艰难的生存步伐。假如没有这些精神寄托,特别是没有各家'普日汗'的有力保护,土族人民能发展繁衍到今天是不可能的"。[①]

三、土族的家神"普日汗"信仰

这种信仰不仅有着神奇的功用,而且这种信仰与土族《格萨尔》中的创世神话紧密地联系在一起。

---

① 桑吉仁谦:《土族家神源流》,载《中国土族》2007 年第 1 期。

　　土族认为,在人类的原初,天地混沌,一片汪洋,既没有人类,也没有万物。桑吉天神看着这寂寥的汪洋,心里很不好受,于是从身边抓了一把黄土丢到一个浮出水面的金蛤蟆身上。这只金蛤蟆开始不听话,钻进水底里去了。桑吉天神等了等,金蛤蟆又浮出水面,天神拿起弓箭,只听"嗖——"的一声,神箭射中了仰面浮游的金蛤蟆,天神又抓起一把黄土丢进蛤蟆的怀抱,金蛤蟆抱住黄土,"阳世"就这样形成了。

　　汪洋中有了"阳世"——陆地,是一块平板似的地面,水仍蔓延着,天神桑吉伸出一根手指头,随意地划出一些沟渠,水疏通了,山谷也就形成了。划渠的时候,是从远处(西)往自己的怀里的拉(东),先轻后重,所以就形成了西高东低的地形地貌。

　　土族的"普日汗"在金蛤蟆身上创世的这一神话传统,在土族《格萨尔》的《天神创世部》中具体展开(详见第二章),神话中的"金蛤蟆"就是史诗中的"鲁赞",叫法不同,但指的就是同一种生物。在土族《格萨尔》中三位天神为了造地,几次到黑暗的水域中去勘探,发现了深藏水中的"鲁赞",于是就以"鲁赞"的腹部作为大地的根基,在它上面铺垫了金子和贵金属,又垫了沙土,才造出了大地。土族《格萨尔》中在"鲁赞"身上造地的神话与土族"阳世的形成"神话是高度一致的,除了一些细节上的差异之外,几乎没有什么差别。

　　再比如,土族的普日汗具有保护人民的神奇功用,所以土族人民才崇信普日汗。概括地说,大概有这样五个方面使信仰者受到普日汗的具体保护:(1)通过占卜预测获得心灵鼓舞。(2)保护族人不会受到邪恶力量的伤害,制服神鬼。(3)驱邪治病,即使在当今医学发达的时代,土族群众还是会依赖乞求普日汗。这些做法也许不会真的奏效,而是土族人民延续先人的这种祈祷,依靠自己的保护神来解决自己的各种问题。(4)保护生产,攘灾避祸,远离自然灾害疾病等。（5）营造"天人合一"的生活环境，为人类创造一个良好的生活环境。

普日汗的这一神奇功用，在土族《格萨尔》中也表现得很充分。比如：三位天神查看了阿朗部之后，那里被黑暗的汪洋包围着，初次填海造地的沙土被鲁赞抖入水中。于是，到了第二天早晨，有一些神灵在须弥山顶上煨起了很大的松柏桑，又有一些神灵在吹海螺法号，也有一些神灵在敲打着佛钟，还有一些神灵挂起了从未挂过的佛像，声势浩大、气势压人。不一会那里的所有大小神灵都聚集到了天王神的住地。

这时，天王神对众神说道："我们三位天神经过几天的查看，现在已经查明了情况。以前我们派去的青牛神、黄山羊神和大力神驮去的沙石为什么不能把水填满，原因是三位天神把沙石倒进水里后，被一个称作'鲁赞'的动物左右摇动和多次颤动之后，倒入水中的沙子随着它的摆动沉入水底。对此，我们也已向它求了好几次情，它最终还是没有答应，现在我们请你们众神灵来，就此进行商讨。"这里的"众神灵"包括人、动物、植物的神灵，它们来自原始的萨满教灵魂说，是萨满神灵思想的具体表现。在土族《格萨尔》的《天神创世部》中，每有大事，三位天神都要请"众神灵"来商量、出主意、想办法，集中神灵的集体智慧来解决眼前遇到的困难和问题。

另外，整个土族《格萨尔》和蒙、藏《格萨尔》的主要内容都比较接近，都是从天神保护人民的角度来叙述整个故事的。比如：土族《格萨尔》中，"在老国王阿罗查干的统领下，岭国（阿朗部）风调雨顺，人丁兴旺。然而老查干已年过百岁，想选一个理想的继承人，因此传令召集查吾郎的文臣武将共同商议，三位臣将都坚持让老查干继续执政，而后回到了自己的领地，后超同钻了空子，买通卦师作祟，老查干轻信卦师之言，让超同当上了国王。超同胆小如鼠且狡诈多端,他害怕受邻国的侵扰,大量纳贡以乞求平安,结果,三年之内,使岭国(阿朗部)国库空虚,百姓无法生活下去。此事被老查干得知后,决定亲自到天界请求天神下凡,以拯救查吾朗的受苦百姓。查干来到天界,向大天神什当拉谦请求,派他三个儿子中的一个去人间,大天神不准;查干又去请求有两个儿子的二天神哇日年谦,仍未获准,最后,查干大怒张弓搭箭准备闹天宫,天神们吓得只好应允。通过穿铁甲、背武器、弓箭转圈的考察,刚满三岁的三太子尕玛顿珠毫不费力地中选,而其他人均不胜任,最后卦师卜卦的结果也是尕玛顿珠下凡,于是安排念经、准备下凡之事。"①

再比如,蒙文《格萨尔》中叙述:"由于下界人间正处混乱,弱肉强食,兽禽抓食,妖魔鬼怪到处横行,善良无辜遭受苦难,天神'阿日木斯塔'奉释迦牟尼佛陀之命,派最小的儿子顿琼或布尔,投生下界人间,抑强扶弱,降魔除怪,消除人间灾难,作了黑头人的可汗,让老百姓过上好日子。这是与藏文《格萨尔》相似的中心思想。"②

第三节　神箭崇拜与土族《格萨尔》中的"尼玛卓娃"

一、土族的神箭崇拜

土族人家几乎每家都有神箭(打拉尕),置一个"升子"(一种方形的木制容器)或木头,土族叫"库日",里面装上五色粮食、金银钱

---

① 杨恩洪:《土族地区流传之〈格萨尔王传〉探微》,《格萨尔研究》集刊第3集。
② 齐木道吉:《关于蒙文〈格斯尔〉的几个问题》,甘肃民族出版社,1990年。

币、棉花、茶叶等物,然后将一枚铁镞箭杆或木制箭杆插进库日的五色粮食中,箭头向下,箭杆上面捆些五彩布条和哈达等,放在堂屋中堂的柜子上,前面还要点灯敬奉,进献供品,无须磕头、也不必每天都顶礼膜拜。供奉神箭的意义和目的并没有固定的说法,要么祈求五谷丰登,要么保护家族平安康泰,但是族人们供奉神箭是古老的传统,不敢怠慢。

一种说法认为土族的神箭崇拜和供奉源于吐谷浑阿柴王的"折箭遗训"。史载,吐谷浑第九代可汗阿柴,"有子二十人,纬代其长子也。阿柴谓曰:汝取一支箭折之。慕利延折之。阿柴曰:汝取十九支箭折之。利延不能折。阿柴曰:汝曹知否?单者易折,众则难摧,勠力一心,然后社稷可固。言终而死。"

故事强调了众志成城的协作精神和难能可贵的包容与团结。这个珍贵的遗言感染了后人,供奉箭也逐渐成为一种风俗,以示不忘祖训。

现今的土族人供奉的"神箭"已经不是阿柴可汗让折断了的那个普通的箭,而是已被土族人长期供奉,使其神化了的"神箭"。

从土族供奉"神箭"的风俗中我们可以看出:第一,从形式方面说,具有生活的随意性。比如在日常生活中,"神箭"是供奉在堂屋中央的,如遇结婚宴庆,便将"神箭"的供奉抬到大门口,以此来迎接"喜客",表示婚礼的庄重和对"喜客"的敬重。除此,有些人家将"神箭"供在偏房里,不一定供在堂屋的中堂。还有像同仁土族妇女,将弓箭的箭袋和弓箭变做头饰,戴在头上,以示高贵,但它也就没有了专门供奉的那种尊严了;第二,从供奉"神箭"的用料内容看,都是农业民族的产品,如五色粮食、棉花、茶叶等,里面没有一样是属于牧业经济的产品,这也从一个侧面证明土族的先祖是个以农为主的农业民族,而非史书中所说的"游牧民族"。

从以上的论述中不难看出,土族人供奉神箭,崇拜神箭,不是无中生有，它的根源还在土族《格萨尔》的创世神话中。史诗中，神箭在天神们手里就是"法宝"，它将造好的太阳送上了天，又将多余的太阳从天上射下来，其功无与伦比。传承到民间，它的功用由射日的神功转化为保护人民生活和生产安全的保护神，广大的土族人民依旧崇拜它，供奉它。

二、神箭崇拜与土族《格萨尔》的历史联系

土族人供奉神箭，崇拜神箭，不是无中生有，它的根源还在土族《格萨尔》的创世神话中，可以通过分析土族《格萨尔》中的情节和结构，追本溯源地寻找历史联系。尼玛卓娃神箭在土族《格萨尔》中频繁出现，神箭是威力无比且充满正义感和使命感的神物，多次协助天神完成了重要的任务。

由土族《格萨尔》说唱艺人王永福说唱、笔者翻译整理的版本中，这部分内容首次被挖掘出来。以"尼玛卓娃"神箭在送日、射日的情节、去天界求取神子的情节和格萨尔称王在射箭比赛里的表现这三方面的内容为例，史诗描写神箭的情节生动丰富，表现的功力及产生的作用十分清晰，全面渗透到了农业、政治、军事、宗教等诸多领域。

1. "尼玛卓娃"神箭在送日、射日的过程中的作用

射日的情节表现出远古土族生活与农业生产的关系比较密切，猛烈的阳光对于农业生产的威胁要大于驯养、采集。农业发端时代，太阳的照射，决定了水旱生态，故而人们更加恐惧烈日，存在射日的心态基础。弓箭的使用时间，可以暂且认定为旧石器时代晚期或新时期时代，这时已经有了农业和驯养业。当农业生产占据了主要的生产方式的地位，弓箭的制作也愈发精良，很多其他少数民族的神话已经有了明显的男权特征，射日者多为男性。无论

是起源于母系时代中后期,还是父系时代初期中期或者衰落期,这类神话都已经有了上万年的历史。在土族《格萨尔》中,使用神箭送日、射日的英雄是三位天神,有时是尼玛卓娃神箭本身在与天神和人类沟通后,自主自觉的一种行为,"尼玛卓娃"是有思想、有灵魂、被拟人化了的神物,而不仅仅是冰冷的被人或者神使用的工具而已,从而具备鲜明的品格,在民族文化中处于独特而神圣的地位。

在笔者已经整理出的由土族《格萨尔》说唱艺人王永福说唱的《格萨尔·虚空部》中有这样的情节:三位天神从一位叫做"祥兄"的老人手里,拿来了13枚针,要用这13枚针做13个太阳。于是,天王神就在神女岩洞中修行,过了108天后,太阳也都做成了。众佛祖、神灵和将领们都来到了天王神的住处,他们就对13个太阳如何送到天上的问题展开了讨论。讨论的结果还是决定让上部天王神、中部财宝神和下部龙王神三位天神去送往天空。之后,天王神将做好的13个太阳一一高高地摆放在门前的一块大石板上,然后,他们举行了盛大的送太阳仪式。在每个太阳前煨起了一堆很大的松柏桑,所有的佛、神灵和将领们有的在煨桑、有的在念祈祷词,有的在跪拜,有的在烧香,有的在吹法号,有的在敲佛钟,有的在悬挂佛像,有的在向天空抛撒风马,场面宏大而庄重。

天神们要把太阳送到刚形成的大地的上空。那里没有太阳,天气寒冷,天神们要穿上从未穿过的衣服,戴上从未戴过的帽子,穿上从未穿过的靴子。还背上叫做尼玛卓娃的箭,到那里后用这支箭把13个太阳一个个地射向天空。

"他们越走越远,越走越高了,此时,他们身后背着的太阳也渐渐地开始发光发热了。当他们离开了住地,跨过了边界的那扇大门时,看到刚刚形成的大地那边依然黑如山洞,漆黑一片。这时,天王神从背上取下一颗太阳向前一拿时,那里顿时变得光芒四射。

大地即刻显现在眼前,于是,他们三位天神背着太阳来到了大地最高的一个峰顶上。取下 13 颗太阳后又在那里燃起一堆很大的松柏桑。同时,也取下了尼玛卓娃箭插在 13 颗太阳前面,三位天神又给它也燃起了一堆松柏桑,并祈祷它能顺利地将这 13 颗太阳射到天空中。之后,三位天神将一颗太阳挂在尼玛卓娃箭上射上了天空,过了一会儿又射了第二颗、第三颗、第四颗,不一会工夫,将这 13 颗太阳都一一送上了天空。等三位天神射完了太阳后,这 13 颗太阳到了天空中后,顿时变得热起来了。"①

三位天神把造好的 13 颗太阳用神箭尼玛卓娃射上了天。在这里,神箭尼玛卓娃的神奇功用相当于现在的火箭,是威力无边的。

可是当三位天神把 13 颗太阳射上天后,新的问题又来了。

> 十三颗太阳红又红,
> 十三颗太阳热又热。
> 在那须弥山的峰顶上,
> 草木燃烧已成灰。
> 看看那边那一方,
> 说是那里要生树,
> 但是由于火势大,
> 一棵小树没留下;
> 再看下方那一面,
> 绿色山头要形成,
> 就在绿山那峰顶,

---

① 王国明整理翻译,土族《格萨尔》说唱系列丛书·翻译系列《虚空部》,民族出版社,2013 年,第 38 页。

　　　　草木生火不成荫。①

　　四大洲五大洋形成之后，天神们很欣慰，但是新的问题更加棘手：13颗太阳照射着刚生成的大地，竟然燃起了熊熊大火，须弥山顶浓烟弥漫，在金法轮的照射下，天神们看到鲁赞酷热难耐，由此地动山摇。三位天神见此情况，即刻取下了尼玛卓娃箭插在地上，又煨了一堆很大的松柏桑后，天王神向尼玛卓娃箭跪拜祈求，希望它能够将其中的12颗太阳从天空射落。"尼玛卓娃箭好像听懂了天王神的话，就已经摇摆不定，这时，天王神急忙把尼玛卓娃箭射向了天空，没过多久，尼玛卓娃箭将13颗太阳中的12颗一一射落下来了。"②

　　从以上的描写中不难看出，"尼玛卓娃"神箭不仅能把造好的太阳送上天，还能把多余的太阳再射下来，而且它还能说话，与三位天神的对话就是最好的例子，足见神箭尼玛卓娃的神奇法力。

　　2."尼玛卓娃"神箭在求取神子过程中的作用

　　在笔者已经整理出的由土族《格萨尔》说唱艺人王永福说唱的《格萨尔·神子下凡部》中有这样的情节：阿朗地区由于连年征战而导致民不聊生，阿朗恰干年事已高，阿朗部亟须寻找新的领袖，于是阿朗恰干便上天界乞求天王神、财宝神和龙王神，期待可以寻得一位神子下凡来做阿朗部的首领。阿朗恰干历尽艰险、屡遭天神拒绝，三位天神视自己的儿子们为自己的心脏和眼睛，不同意神子们下凡，阿朗恰干无奈之下，只好求助尼玛卓娃神箭。

　　"据说，阿朗恰干走出大门后，看见眼前一座大山，他便上了山

---

　　① 王国明整理翻译，土族《格萨尔》说唱系列丛书·翻译系列《虚空部》，民族出版社，2013年，第41页。
　　② 同上，第42页。

顶。他来到山顶煨了一堆很大的松柏桑。这座大山的半山腰有一大石洞,他便步入洞里静坐修行。过了三天,他又到山顶煨了一堆松柏桑。尔后,他把尼玛卓娃箭取出插在桑火堆前的地上,向佛祖再三祈祷。他对尼玛卓娃箭说:'现在,我要把你射出去把龙王神杀了。如果你杀不死龙王神,你就不叫尼玛卓娃箭! 如果,今天我把你射不出去,我就不叫阿朗恰干。'说完,他又把万能铠甲甩了甩穿在了身上,顿时天空变得血一样殷红。"①

龙王神出来看见天空刹那变得通红,便立刻找人继续观测,还找来狗娃爷爷打卦。狗娃爷爷用最快的速度算了算,告知龙王神,卦象并不好,是阿朗恰干要射出尼玛卓娃神箭,射死不同意让神子下凡的天神。与此同时,尼玛卓娃神箭已经呼啸着径直射过来。龙王神慌了神,让人搬来酿酒的大缸,藏在大缸下面,并把法螺白度母拿来盖在缸上。此刻,尼玛卓娃箭追到缸前,由于缸上面盖有白度母像,使它无法接近,转了几圈又飞了回去向阿朗恰干说明情况。阿朗恰干恳求神箭:当初我遭到了三位天神的拒绝,十分焦急,实在走投无路才出此对策,除了请您出马,再也没有任何办法可以解决阿朗部缺少首领的危机。从这部分描写中可以看出,阿朗恰干在走投无路、山穷水尽的时刻,把最重要的愿望交给尼玛卓娃神箭去解决,表现了对尼玛卓娃神箭来解决政治问题的期待和依赖,可见尼玛卓娃神箭在民众心中的法力无边,地位崇高。

龙王神在受到了尼玛卓娃神箭的威慑之后,召集众人商议,最终确定让三个儿子中最小的尕玛顿珠下凡去做阿朗部的首领。

"这时,阿朗恰干对尼玛卓娃箭唱道:

---

① 王国明整理翻译,土族《格萨尔》说唱系列丛书·翻译系列《虚空部》,民族出版社,2013年,第74页。

> 尼玛卓娃请您坐，
> 请您听呀我来说。
> 狗娃爷爷来叫我，
> 明日早上就起身。
> 待到太阳初升时，
> 身挎三箭要启程。
> 万能铠甲不能忘，
> 时时刻刻要穿身！

　　"唱后，他又说道：'龙王神派遣使者来唤我，这太好了。明日早晨，我要把你们这三支箭都佩戴在身，穿上万能铠甲，然后我们一同去龙王宫。'"①

　　阿朗部缺乏首领的危机，就这样被圆满解决了。尼玛卓娃神箭在阿朗部的政治生活中扮演了极其重要的角色。首先，他在阿朗恰干的乞求下，去天界射杀龙王神，起到了震慑众神的作用。尼玛卓娃的无上神力，在特定环境中，甚至是超越了众神，众神对它都有所忌惮。例如龙王神在预测到尼玛卓娃射来的时候，迅速藏在大缸下面的描写，可以看出天神对神物的畏惧；随后，天界的天神们同意神子下凡，除了考虑到了阿朗部的发展，更是神箭引发了他们对民生问题的关注，神箭改变了天神的想法，也可看出天神对神物的妥协。从另一个侧面，这类情节反映出尼玛卓娃神箭的庄严与正义，肯定了神箭在政治生活的关键节点上的出色表现。

　　3."尼玛卓娃"神箭在格萨尔夺魁称王过程中的作用

　　土族《格萨尔·神子下凡部》（王永福说唱，王国明整理翻译，

---

　　①　王国明整理翻译，土族《格萨尔》说唱系列丛书·翻译系列《神子下凡部》，民族出版社，2013年，第80页。

民族出版社,2013年)以格萨尔称王为结局,描写了隆重而喜庆热烈的选首领仪式。阿朗恰干卜到了非常好的卦相,他满心喜欢。于是高兴地唱道:

> 明日太阳初升时,
> 神山顶上把桑煨。
> 什么也别骑,
> 只骑那骏马,
> 什么也别射,
> 只射那神箭,
> 上中下三灶烧起来,
> 上锅里酿上甘冽的酒,
> 中锅里煮上鲜嫩的肉,
> 下锅里熬上浓酽的茶。
> 全体朗部黎民要相聚,
> 所有朗部将领要相会。

同时,阿朗恰干还说道:"我决定明天早晨,就在扎西滩上举行赛事活动,通过比赛选出我们的首领!"过了一会儿,阿朗恰干又说:"如果我们要选出好首领,就必须达到三个标准:一是赛马夺冠选首领;二是卦选首领;三是以箭射靶选首领。"①……选首领的比赛开始后,匹匹骏马就像离弦的箭一样直向前飞奔而上。在这人头攒动,喊声阵阵,尘土飞扬中,格萨尔的坐骑早已把别的赛马甩在九霄云外,夺得了骑马比赛的胜利,并且在签选中胜出,但是

---

① 王国明整理翻译,土族《格萨尔》说唱系列丛书·翻译系列《神子下凡部》,民族出版社,2013年,第150—151页。

这还无法完全确立他首领的地位，阿朗恰干便在一堵墙壁上画了箭靶，在靶子中央又插了一面很小很小的三角小旗，然后，让所有人都到指定的同一位置射箭，射中者为首领，格萨尔一箭中的，被认定为阿朗部的首领。赛马称王比赛中，射箭是军事领导能力、社会治理能力的评判标准，在军事和政治生活中起到了度量衡的作用，把古代民族的生存智慧和军事思想蕴含在古老的史诗故事中。

诸如此类的事例，在鸿篇巨制的史诗中俯拾皆是，涵盖了生活的方方面面，大到军事政治中生杀予夺的抉择，小到生产生活中司空见惯的行为，神箭精神对土族人民性格的塑造产生了潜移默化的影响。神箭在天神们手里就是"法宝"，在军事、政治、宗教、农业生产、日常生活等诸多方面发挥着神奇功用，其功无与伦比。传承到民间，神箭转化成民众安定生活的保护神，广大的土族人民依旧崇拜它，供奉它。

三、尼玛卓娃神箭所体现的民族性格

土族《格萨尔》中对尼玛卓娃神箭的描写，集中体现了土族民族性格中的内涵层次。

1. 从主旨层面来看，神箭体现出了"除暴安良，抑强扶弱"的格萨尔精神

神箭最突出的作用是铲除一切对人类生活有威胁的邪恶势力，这正是格萨尔精神的写照。尼玛卓娃神箭果敢刚毅，既有卓尔不群的独立思想，也有精诚协作的群体意识。例如从求神子下凡的情节来分析，尼玛卓娃神箭不畏神佛，把阿朗部百姓的生存和发展作为最重要的行为评价标准，具有朴素的民主意识和鲜明的人民性。另外，神箭的护佑作用在史诗中也得到了完美的诠释，它是

制服人们生产生活障碍的工具,如它射下了将阿朗部炙烤得惨绝人寰的多余的太阳;它还化解了妨碍阿朗部政治发展的阻力,如威慑了天神,从而使天神同意神子下凡。神箭的护佑作用,帮助人们渡过了一个个难关,让一个民族历经磨难生存了下来,融合成了新的民族共同体。

2.从故事层面来看,这些情节并非刻意的安排,而是自然的捕捉和长期的提炼,是对现实生活的反映

人们与烈日、干旱作斗争,是生活中遇到的实实在在的困难,诸如此类,不胜枚举。史诗描绘出千里惨状,万木枯萎,人畜焦渴,河沟干涸,泉溪断流,暗流浑水冒出地面等场面。即便如此,人类也是不能被毁灭和打倒的,射日神话总是以光明的结局告终,这个过程中承载人们愿望的物质载体就是尼玛卓娃神箭。

格萨尔称王比赛的重要项目是射箭,这与人们的生产生活息息相关,射箭的技能被预设为认定领袖的重要评判标准。将生活的细节融入重大的抉择之中,人们本能地流露出对于力量和团结的崇拜之情。

3.从目的层面来看,表达了人们对生产繁荣的期待,神箭就是土族先民与大自然进行斗争的意志和决心

无论是三位天神,还是大小佛陀,各路将领,甚至默默无闻的普通民众,在凶险的自然灾害面前,没有人屈服。他们充满感人的勇气,在尼玛卓娃去执行任务之前,对神箭顶礼膜拜,神和人都有自我牺牲的精神。尼玛卓娃神箭甚至是分批次完成任务,表现了任务的艰巨和神箭坚忍不拔的品格,彰显出先民们不达目的誓不罢休的气概,要把主动权完全掌握在人的手中,愿景是达到生产和生活的繁荣。

神箭谱写的是当时民众理想的赞歌,在氏族社会条件下,无论是物的生产还是种的繁衍,都围绕一个目的,那就是征服自然,改

造自然,繁衍生息,让每日每月,都按照人的意志运行:日昼行空,月伴星辰,万物勃发,人得安宁。"尼玛卓娃"神箭凭借神力帮助人们完成的任务,就是要让生活风调雨顺,五谷丰登,人丁兴旺,这些正是人类所追求的理想。

4. 从情理层面看,神箭惩罚了生灵涂炭的罪恶,形象鲜明,有正义感

万物枯萎,江河断流,人畜渴死,大地一片恐慌的惨烈情景,是射日不可辩驳的依据,太阳何等光亮,大自然何等威严,没有足够的勇气和实力,怎么敢去挑战自然,怎么能射落苍穹的烈日!"尼玛卓娃"被赋予人类特有的精神力量,能送日上天,同样能射日下地,让人们对一种正义的力量产生了强烈的敬畏之心。

天界的三位天神不愿意让神子下凡,史诗中把他们饱含舐犊情怀的形象刻画得栩栩如生,可是这在客观上妨碍了阿朗部的政治清明。尼玛卓娃神箭不畏权威,它的形象也变得相当伟岸,这正是土族神箭崇拜的一个重要心理原因。

5. 从意识层面来看,神箭崇拜受到了原始萨满信仰的直接影响

人与大自然互相渗透,前提是万物有灵,人和自然可以通过某种意念或者神秘的媒介进行渗透,相互交流。神箭在民间的神化,与土族先祖信奉萨满教有一定的关联。萨满教运作方式中,就存在联通人与天的媒介,这种媒介有时候是巫师,有时候是具体的自然物,各地土族民众供奉起各自不同的神祇,虽然形式不同,名称迥异,但是作用大体相同,即希望以此得到天神的昭示。正因为如此,箭就有了神性,成了庇佑家族的家神,这种习俗的最终形成,可以说是直接受到萨满教的影响。正如泰勒所分析的"万物有灵观念构成了在最低阶段部族的特点,从此不断上升,在传播过程中发生深刻的变化,但是自始至终保持着一种完整的连续性,进入高度

发展的现代文化之中。"①

"尼玛卓娃"神箭拥有超自然的神力,可以实现人与自然的沟通、实现人们的愿望。同时,史诗将它拟人化,让它可以和三位天神对话,神箭不仅会说话,而且雷厉风行,行动力强,精力充沛,拥有实现人类愿望的法术。从微观角度来看,"尼玛卓娃"的形象生动有趣,内涵极其丰富,让人惊叹不已。人们眼中的客观世界,所有事物都充满生命的力量,再也没有静止的东西,没有死物,生活中的事物都可以化作具有生命意义或者生命动态的存在物,这里体现出了质朴的辩证法。一切都不是千篇一律、一成不变的,而是多姿多彩,瞬息万变,巧妙地幻化在人类的生活中。

6. 从艺术层面讲,土族《格萨尔》独具匠心地安排了铺垫和伏笔,前后照应,细腻周全,艺术上天衣无缝

故事的情节包含前因后果,结构完整,有着逻辑上的呼应,史诗中的环节,从形态上受着当时生活环境的制约。荣格的原型理论指出:集体无意识是一种从未知的深渊中涌出的超个体意识,积累了几乎是人类有史以来所有的经验和情感,形成深层心理结构,是人格和生命之根。土族《格萨尔》正是一个民族的种族记忆,揭示了特定人类群体、特殊心理素质的根源。神箭不再是某种正式仪式的幻想性注脚,可以视为象征或者是结构单位,这类神话就不是无本之木了,既存在心态基础,又有不可辩驳的依据,艺术和仪式的共振,是不言而喻的。有过成功的经验后,人们对于神箭的依赖与日俱增,形成了在重大问题面前与神箭进行沟通的习惯,于是神箭崇拜便顺理成章地成为土族的风俗。

从史诗中描写尼玛卓娃神箭的情节,得到的启示是多层次、多

---

① 爱德华·泰勒著,连树声译:《原始文化——神话、哲学、宗教、语言、艺术和习俗发展之研究》,广西师范大学出版社,2005 年,第 349 页。

角度、令人惊艳的,它代表了早期人类的信心、智慧和力量,跳荡着永不屈服的激情,因而即使在今日人们的心中,依然能够激起波澜。

土族《格萨尔》史诗不愧是土族社会生活的神奇宝库。有关尼玛卓娃神箭的神话,在土族的民间信仰中一直传承下来,这就是土族至今不放弃神箭崇拜的原因。

日常生活中人们常常看到神箭的神性而对神箭产生崇拜,把这作为一种纯精神的影响力,而在土族《格萨尔》中我们看到,土族先民将神箭的精神变成血液,融入民族生活的方方面面,笔者认为这一内涵才是"神箭"真正的精神力量所在。

第四节　土族以及土族《格萨尔》中的
多重信仰

在《格萨尔》中苯教、萨满教、佛教的内容都有,而在土族《格萨尔》中最突出的是源自北方的萨满教,这一特点与土族现在的家神信仰相一致,可以说是从古到今一脉相承的。

王兴先研究员说:"史诗提到佛教,但描述最为突出,详细而具体的还是原始宗教,而且它和神话有机地掺糅在一起,佛教描绘仅仅是后人之附会。"[1]

事实的确如此。在土族《格萨尔》中,有关佛和佛教的描述出现比较频繁。比如在土族《格萨尔》的《天神创世部》中,三位天神每有行动,先要召集相关头领、神佛聚一聚,商量如何行动的事:

天王神说:

---

[1]　王兴先著:《〈格萨尔〉论要》,甘肃民族出版社,1991年。

　　明天早晨天亮时，
　　大小将领聚一聚，
　　大小佛陀聚一聚，
　　大小神灵聚一聚，
　　聚一聚呀来商讨。

　　在这种表述中，佛陀不仅有大小，而且总是摆在"大小将领""大小神灵"之后，或之中，可见"佛陀"和"佛"在土族《格萨尔》中并没有显赫的神圣的地位。三位天神先有某种想法，然后才请将领们、佛陀们、神灵们来商讨。天神是至高无上者，其他被"召集"者都是天神的属下，得听从天神的召唤，这是一个方面。另一方面，每遇吉日，三位天神早晨很早就起床：

　　把从未敲过的皮鼓敲一敲，
　　把从未挂过的唐卡挂一挂，
　　把从未敲过的佛钟敲一敲。

　　这些与佛教礼仪相关的一些要素，也必须出现在这些重要的时刻，说明在土族《格萨尔》的传承过程中，与佛教徒的参与和传承是分不开的。因为，这些礼仪性要素只是在发生正事之前露一露"脸面"，然后就没他们的什么事情了。正如王兴先研究员所说的那样，这些内容都是"后人之附会"，像贴上去的金那样，并没有什么实际的意义。
　　在土族《格萨尔》的《天神创世部》中，佛教思想中比较具体的内容也有不少，比如："须弥山"和"四大部洲"的思想即是。《天神创世部》中是这样描述的：
　　三位天神造出 13 颗太阳并将它们送上天已经很久了，于是他们想去看看天上的太阳运行的情况究竟怎么样了。

　　到了第二天早晨,天刚刚亮的时候,他们三位天神各自穿上红、黄、白三色的衣物,戴上红、黄、白三色的帽子,又各自骑上了红、黄、白三色的风马出发了。

　　　　　　此时此刻天已亮,
　　　　　　我们即刻就出发。
　　　　　　走啊走啊走上方,
　　　　　　向着蔚蓝天空去,
　　　　　　走到中途看天空,
　　　　　　空中太阳已形成,
　　　　　　光芒四射不一般,
　　　　　　处处酷热又难耐。
　　　　　　我们三位天神来歇脚,
　　　　　　歇下脚呀看那边,
　　　　　　那里何物已形成。
　　　　　　抬头仰望那上方,
　　　　　　上方须弥山已形成,
　　　　　　浩瀚大海已形成。
　　　　　　再看下部下方那一面,
　　　　　　岩石神山已形成。
　　　　　　再向后方看一看,
　　　　　　绿色山头已形成。
　　　　　　十三颗太阳当空悬,
　　　　　　由于光强酷热又难耐。

　　在这段唱词中,三位天神看见"须弥山""大海""岩石神山"已

形成,其中"须弥山"就是佛教思想中的宇宙中心:

在地球的表面,有座须弥山,是世界的中心。

世界的其他山以及大海、大洲、日月都围绕着须弥山,以它为中心。

按《长阿含经》称须弥山为"须弥山王",可能因为它既是世界的中心,又是最大最高的山。它的下部深入地下八万四千由旬,上部高出海面八万四千由旬。山势整齐高峻,没有沟谷河曲。最底层以金河为基础,山体也不像普通的山那样,皆是土石,而是由七种宝石构成,色彩缤纷,交相辉映。

须弥山四周是海水,海水外围绕着一重山,山外又是海水,海水外又围绕着一重山,这样层层围绕,共有七重山、七重海,或八重山、八重海。最靠近须弥山的环山最高,愈远愈矮,两山之间的海水也是愈近者愈阔,愈远者愈窄。

……在须弥山的四方,四面咸海中有居住着人类和其他动物的四大洲。

"四大洲又名'四大部洲'或'四天下'。它们分别是:位于东方的东胜身洲,又称东弗于逮;位于西方的西牛贺洲,又称西拘耶尼;位于南方的南赡部洲,又称阎浮提洲;位于北方的北俱候洲,又称北郁单越。其中南赡部洲最重要,因为我们地球人居住在这里。另三大洲虽说也有人类居住,但那些人和我们不属于一个物种,从身量、面貌而言,差异很大……佛典说,南赡部洲呈三角形,尖端在南部,长三由旬半,东、西、北各长两千由旬。此洲的形状颇类似印度的地形。"①

佛教思想中的"须弥山"和"四大部洲"是佛教的宇宙起源论的一小部分以及人类起源地的基础。其中的南赡部洲像印度的地

---

① 陈咏明著:《走进佛陀的世界》,宗教文化出版社,1996 年。

形,说明佛教的起源与佛教思想的起源是以印度为基础的,而这一思想反映在土族《格萨尔》的《天神创世部》中,显然是在起源论的某些方面是借鉴了佛教思想的。因为在土族《格萨尔》的《天神创世部》中所反映和描述的"须弥山"和"南赡部洲"是自然形成的,而非天神的创造。他们只看见须弥山从茫茫无际的大海中生出,"南赡部洲"也以同样的方式形成,以此为出发点,他们共同"创造"了阿朗部的地方,然后造日、月、星辰及人类万物。由此可以看出,"须弥山"和"四大部洲"在《天神创世部》的整个构架中,有一种贴上去的感觉,与他们千辛万苦创造的天地日月与众生的创造过程似乎有些相脱离的感觉。尽管如此,我们还是可以从土族《格萨尔》中看出,其中的《天神创世部》是发生"大洪水"之后的创造活动,洪水之前的世界一种佛教的宇宙观,以"须弥山"和"四大部洲"的形式存在着。因为洪水泛滥过大,淹没了它们,后来随着洪水的退却,"须弥山"和"四大部洲"渐渐显形,三位天神就在洪水退却,南赡部洲显形的过程中创造出了"阿朗"的土地,并创造了在那片土地上的所有生命。

因此,我们可以说,佛教的某些因素和宇宙起源的思想,仅仅是土族《格萨尔》的《天神创世部》中某种神秘点缀和创世活动的思想背景,以此为基础进行具体的创世活动的,这种创世的活动本身才是天神所特有的,这就是萨满思想的具体展现。

从现在的情况看,土族的信仰是多方面的,呈现出多种信仰同时并存的态势。

高永久先生在他主编的《西北少数民族文化专题研究》一书中说:土族的信仰比较复杂,除了对藏传佛教的释迦牟尼、宗喀巴、班禅和达赖以及修来世的信仰之外,还有萨满教(如天神信仰、白石信仰)、地方保护神信仰(如龙王、二郎、四郎、娘娘)、阴阳和风水信仰、祖先崇拜等也在他们的信仰中占有一席之地。这些信仰从来源上看,藏传佛教是接受藏族文化的标志,萨满教是包括土族在内的阿尔泰语系诸民族固有的原始信仰,是土族先民的固有信仰,其他几种信仰显然源自汉族民间信仰。

由以上分析可以看出土族民间文化中的多重宗教信仰,主要表现在以萨满教为基础,与道教、苯教相融会形成以道教为内容和形式的混合性宗教,并同时信仰佛教。这些交错相织的宗教因素构成了土族民间文化丰富多彩、兼容并蓄及包罗万象的特色。究其原因,萨满教、苯教都是原始宗教,其信仰有很多相似之处,道教本身就是在原始巫术和秦汉以来神仙方术的基础上形成,可以说是民间多种宗教信仰的糅合体,因而道教很容易为土族所接受,并与其信仰的萨满教相结合。

佛教传入土族地区时间虽早,但在黄教未取得统治地位以前对土族社会的影响远不如后,青海省互助县佑宁寺的修建是佛教占主要地位的标志。

不管是道教的传入还是佛教的盛行,都是建立在土族原有宗教信仰萨满教基础之上的,不论是佛教中的如来佛还是道教中的元始天尊都大不过"阗格儿"的绝对权威。土族民间文化中的多重宗教信仰,并不像一些学者所认为的佛教占绝对统治地位,而是各种宗教并存、相互融合,以适应土族不同层次宗教心理需要。考察土族民间文化中的多重宗教信仰,犹如观察"三明治",一层一层的,不能只看到上面的黄油。

从土族宗教信仰设施"鄂博"和"苏克斗"可以看出多种宗教信仰系列组合。其一,它们的修建由喇嘛或阴阳先生负责皆可,说明藏传佛教和汉传道教都被容纳;其二,"鄂博"所有的柳枝、白石和弓箭都是萨满教的遗存;其三,埋之其下的羊毛、杂粮、海龙、狼头等东西则是萨满教、汉族民间宗教和道教惯用的驱邪避鬼降物的混合;其四,立在上面的嘛呢杆是藏传佛教的仪式之一。

　　虽然以上论述并不意味土族民间文化成果都是宗教的体现，这些宗教因素也并没有构成土族民间文化的内在实质，但多重宗教信仰对土族民间文化的影响和作用是巨大的。多重宗教信仰的形成、发展使土族这一族体中形成一种由宗教信仰所制约的心理定势，同时土族这一族体的价值观也受这一定势影响而逐渐趋于结构的包容性决定了宗教对文化的渗透、影响的广泛性。宗教各种要素的内在规定和外向辐射，必将程度不同地涉及哲学、文学、语言、民俗，这种现象在土族民间文化中得到充分体现。

　　总之，土族民间文化中多重宗教因素导致土族开明宽容的追求实惠的民族性格，因此土族人装满神灵的脑子也很容易接受科学知识，容纳外族优秀文化。①

　　土族学者马光星先生在他的《土族文学史》中认为，"土族的宗教信仰比较复杂，大体经历了吐谷浑时期至明代的以信仰萨满教为主，明代的萨满教和道教信仰并重，到明代万历以后的藏传佛教信仰为主的三个阶段。"②

　　前者是从土族宗教信仰的类型论述了土族宗教信仰的多重性，而后者从土族宗教发展的史学角度论述了土族宗教发展的三个阶段。角度不同，论述的重点也有区别，但两位学者共同反映的一个问题是：土族是个具有多重信仰的民族，宗教信仰上的多重性反映出它在历史长河中的曲折和复杂性。与此同时，我们也不得不强调，土族《格萨尔》和今天土族的多重宗教信仰中占据主体地位的信仰依然是古老的萨满信仰，这一点，我们从下文中将得到进一步的证实。

---

　　①　高永久：《西北少数民族文化专题研究》，民族出版社，2004 年。
　　②　马光星：《土族文学史》，青海人民出版社，1999 年。

第五章

土族《格萨尔》中的
风俗文化研究

　　所谓风俗者,就是社会上长期形成的通行的风尚、习惯、礼仪等。一般而言,不同质的风俗以一个地理单元和文化区域为载体而存在,或者以一个民族的文化传统为主体而流传。

　　风俗是一个民族的标志,它之所以成为这个民族的标志,是其历史文化在民族生活中的遗留和传承。土族的民俗文化就是以土族为载体继承和流传下来的整个土族都遵从的传统文化的一部分。

　　要找寻一个民族的根,就要从这个民族的信仰、婚俗、丧俗和禁忌文化等方面着手,土族的风俗文化中渗透着土族人民在长期以来历史发展过程中的创造性智慧,也展现出其民族所经历的苦难。本章着重从土族《格萨尔》中寻找相应的根源。

第一节　土族的禁忌文化

　　每一个民族的传统和现实中都有很多的禁忌,土族是一个古老的民族,透过现实生活或是土族《格萨尔》史诗,都可以找到这种禁忌文化的痕迹。

一、日常生活禁忌

很多的禁忌风俗延续至今,比如卫生禁忌、礼貌禁忌、生活习惯禁忌、心理暗示禁忌等。

如在妇女分娩的最初日子里,大约要持续一个月上下的时间,家人要在门口挂筛子、贴红纸表示谢绝来访,有的也用绑有羊毛的松柏枝来提示忌门,这是出于对免疫力低下的产妇和新生儿的保护。

如果家人生病,会视病情程度控制忌门的周期,这是为了防止交叉感染或者是避免病人受到干扰的一种封闭和隔离,也算是有一定的医学根据的。

日常生活中还有一些卫生方面的习俗,河流中不能抛撒垃圾和粪便,不能直接在河中洗衣服,牲畜圈舍也不允许人进入后大小便,还禁止污染泉水,具有朴素的生态观念和环保意识。

礼貌禁忌也是日常生活中的行为规范和行为守则,如要保护孩子的自尊心,并且出于尊重客人的考虑,在家中客人面前不允许家长打骂小孩,如果触犯,就会有逐客之嫌;在客人面前洒扫庭除、摔门泼水,用残损的容器招待饮食等行为,都是不允许的。

超感应的心理暗示禁忌,例如土族群众在外出遇到空物的时候,有落空的预兆,他们就会返回。还有禁止孝子在死者七期之内(49日内)串门,这种禁忌或多或少和灵魂学说有关。

男尊女卑的观念禁忌作用下,女性不能拍打男性肩膀上的"却米"(一种灵光),否则男人就会走霉运。女人也不能唾男人的脸,特别是用女人内裤打男人,是最阴损的招数,这些禁忌感情色彩十分浓烈,别有用心的人竟然用此报复仇家。

如果有鸟粪跌落在人身上，就要回家换衣服，洗去鸟粪，缝上红线，这样可以破解不祥。

二、图腾、祖灵禁忌

土族在饮食习俗中不吃圆蹄类动物的肉，比如马、驴、骡等，不食狗、猫等的肉，不食鼠、狼、狐、兔、鹿、旱獭等动物的肉，不吃乌鸦、喜鹊等飞禽的肉。

比如土族人不食圆蹄类动物的说法具有不确定性，不准确，特别是土族人不吃马肉的原因的说法是错误的。这也就是说，土族禁食马肉不是因为佛教经典故事的影响和信仰佛教的缘故，而是来自土族先祖对马的热爱。由于拓跋家族视马为神马，引领土族先民迁徙落户，并且马在日常生活中扮演的工具角色非常突出，和人类的合作也比较密切，于是这个民族表现出极高的爱马热情。

关于马的传说在土族《格萨尔》中就更多。如《虚空部》中说："财宝神说道：

"天王神呀请您听，
请您听呀我来说！
明早天空亮起时，
我们骑着风马去。

"他接着说道：'呀，上部天王神请您听呀，我给您说！明天早晨天亮的时候，我们大家一起去看一看，看您的梦相好像是一个好兆头，不是个坏兆头。您骑上这匹这匹枣骝马，我骑黄色的骏马，龙王神骑上白色的良种马，并且您穿上红色的战袍，我穿上黄色的战袍，龙王神穿上白色的战袍！还要天王神戴上红色的战帽，我戴上黄色的战帽,龙王神戴上白色的战帽呀! 我们明天早早就出发!'"①

以上所说的"风马"就是天界的马,是神马。土族人每逢农历初一和十五,都要到山顶上煨桑焚香,尤其是到了大年初一,争先恐后地要到山顶上去煨桑,等煨桑之后,在桑烟上用一个刻有风马的刻板,不断地在桑烟上拍打,还要拍打足够数量才行。土族人认为,这样拍打是给天神供送更多的神马,拍打的数量越多说明你对神越敬仰,来年你的运气也就越好。马被赋予了神性,食用马肉就成为了禁忌,这可以作为土族人不吃马肉的一个文化因素。

土族人的院落中央有转槽,转槽中央有一根长杆,在当代社会,杆上挂着经幡,在古代,这根长杆可不是挂经幡用的,而是为鹰鹊这类神鸟准备的,在长杆的尖端还要绑个小罐子和柏树枝等,罐子里面装点粮食之类食物,神鸟们飞来饿了累了要落在长杆的尖端休息一会,吃点食物,然后继续前行。这一习俗在土族《格萨尔》中描述甚详。后来,佛教传入了,长杆尖端的小罐儿也就不用了,但柏树枝还在使用,上面挂上经幡,本来为神鸟准备的长杆就被经幡的旗杆所取代。这也同样是人类信念不断演变的一种必然。为此禁食神鸟的习俗变成了一种禁忌,延续至今。这就是土族人不食飞禽鸟鹊禁忌的来历。

还有对祖灵的禁忌就是对祖灵的敬重,祈求得到祖灵的保佑等。

三、土族《格萨尔》中的禁忌

在土族《格萨尔》中,禁忌的方式是取吉,占卜,以此来决定去

---

① 王国明整理翻译,土族《格萨尔》说唱系列丛书·翻译系列《虚空部》,民族出版社,2013年。

留和行动。比如：

到了第二早晨，太阳刚刚升起的时候，他们又举行了盛大的取
吉兆仪式。

> 须弥山顶煨堆桑，
> 做好上、中、下三灶，
> 上灶锅里熬上茶，
> 中灶锅里煮上肉，
> 下灶锅里酿上酒；
> 头茶敬奉给佛陀，
> 头肉供奉给山头，
> 头酒供奉给上师。
> 我们这样取吉祥，
> 取个吉祥看兆头，
> 看看是吉还是凶。

这里用上、中、下三部灶上熬茶、煮肉、酿酒和用这些食物献神
佛的情景判断吉凶。

还有用花树等植物生长状态来占卜吉凶的。例如：

他们举行了这样的仪式之后，手下人牵来了红色、白色和青色的
骏马并鞴鞍之后，尼玛顿珠骑上了红色的骏马，达娃顿珠骑上了白色
的骏马，尕玛顿珠骑上青色的骏马，三人向着上部和中部走去了。

这里，尼玛顿珠说道：

> 我骑着红马去上部，
> 走在上部的草原上，
> 那里百花在齐放。

这里红花处处开，
这里黄花别样鲜，
这里蓝花似海浪，
这里白花如白云。
看到处处鲜花开，
得知预兆不一般，
预示此行吉又祥，
也是阿朗发展显吉祥。

再比如用飞禽的姿态看吉凶：
这时，天王神说道：

财宝神呀请您听，
龙王神呀请您听，
请你们听呀我来说！
我们来到岩石东方看一看。
站在东方看峰顶，
峰顶长着三棵树，
金树、玉树和海螺树。
金树的枝头落只鸟，
绿色玉树的枝头上，
也有一只鸟在鸣叫，
白色海螺树的枝头上，
还有一只鸟在盘旋，
是吉是凶不清楚。

听了天王神的这番话之后，龙王神对天王神说道：

站在东方看峰顶,

峰顶长着三棵树,

金树的枝头落只鸟,

绿色玉树的枝头上,

也有一只鸟在鸣叫,

白色海螺树的枝头上,

还有一只鸟在盘旋,

这是吉兆不是凶。

土族《格萨尔》中,更多的是梦兆。例如超同做的三个梦就是预示着凶相的梦,应是禁忌的。但是,既然已经在梦中预示出来了,超同也是无奈的,梦中的事非发生不可。

"在天界仙境,祈祷、念经七天后,便送尕玛东珠下凡人间。

"……就在这个时候,阿卡超同做了一个梦。梦见在'俄木因宽城内积满了雪白的牛奶,有一个狮子不像狮子,老虎不像老虎的四不像凶兽,把上唇一抿,下唇一吮,红舌一舔,把全城的牛奶一口吞食了。'这下吓得阿卡超同从梦中惊醒。他想这梦不是吉兆,而是凶兆。想着想着又朦胧地睡着了。忽然又梦见,在杳吾郎的俄木因宽城内,供了一尊酥油塑的宝塔。可时间不长,东方升起了灿烂的太阳,一霎时,酥油宝塔被暴日烘塌,像雪一样化成水。这是午夜做的梦。天快亮时又做了一个梦,梦见从北俱卢州飞来了一只非常美丽的鸟儿,是一只在查吾朗地区过去没有见过的鸟儿。阿卡超同心想抓住它,可是伸手抓去时,不但没有抓上,反叫鸟一起飞踏了九堵城墙,造成三年才能完工的土工活。"①

---

① （法）罗伯尔·阿马庸著:《多米尼克·施罗德得自安多的土族〈格斯尔史诗〉》,《格萨尔学集成》第二卷,甘肃民族出版社,1990年。

之后，阿卡超同的这三个梦一一应验了。本来，这样的凶梦是忌讳的，谁也不愿接受，但作为人又无奈，只能接受，因为这种预兆在神话中就是天意，任何人都无法抗拒天的意志。

四、民间文学中的禁忌

日常生活中的禁忌叫无主题禁忌，而民间文学中的禁忌则是主题性禁忌。所谓的主题禁忌，就是故事文本本身就给予了一种禁忌，如果触犯了这一禁忌，就会导致一定的后果，遭到触犯禁忌的惩罚。一般来说，民间故事中的禁忌设置有一定的程序：设置禁忌——触犯或信守禁忌——后果或惩罚。这三个环节构成故事禁忌主题的要素，缺一就不成为主题禁忌。

《布柔尤》就是典型的主题禁忌，描写小牛犊不听从母牛的劝诫，决意跑去吃山里的草，路遇饿狼，险遭不测的故事。这个故事的情节很简单，但它是个典型的有禁忌主题的故事，这一禁忌后果是品尝到犯禁的生命代价。

《巴蛙的故事》中的巴蛙也是这种禁忌类型的典型。在这个故事中，蛙皮是个禁忌的要素，巴蛙没想到会有这种结果，妻子也不是有意的，但不能烧了蛙皮的禁忌被触犯，悲剧发生了。违禁的结果就使好心的妻子悔恨交加，而巴蛙未能完成天神交给他的神圣使命。

以上两个故事都是主题性禁忌的典例，在一般情况下，我们只把这种故事当作民间故事，无足轻重，至多把它们当作一种阶级分化和压迫的故事，当作英雄未能如愿的悲剧故事。其实，这种拥有主题性禁忌的民间故事远不止我们习惯性认识的那么简单，它里面还蕴含着更深层的思想，这就是禁忌这种文化的历史意义。

五、禁忌文化的历史内涵

"'禁忌'这个词是民俗学中不容忽视的一个话题,它源于太平洋波利尼西亚群岛土语,言译为'Taboo'或'tabu',汉译为'塔布'。原来,波利尼西亚人信仰和崇拜一种叫作'玛那'的神秘力量。凡是具有'玛那'的人或物都是危险的,不可接触的,否则必然遭到超自然的灾难或惩罚。轻者危及个人,重则祸延民族。后来,学者们发现,这种'玛那'的神秘力量不仅在波利民西亚岛的人之中有,世界其他民族中都有。因为这一发现,它就成为人类学和民俗学中的禁忌或禁忌文化。"①

土族的日常生活禁忌,图腾与祖灵禁忌都和一般的禁忌文化没有大的区别,只有民间故事中设置的禁忌主题与土族人苦难的历史真实相联系。

研究禁忌文化的学者们认为,在非常普及的民间文学中,凡涉猎禁忌主题的民间故事,大多都有真实的历史依据。这是因为,凡涉猎禁忌主题的民间故事都有一个共同的特点,那就是真实的历史事件发生在前,预设有禁忌的故事在后,这一点与文学来源于生活又高于生活的原理是相一致的。正由于此,很多的民间禁忌故事都可找到它们的历史依据,这在土族《格萨尔》中就反映得更为突出。

土族《格萨尔》里的有些情节你既可以当作寓言故事读,也可以当作政治化了的悲剧故事读;既可以当作神话来读,也可以当作史诗来读。不妨把土族相关的历史生活与土族《格萨尔》结合起来读,深层的思想自然就会从《格萨尔》中涌流出来,就可以窥视到吐谷浑先民在这一漫长的历史时期的真实生活。

① 万建中:《解读禁忌》,商务印书馆,2001年。

第二节 土族的婚俗文化

土族的结婚典礼过程较之于其他民族的婚礼延续的时间较长,仪式繁琐而又复杂。在举行整个婚姻仪式中,自始至终在每个环节中都透露出大量的先祖文化的遗风遗俗,而且还掺杂有大量的和多种宗教的因素。

男女青年在结婚前还要请来阴阳师预测占卜未来婚姻对象的位置方向和相遇的时间,确定对象之后也要合八字,八字相合才送礼定亲,这个过程充满浓郁的道教文化色彩。

就婚礼的整个过程来看,婚礼承袭了传统的文化色彩,土族婚俗的整个过程大致可分为两个大的阶段:第一个阶段为"出嫁",其中包括:"相亲、讲彩礼"仪式、"迎亲"仪式、"纳什锦斯果"仪式、"梳头"仪式和"启程"仪式等五个部分;第二个阶段为"迎娶",其中包括:喜迎"红仁齐"仪式、"拜天地"仪式、"谢媒人"仪式、"摆针线"仪式、"冠戴女婿"仪式、"说上席"仪式和"吃启发面"仪式等七部分。在以上的这些仪式和规程中有很多是含有从远古时代流传下来的具有本民族传统民俗文化特色的内容。比如说在"迎亲"仪式中,男方娶亲时,迎亲者与新郎要拉一只叫"羊礼"的白母羊,送"羊礼"是象征纯洁、财富和人丁兴旺,亦有为新娘赎身之意,这种习俗是古代羌族的遗俗;"纳什锦斯果"仪式中,女方的"阿姑"们对娶亲人又是泼水,又是骂,对他们的到来表示不欢迎,新人还要"哭嫁",种种迹象表明,在土族古代有抢婚的习俗;新娘被迎至新郎家门口时,燃起一堆小火,新娘要从这火堆上跨过避煞,然后让新娘坐在盛有五谷和钱币的"金斗银升"上。跨火堆是萨满教的文化内容,坐"金斗银升"显然含有农业文化的意味;在"启程"仪式中女方还要请"纳什锦姑爷"(娶亲人)分别向东、西、南、北、中五方神灵以及门神、家神和灶神等跪拜；"拜天地"仪式中，主持人指挥新人向天地、神祇、父母尊长等磕头行礼，新娘入洞房前还要拜灶神、供宝瓶等，这些古老的习俗表明，土族在历史上都信仰或接受过道教文化和儒家文化，这种文化影响在土族的民间习俗中都有反映。

反映在土族婚姻习俗中的宗教因素极其庞杂，在很多方面以先祖、道教和萨满教遗俗并济，婚礼的神圣和隆重程度都在三者的相辅相成之下，体现得淋漓尽致，同时还带一些藏传佛教的色彩。在整个婚礼的规程中既有萨满教的自然崇拜，也有汉民族的多子多财的农业文化色彩，既有信奉藏传佛教文化的遗俗也有信奉苯教文化的遗俗，这诸种宗教文化及观念都汇集在土族的婚俗当中，多种文化相互影响之后，形成了具有浓厚的本民族特质的文化核心，呈现出多文化积淀、混融和多元一体的文化风格。

形成这种婚俗文化风格的主要原因是：第一，土族只有语言而没有本民族文字。没有文字就无法将本民族的文化、历史等以文献的形式保留下来。早在20世纪，德国哲学家斯宾格勒就说"一个失去了自身文化的民族是一个漂泊无根的民族"。① 所以，在历史发展长河中没有留下多少关于土族文化的文献资料，而土族《格萨尔》恰恰生动而真实地记录了土族的历史发展进程，是土族文化遗产的总汇，具有重要的历史价值和文化价值，是中华民族文化的重要组成部分；第二，土族在历史发展进程中，曾经信仰过萨满教，也信仰过苯教，后来又信仰藏传佛教，这些教门在历史每个发展阶段无疑会渗透到信教群众日常生活的方方面面，婚俗文化是其中的一部分，它作为载体将很多的历史文化传承下来不是没有可能的。因此，在土族的婚俗文化中，除了整个婚姻过程中的

---

① 刘世鼎：《殖民主义已经结束了吗？》，《读书》2005年第四期。

诸多程序之外，又增加了很多历史文化的因素，这就使整个的结婚过程显得既庞杂又繁冗。

在土族的婚俗文化中，能体现本民族特色的或是体现土族核心文化内容的因素究竟有哪些呢？下面，我们从几个方面做一些深入的探讨。

一、土族《格萨尔》的《创世部》中关于婚配的神话

在土族《格萨尔》的《创世部》中，三位天神经过千辛万苦创造出七男六女之后，接着要解决他们的吃、住、穿、婚等问题。

《创世部》中这样描述：

天王神接着说道："呀，我们把这些人都已经做了禳解，但他们还饥寒交迫，无衣可穿，无饭可吃。所以，我们还要想个办法把这些事都得完成呀。龙王神请您从您的衣角里撕下一片衣料给我呀！"说完，龙王神就从自己的衣角里撕下一小块衣料后递给了天王神。天王神拿到这块衣料之后就开始念咒语，念完咒语吹了一口仙气之后，那一块衣料就变成了7个男人和6个女人仅仅能够遮丑那么大的衣料。这时，龙王神将这些衣料都分发到他们手中之后说道："呀，这些东西只仅仅是暂时用来遮丑的，如果没有这块衣料的话，就把你们的全身都暴露在外，那样的话看起来很难看，不雅观。所以，我暂时把这衣料分发给你们使用，以后如果没有了，那就你们自己想办法吧！"从此，那些人就用这块衣料遮住了各自的私处。

这里非常有趣，在西方的《圣经》中，亚当和夏娃中受蛇的引诱吃了智慧果后，两人突然发现赤身裸体，甚是难堪，赶紧用树叶遮住了自己的下身；而在土族《格萨尔》的《创世部》中，创造出来的七男六女并未发现自己赤身裸体有多丑陋，是天神看得不入眼，撕下

自己的衣襟分给他们,让他们遮掩下身私处。看得出,这是两种不同文化的源头。前者是自觉式,它让人自己发现自己的丑陋,让他们自己主动去解决自己丑陋的问题,而后者却是启蒙式的,不是人类自己发现了自己的丑陋,而是天神发现人长得丑陋,就用自己衣角遮挡住他人的丑陋,人只是被动地接受,而非自觉地发现。因此顺着这个思路,思考两种文化的源流是非常有意义的。

解决了遮羞的问题,下一步该考虑他们吃和住的问题。

天王神接着说道:"呀,财宝神和龙王神,请您们听呀我来说,虽然我们已经把人做好了,但是,麻烦的事情就更多了,首先他们得吃食物,如果他们不吃食物的话,他们就无法生活,现在我们就得想办法给他们弄点食物吃。现在我的背上拿着从天界带来的苹果,马上就分配给他们,试试看能不能吃下去!"说完天王神从背上拿下来一个小袋子,伸手取出了几个像大豆那么大的小苹果。然后用指甲将苹果切分成几瓣,一一地塞进了那些人的嘴里。天王神又说道:"呀,我现在把苹果分给他们吃了,如果他们吃了这个苹果,以后就不会觉得饿了。"果然他们吃了苹果之后,一下子更加有精神了。于是那些人就开口说话了。

那些人吃了苹果之后说道:"呀,三位天神,你们不辞辛劳和不懈努力,才创造了我们。现在我们想住下来却没有住处,想走路却没有路可走。那我们该怎么做,请三位天神指明趋向!"听了他们的这番话之后,天王神说道:"呀,你们现在如今既没有住处也没有去路,这不怪你们。现在你们就跟我到上部的那座白土山的山脚下,我教给你们怎么居住呀。"说完他们就一起向上部走去。没过多久,他们便来到了那座白土山的脚下。这时,天王神从腰间取下金刚杵就在那里开始挖起来。那些人也帮着三位天神铲土的铲土,拍土的拍土。不多一会儿,两口窑洞就挖成了。这口窑洞的洞口小而圆,洞内大而宽敞,在洞内又建筑了一个用来睡觉的类似土炕的台子,在台子上面又铺上了厚厚的草皮。这时天王神吩咐他们7个男人住在一个窑洞,6个女人住一个窑洞。

天神们创造出的人类,吃了那用指甲切开的小瓣苹果,有精神了,然后,天神们又给他们安排了住处,特别是把七男和六女分开来住,这都是天神的旨意。但天神为什么把男女分开住窑洞呢,并未说明白。总之,人类是天神们创造出来的,天神们怎样安排,他们就怎样顺从。

接下来,天神们就又考虑如何婚配和如何繁衍人类的问题。

天王神又说道:"呀,现在你们就这样住在这里,白天晚上都不会感觉到冷的。刚才吃了我给的苹果,你们也暂时不会感觉到饿的!"这时,龙王神说道:"呀,天王神请您听我来说几句。我们虽然现在做出了7个男人和6个女人,但在大地上只有这几个人怎么能行,再说他们这样分居也不是个办法,总得想个办法让人类自身发展数量呀!"说完天王神接着说道:"对呀,我差点忘了这件事。这个好办。"接着,天王神将那些人男女分成两组,面对面站成两排,天王神站在中间,口中念了几句咒语之后,举起双臂,吹了一口仙气,两手掌一合并时,男女双方立刻组合成三对夫妻。这时,其中的一位男人没有能够与之组合的女人,说道:"三位天神请您们听呀我来说,他们都有配成对的女人,那我怎么办呀?"听了他的这番话之后,天王神稍作思考之后说道:"呀,以后人世间男人总会比女人多,所以,你就不用配对了,在婚配方面你是自由的,任何一个女人只要她愿意,你就可以去和她做欢呀。"那人听了天王神的这番话之后,就再也没有说什么。这时天王神又说道:"呀,我们三位天神现在就要回去了,等到你们什么时候肚子饿的时候我们就再来呀!"说完,三位天神转身就走了,那些人也走出了窑洞,目送三位天神渐渐远去。

很显然,天神们为创造出来的七男六女安排婚配,并不是男女必须要婚配才安排的,而是考虑如何让七男六女更多地繁衍和发展才安排了婚配的,这是天神们的深思远虑,是婚姻起源的前提。

特别有趣的是,天神们创造出的人,在数量上是不相等的,男人有七个,女人只有六个,不能完全搭配到一起,只是让三男三女配成了婚姻,组建起了各自的小家庭,剩下一个男人搭不上对儿,他可以任意地寻欢作乐,只要对方愿意。这个婚配的关系是非常奇妙的,一方面,它是一夫一妻制的开始,也就是原始小家庭的起源;另一方面,男多女少,这样就给男人"寻花问柳"和三个小家庭的"插足者"提供了合理的条件。从此,围绕家庭和男女感情之间的关系就此起彼伏,从来没有平静过,这也充分说明了土族人民的一种婚姻观和价值观。

更加有趣的是考古学对史前人类研究的一项成果:"黄河中下游地区史前人口构成存在着异常的现象,也就是说在史前社会中男、女比例不平衡。大量统计资料表明,在没有人为因素干扰的情况下,新生婴儿的性别比例一般都是恒定在105±2的范围之内,即在出生100个女婴的同时,会有103—107个男婴出生。出生男婴多于女婴的原因是生物因素在起作用……"[①]

这也就是说土族《格萨尔》的《创世部》中天神创造的男多女少的性别比例在科学的考证和研究中是合理的,经得起检验的,它反映的是人类历史源头上的一种真实情况,而非天神们有意多创造了一个男人或少创造了一个女人。男女比例的失调从源头上就如此,神话中反映出这一现实,考古研究中也证实了这一现实,这就使得土族《格萨尔》的《创世部》中的神话具有了一定的史学价值。

在土族《格萨尔》的"朗格萨尔巧遇珠牡,齐项丹玛说媒成亲"这一章中,其婚俗从提亲、说媒、婚礼等程序到婚礼中的说、唱词,

---

① 王建华:《黄河中下游地区史前人口性别构成研究》,载《考古学报》2008年第4期。

都和今天的土族婚俗相差无几，甚至可以说是一脉相承的。这一点，在之后的论述中将加以讨论，此处不再赘述。

二、鲜卑与吐谷浑的婚俗记载

《后汉书》中记载："鲜卑者，亦东胡之支也，别依鲜卑山，故因号焉。其言语习俗与乌桓同。唯婚姻先髡头，以季春月大会于饶乐水上，饮宴毕，然后配合。"①

鲜卑在"季春月大会于饶乐水"的这种婚俗，从"饮宴毕，然后配合"的记载看，似是聚族之固定时间举行的婚礼。又如现在的"花儿会"之类踏青的寻偶形式，不会有"饮宴"的场面和过程的，这种形式大多都是个人间的约会，不是集体性质的"饮宴"，故踏青这种集体寻偶形式似乎可以排除。因此，在初春的某一个吉日，聚族聚集在"饶乐水"上，举行一些仪式，饮酒，然后完成集体婚礼，这个过程，在一个民族、一个部落中均可进行，其规模应该很大，热闹程度也不会很低。

有关鲜卑婚俗的历史记载并不多，就上述的记载与今天土族的婚俗比，似乎也有某种文化方面的延续。比如在 20 世纪 50 年代以前，土族聚集地区土族人的婚俗也有集体性质，那时出嫁的一方要求亲戚和庄院每家出一人当"喜客"，如果是上百户的一个村庄，"喜客"就有百来十人，规模相当之大。这么多"喜客"来送姑娘，自然在一个家庭里无法容纳，所以宴请的场地就设在村庄的场院里。在场院一周铺上麦草，放上桌子，大家围坐一圈开始饮宴。这样规模的婚礼有一天内结束的，大多都需要三天左右，颇有"大会"的排场。20 世纪 50 年代之后，这种大规模的旧婚俗彻底改变了，但中华人民共

----

① 《后汉书·乌桓鲜卑列传》。

和国成立前土族的这种婚俗和古代鲜卑"大会于饶乐水上"的婚俗相比，有着婚礼形式上的一致性和文化方面的传承性。

吐谷浑的婚俗，在《魏书·吐谷浑传》中有记载：

> 其俗……父兄死、妻后母及嫂等，与突厥俗同。至于婚，贫不能备财者，辄盗女去。①

周伟洲先生对吐谷浑的婚俗解释道："上引《魏书》，吐谷浑'父兄死，妻后母及嫂等。'这种子娶母（非生母）的继婚制及兄娶寡嫂的婚俗，在匈奴、鲜卑、柔然、突厥等北方民族中很盛行，而且吐谷浑统治下羌族也是如此。为什么这种习俗在以游牧为主的民族中特别盛行呢？对这些民族的贵族来说，这样做是为了保存自己高贵的血统；而对一般牧民，则是有保持本氏族或家族劳动力和牲畜等财产的经济意义。这一点对游牧民族是十分重要的。"②

虽然吐谷浑不是真正意义上的游牧民族，但周伟洲教授的这一解释也是合理的，他们在婚俗上的这些奇特的习惯，一般人不予理解，认为是违背伦理和不道德的，但从古代这些民族的生存观念而言，他们留下这样一些令后人费解的婚俗也是情有可原的，至少在保存自己的势力和血统的高贵方面是有益的。

三、当代土族的婚俗

土族生活在西北地区，西部生活条件艰难，首先要考虑到婚配对象的身体条件和劳动能力，外貌其次。土族有儿子的人家或准

---

①　《魏书·吐谷浑传》。
②　周伟洲：《吐谷浑史》，广西师范大学出版社，2006年。

备招女婿的人家,早早就为儿女留意物色对象,男家主要挑姑娘身体健壮,针线手艺佳,持家有方,就是好媳妇。女方选女婿主要也是看本事,能吃苦耐劳、养家活口就是好女婿。还有一种方式,是请喇嘛占卜,预卜姻缘在哪个方位、生辰八字是否相合等。如若二人八字不合,这门婚事就有可能流产。如果八字相合,双方父母及当事人同意了,这时,双方才选定一位能说会道的媒人前去女方家接洽或按占卜的方向去寻觅。确定了对象之后,才继续进行婚事。由于土族婚俗很繁杂,为了表述方便将它分为以下几个步骤来说明。

第一,相亲(土语称"拜日克列")。

由媒人给女方家送去两瓶自酿的白酒、两个馍馍、用红纸包着的一块砖茶等,以此作为正式相亲的见面礼。女家父母请来家族中的长者,共同品评男方的家境、小伙子的劳动态度和为人,以决定是否同意这门亲事。如认为条件相当,女方就收下这些"小礼",婚事就算定下了。

第二,喝媒酒(土语称"郎化哇日")。

由新郎的父亲或哥哥与媒人一同去女方家喝媒酒,实际上就是双方议定聘礼的日子,一般都订在农历八月十五或春节期间。这天女方家备下媒酒等待客人,并把家族中各户的男家长都请来。在一般情况下,主人应该让客人上座,这天则不然,作为主人的女方坐在上席,男方甘居下位,殷勤献酒,竭力劝导女方,以求少要一些聘礼。女方众人述说着养女不易,嫁女难舍,漫天要价。经过反复的讨价还价,才把彩礼定下来。富裕人家的彩礼,一般有金银首饰、四季衣服、帽子腰带,以及牛、马牲畜等。聘金讲定,男方就要以择吉行聘,女方则要从此为姑娘准备嫁妆。

第三,结婚。

土族人普遍早婚,女子十五岁,男方就催促成婚。为此,双方家庭都要做各种准备。男方的准备工作尤为繁忙,一家一户难以承担,全家族的力量都来支持男方操办终身大事,家族中各户家长经过磋商,决定办理婚事的规模,并从众家长中选出两位干练的长者,担任婚礼过程中的掌柜,主持娶亲期间迎客待客等事宜。

土族迎亲仪式非常别致:

唱酒曲是土族婚俗中的一大特色,迎送双方都要唱酒曲,并且彼此间盘问对答,显得既隆重又热闹。婚礼还有两个被称作"纳什锦"的重要角色,他们担负着引路、对歌,并承受女方种种的挑战和戏弄的任务,代表了男方的智慧和机敏,婚礼的热闹程度与他们大有关系。

迎亲吉日由喇嘛占卜后决定,届时新郎要亲自迎娶,还有媒人和"纳什锦姑爷"一同前去,土族讲究"去单来双"的习俗。迎亲队伍中的"纳什锦"意为"娶亲的人",由两名机智、活泼、能歌善舞的男青年担任。迎娶时要为新娘准备坐骑和驮嫁妆用的马或驴,这里绝对不能用骡子,因为它是没有后代的一种牲畜。前往娶亲的时候,男方还需要再牵一头雌性活羊作为礼品。

新郎一行浩浩荡荡向女方家进发,女方则不等他们进村,就把屋门紧紧关闭。此时,女方村里的姑娘们全都汇集在新娘身边"保护"着她,见迎新队伍进院时,她们藏在门后向他们洒水。这种习俗是否就是鲜卑在"季春月大会于饶乐水"的"饶乐水"这种婚俗的延续呢?当他们还没走进正房的大门时她们就一齐扑到窗边,隔窗唱起"骂婚调",把喜客比作抢人的强盗和野人,尽情咒骂、嘲弄奚落。还唱"盘歌",向男方盘问天地万物的起源、接新的根由等等。代表男方的"纳什锦",必须彬彬有礼,对答如流,使女方心满意足,她们才开门接纳新郎一行。新郎进门,无人与他耍笑,姑娘们的注意力都集中在"纳什锦"的身上。当他们进门时,姑娘们把大桶的凉水,向他们劈头盖脸地泼去,对他们横挑鼻子竖挑眼,又是嘲讽、又是戏谑。他们好不容易才进得门来。女方接客的男子对他们倒是十分友好,把他们安排坐在放有各种自制传统面食的桌前,请他们品尝各种食物。其间姑娘们仍然满怀敌意,唱起"且吉米然",意思是"起了浪花的河",骂新郎一行到这里讨吃要饭,形容他们如狼似虎,还把"纳什锦"拉出来要笑,不让他们安生进食,最后再嘻笑扯拉地到院子里跳起传统舞蹈——"安召"。

这天,女方家要执行新郎三道饭:一道是馍;二道是肉包子;三道是长寿面。面条是特制的,极长,由两个泼辣媳妇用脸盆端上来,盘里没有筷子,却插上两根擀面杖。她们从厨房里就一路唱出来,对"纳什锦"问道:"你可知道和面的水从哪里挑?麦子又是长在哪里的?你知道麦子怎样变成面粉的?又是如何做面条往桌上端的?……"即围绕面条提出质问,"纳什锦"必须一一回复,直到她们满意,才摆上碗筷、调料,请新郎一行品尝。

许多关于婚礼的习俗表明,土族历史上发生过抢婚现象,这个风俗虽然消逝了,但其残余还存在。它表现在迎亲的整个过程中,男方唱的全是喜庆和快乐的曲调,而新娘家唱的内容、曲调、气氛都与男方迥然相异。如"骂婚调"措辞十分尖刻,并且有意要把他们赶出门外的姿态,这正反映出过去抢婚中女方的对立情绪。男方的"纳什锦",从其所扮演的角色看,很像是从他人抢婚时的打手演变而来。

在妇女们盘问"纳什锦"期间,新郎却像个无事人一般坐在一旁,没有人留意他的动静。这时女方家的一位老妈妈来到他跟前,示意他跟着走,新郎就悄悄溜出人群,来到姑娘的闺房里,完成他此行的重任——给他的妻子举行"梳头礼"。

土族姑娘在还没有许配或不到迎亲之前是梳单辫的,当许配人家和迎亲的人来了之后才要由女婿亲自给她梳头,改变发式,由过去的单辫改变为双辫。新郎在引他前来的那位老妇人指导下,把新娘扎发辫的红毛绳解下来,绑在他自己的左腿上,然后用梳子在自己头上梳三下,接着在新娘的头上梳三下,就算他给她戴了头,这个女子从今以后就是他的妻子。其余的梳妆打扮则由姑姑、嫂子们来帮忙。一切妥帖就等待上马出行了。

新郎何时上马,是由喇嘛打卦决定的,一般在天亮时分。由"纳什锦"唱"农吉"催促新娘上马。歌中唱道:"天上金鸡叫了,地上雄鸡啼了,(新娘)上马的时候到了。""纳什锦"掀动白色长袍,催促新娘上马。新娘已经装束就绪,但又无限留恋自己的亲人,她哭着唱道:"父亲你们请坐我走了!房屋你住着我走了!厅堂你待客我走了!兄弟姐妹你们留步我去了!大门你开着我走了!……"最后她对母亲的家庭唱起祝福曲道:"我重返家园的时候,家里定是人丁兴旺、六畜发展,金银财富堆成了山……"

新娘离开家时,两位"纳什锦"身穿白袍,在她的前面倒退而行,用袍子左右翻扇为她开道,以驱邪祈福。两个妇女扶新娘上马,新郎要为新娘牵马,姐夫的责任是拉驮嫁妆的驴,紧紧跟随。送亲的队伍包括爷爷、阿爸、阿舅、姑姑、嫂子等约十二人。新娘的母亲绝不送亲,但男家要送给她"乳母钱"。

快到新郎家甲,送亲的"喜客们"开始唱起"酒曲",述说送亲跋山涉水的辛苦,向男方提出要哈达和要酒喝的要求等,男方早有准备,一一随声献上。到达后,男方请新娘下马进屋,而送亲的"喜客们"却不让新娘下马,提出各种要求一再为难,直到按习惯该做的都做了,才让新娘卜马。

进门时,新郎新娘要并肩而行,然后拜天地,拜家神,拜灶神,拜祖宗,拜父母,之后才送进新房。这时,要送一碗奶茶给新娘,她喝一口,吐在地上。新郎新娘在媒人的指点下,自己动手在灶神前点两盏佛灯,表示成双之意。随即,新郎从怀中拿出一个内装粮食、白香、酥油等的瓶子,供在灶神前,象征着人口繁衍,子子孙孙有吃有穿,送亲的"喜客"们酒足饭饱后当天返回,男方要给新娘的爷爷、阿爸、舅舅等献上一定的谢礼。

成婚的当晚,新人不同房,由新郎的母亲或妹妹等陪同新娘住宿。第二天新郎的母亲或姐姐带领一对新人,端着馍馍和酒肉等礼品去女方家拜见父母,当天返回即同房。

土族婚姻关系较稳定。由于同姓聚居,一村之中男性多是本家,妇女则是外来之人。在封建社会,男子有外遇,社会谴责较轻,妇女若与外姓男人私通,必为丈夫的家族所不容。对通奸男女轻则喂以猪食,视如猪狗,严重的按家法处死。

20世纪50年代以前,土族还有"戴天头"的原始婚俗。所谓"戴天头"的奇异婚礼是指女子长到十五岁,由父亲作主,与天结为夫妻,"婚礼"在腊月三十晚上举行。人们认为这一天是新旧年的交错,天不管,地不管。姑娘只要把衣服一换就是媳妇了,不用出嫁,就可以生儿养女,留下继承家业。这种婚俗在今青海省互助县的五十、孙多等靠近喇嘛寺的地方较多。当晚,由与姑娘同命运的人为她解下红绳,把单辫一分为二,就算结过婚了。她们认为,她的新郎不是凡人,而是天,故称"戴天头"。此后她的性关系完全自由,可以任意留下来访的男子同宿,这种自由留居的男女,土族语互称"奴夸儿",汉语称为"连手",意思是情人,不算夫妻。他们之间的关系,短期都是男子夜来晨归,过走婚生活。男子如是单身,没有牵挂的,也可以到女方家帮助劳动,共同生活。但不是长久之计,年迈了多数要被轰出家门。因为这种男了是没有根基的,他不论与女方生有多少儿女,子女们只认其母,不认其父。孩子长大后,嫌弃这个外来的老汉,把"生父"赶走的事在中华人民共和国成立前并不少见。这有点像云南省宁蒗县一带摩梭人的"阿朱婚"。

以天为配偶,即把天视为一种自然物,并没有特别的神秘化,也没有崇拜心理,这是一种原始的观念,与汉族把天视为"天地君亲师"之首的封建意识有明显的不同。因此它的起源较早,当是一种由原始母系制的"走婚"演变而来的婚俗。土族的婚俗从母系制到父系制发展过程中又经历了抢婚这样一个阶段。

土族"戴天头"这种原始婚俗的长期保留,与旧时寺院强迫青年男子当喇嘛,使男女的比例失调密切相关。中华人民共和国成立后此种婚俗已经改变,建立在自由恋爱基础上的新型家庭日益增多。

第四,独特的"骂婚"。

关于"骂婚"学者们的说法有很多。首先,极力丑化"纳什锦"。按一般的婚俗,"不做亲戚是两家,做了亲戚是一家"。既然做定了这门亲戚,为什么还要丑化对方呢? 于理不通。但在土族婚俗中"送亲"部分最精彩、也最特殊的就是这一"于理不通"的部分。下面,我们不妨具体看看,女方的"阿姑"们是怎样丑化"纳什锦"的。

婚礼的第三场是"纳什锦斯果",就是专门讽刺和贬低"纳什锦"的"阿姑"们用"尖加玛什则"的曲调唱着骂"纳什锦":

> 从哪里来的人,头好像破背篓?
> 苏胡家(即男方)来的人,头好像破背篓。
> 从哪里来的人,嘴好像破庄廓?
> 苏胡家来的人,嘴好像破庄廓。
> 从哪里来的人,鼻疙瘩像马勺?
> 苏胡家来的人,鼻疙瘩像马勺。
> 从哪里来的人,眼窝像酒盅子?
> 苏胡家来的人,眼窝像酒盅子。
> 从哪里来的人,耳朵像木盘子?
> 苏胡家来的人,耳朵像木盘子。
> 蹲下的姿势像一捆豌豆草?

　　　　站起来好像一棵歪脖子树?
　　　　从哪里来的人,这样难看的人?
　　　　苏胡家来的,这样难看的人。

　　"纳什锦"肩负着娶亲的重任,到了陌生的女方家,女方不但不好吃好喝地招呼,反而被丑化、辱骂得一塌糊涂,这样的婚俗还不特殊吗?
　　其次,再看看"阿姑"们唱着贬低男方家礼物的歌曲,也颇有意趣。

　　　　你们拿来了个啥呀?
　　　　你们拿来了个"牛达"(妇女戴的婚礼帽);
　　　　你们看是"牛达"的模样,
　　　　我们看是驴鞍的模样。
　　　　没羞的胡家(男方)人,
　　　　臊坏了何家(女方)人。
　　　　你们拿来了啥呀?
　　　　你们拿来了个包头(头巾);
　　　　你们看是包头的模样,
　　　　我们看是"抹捂"(抹布)的模样。
　　　　没羞的胡家人,
　　　　臊坏了何家人。
　　　　你们拿来了个啥呀?
　　　　你们拿来了个木梳;
　　　　你们看是木梳的模样,
　　　　我们看是"耙甲"(耕地的耙子)的模样。
　　　　没羞的胡家人,

臊坏了何家人。

你们拿来了个啥呀?

你们拿来了个衣裳;

你们看是个衣裳的模样,

我们看是"夫达"(装粮食的口袋)的模样。

没羞的胡家人,

臊坏了何家人。

你们拿来了个啥呀?

你们拿来了个腰带;

你们看是个腰带的模样,

我们看是"格迭斯"(肠子)的模样。

没羞的胡家人,

臊坏了何家人。

你们拿来了个啥呀?

你们拿来了个裙子;

你们看是个裙子的模样,

我们看是"古节"(肚子)的模样。

没羞的胡家人,

臊坏了何家的人。

……

　　无论男方家里拿来的礼物有多好,她们都不论,只是贬低男方家的礼物难看,把女方家"臊坏了"。面对这样的"辱骂",无论是谁都无法理解。

　　还有,贬低男方家驮来的羊肉的歌是这样唱的:

驴背上驮的啥东西?

　　　　　　驴背上驮的干羊肉。
　　　　　　春天的羊肉吹干了，
　　　　　　这样的羊肉我不要，
　　　　　　拿去给你的阿爸吃。
　　　　　　夏天的羊肉坏掉了，
　　　　　　这样的羊肉我不要，
　　　　　　拿去给你的阿妈吃。
　　　　　　秋天的羊肉长毛了，
　　　　　　这样的羊肉我不要，
　　　　　　拿去给你的阿吾（哥哥）吃。
　　　　　　冬天的羊肉冻干了，
　　　　　　这样的羊肉我不吃，
　　　　　　拿去给你的阿姐（姐姐）吃。

　　再次，给新娘改变"发式"时的唱词，也令人深思。到了新娘将要上马启程之前，新郎到新娘住处改变新娘"家角"（即新娘头上的一撮头发，卷成圆形，用红头绳扎缚），新郎解开红头绳，再由女方梳成两条辫子，表示再不是闺女的打扮了。这时，女方的歌手唱道："黑鞑子（蒙古人）的手像黑乌鸦的爪子，解开了我女孩的'家角'，他的手到六月暑天将会腐烂掉，到腊月寒天将会冻掉。"这哪里是在唱歌，简直是诅咒男方不会有好报，因为什么呢？就因为娶了她们家的女孩。

　　以上三个"特殊"得不能理喻的"送亲"环节给我们透露了三方面的信息：一是女方极不愿嫁给男方，却无力抗争的情绪，通过"骂"的歌声表达出来。女方不嫁给男方又不行，嫁又极不情愿，那么，这种心绪怎么才能表达出来呢？土族人的做法主要是通过"阿姑"们的"嬉笑怒骂"。"阿姑"们不是女方家人，可能是亲朋好友，邻里相好，只是通过她们的口骂出来罢了，也不能把女方家怎么样，却把心中的不快骂出来了。这是一种非常文明又智慧的做法，它反映了男女双方的一种特殊的关系。二是在"改变发式"的唱词中，直接骂"黑鞑子的黑乌鸦爪子解开了我女孩的'家角'"，在这个唱词中，女方的情绪简直就是愤怒，称新郎的手是"黑鞑子的黑乌鸦爪子"，这样的恶骂还不够狠吗？土族人称蒙古人是"哈热蒙古尔"，意即"黑蒙古"；"黑蒙古"人要强娶吐谷浑后裔们的姑娘，而吐谷浑后裔们的"阿姑"们极不愿嫁给"黑鞑子"，但不嫁又不行，只能出恶气咒骂，其中的抵抗情绪昭然若揭。三是贬低男方驮来的羊肉是干的、坏的、长白毛的、冻坏的，说明男方是以牧为主的民族，蒙古人就是以牧为主的"游牧民族"；而女方家招待客人的食物是农业产品长面、馄锅子、薄什泽、酩硫子酒等，既有牧业民族的特点，更有农业民族的特征，除了土族的先祖和始祖们是农牧业民族外，与"黑蒙古"的融入有着直接的关系。

从土族婚俗中传达出来的这些古代生活的信息，笔者认为就是在"蒙古尔孔"这个新的共同体形成过程中遗留下来的，尤其是蒙古人与吐谷浑后裔的姑娘们成亲的这个过程，就是"蒙古尔孔"这个族体形成的开始，也可以说是土族婚俗在继承传统基础上的"新的起源"。

四、土族《格萨尔》中的婚俗

在土族《格萨尔》中从格萨尔结婚的整个过程来看，也可分为两个大的阶段：第一个阶段为"出嫁"；第二个阶段为"迎娶"。

（一）出嫁

出嫁的程序都是在女方家里举行的。主要由"相亲、讲彩礼"

仪式、"迎亲"仪式、"纳什锦斯果"仪式、"梳头"仪式和"启程"仪式
五部分组成,其中"梳头"和"启程"仪式最为隆重。

1."相亲、讲彩礼"仪式

土族的相亲在一般情况下要么去女方家,要么去姑娘的亲戚
家,但格萨尔和珠牡的相亲很有意思。在土族《格萨尔》中说:

格萨尔早晨起床后说道:"阿爸,阿妈,你们二位老人听,昨晚,
我做了一个奇怪的梦,不知它是好梦是噩梦,孩儿心中迷惑不清。
在梦中我骑马到上面去打猎时,前方出现一片檀香树林。林中虎、
狼、狐狸、兔子等在撒欢蹦跳,相互追逐着。再向上一走,有个大草
滩,滩里盛开着白花、红花和蓝花,真是五彩缤纷,大滩显得格外妩
媚动人。这簇簇花丛中有只大雁,一会儿飞上,一会儿飞下。这不
知是什么梦?"他妈妈听了唱道:

> 勇敢的儿子请细听,
> 请细听来我细讲:
> 梦好吉利不是凶。
> 明天太阳升起后,
> 你骑马儿去上部。
> 去了上方看一看,
> 看看上方班玛滩。
> 上方野兽数不清,
> 上路尤其要当心!
> 高空群鸟在盘旋,
> 要去那里难上难。

随后,格萨尔唱道:

　　二位双亲请留步，
　　我骑嘉高喜娃走一圈。

　　说完，格萨尔翻身跃马出了门，来到一片长有茂密的檀香树林的大山深处，看到许多吃肉的猛兽和无数食草的动物。这些野兽和动物抬头看见格萨尔的到来，便扬首狂蹦乱蹿，惊慌不已。这时，他立刻取下尼玛卓娃神箭开弓射箭，飞箭正好射在一只野兔的背上，但野兔并没有被射死，结果野兔身带利箭直奔一座鄂博近旁，格萨尔随身下马，紧追身负重伤的野兔，使尽全力怎么也抓不住这只兔子。野兔被格萨尔追得急了，于是它就躲藏在鄂博近旁隐蔽起来。当格萨尔追寻到这里时，野兔突然又隐没不见了。格萨尔上前一看那野兔刚刚在鄂博近旁隐蔽的地方，发现地上有兔脚落下的踪迹。于是，他便沿着这些足印紧追了下来。不远处，他又发现了斑斑点点的血迹径直洒向了前方。这样，格萨尔一直追寻到班玛滩，东找西寻，怎么也寻觅不见野兔了。为此，格萨尔便对狗讲道："现在，你赶快去把我的箭找回来，那带伤的兔子不知把箭带向了何方？我太累了，需要休息，喝喝茶来解解乏，我们再动身吧！"
　　一天，桑赞珠牡说："阿妈呀，阿妈！你听，我给你说。昨晚我做了一个梦，今天，我心里烦闷得很，眼皮直跳不平静，不知这是为何因？梦中我见到下面的班玛草原上盛开着白花、红花和蓝花，它们朵朵都在争芳斗妍；向草原的下方一看，雄姿勃发的一条黄龙，东腾西跃，势不可挡。这梦不知预示着什么，它是吉兆还是凶兆？"这时，桑嘉洛便向自己的姑娘唱道：

　　桑赞珠牡请细听，
　　请你细听我来讲：

> 百花争妍班玛滩,
> 黄龙也跃百花间,
> 吉庆便在你眼前,
> 梦中所见定圆满。

接着,桑赞珠牡又对父母说:"我做梦后,觉也睡不安稳,心慌眼也跳,不知为什么? 阿爸阿妈,我姊妹三人,现在去滩上看看吧!"妈妈听了桑赞珠牡的话以后心里总觉得不对劲,她说:"你若真的觉着心里不安,你们姊妹三人就去看看再说。不过,去那里路程并不近呀,路上豺狼虎豹也不少,你千万要加倍当心才是!"珠牡唱道:

> 明日早晨天亮时,
> 姐妹三人把路上。
> 善良的阿妈请细听,
> 早早起来把茶烧,
> 喝口酽茶便启程,
> 扎西滩上看吉凶。

第二天,阿妈一大早起来烧好了茶,还做了个馍,让三个姑娘吃饱喝好后,便打发她们上了路。三个姑娘唱道:

> 走呀走呀往下走,
> 边走边唱往下走。

据说,三位姑娘得到父母的允许,心想这次可要好好地玩一玩了。她们姐妹三人兴高采烈,蹦蹦跳跳,又说又笑地直往下边走

去。她们来到了滩里,看见滩上到处开满了白、红、蓝等各色各样的鲜花,眼前是一片锦绣景色,真是令人眼花缭乱。她们唱道:

> 蓝蓝的天上白云飘,
> 白云滚滚翻白浪;
> 甘露滴滴降中部,
> 滴滴甘露降吉祥。

这时,桑赞珠牡说:"眼前,看样子快要下雨了。我们三人得找个避雨的地方才是!"于是,她们三人东找西寻着避雨的地方,她们还未找到避雨的地方时,滂沱大雨已经下个不停。正在这节骨眼上,她们看见对面一座石崖山下有一个石洞。她们三姐妹便不假思索地跑了进去。

据说,就在这当儿,朗格萨尔还连一壶茶都没喝完,大雨便倾盆而下。于是,他也骑马冒雨在找避雨的地方。当他看见一个洞时,立即在一棵柽柳上拴好了马,很快地钻进了石洞。朗格萨尔进来躲雨的洞,正好是那姐妹三人避雨的石洞。这样,他们谈说了一阵,便相互熟悉了起来。在谈笑间,格萨尔却起了戏弄那三个姑娘的念头。于是,他拿出随身携带的牛尿脬吹得鼓鼓的,随后偷偷放到桑赞珠牡的身后处,待桑赞珠牡在说笑中重心后仰,一屁股压破了牛尿脬而突然发出"嘭"的一声爆响时,格萨尔便惊奇地叫道:"啊哟,桑嘉洛的姑娘放屁了!"这下可让桑赞珠牡在格萨尔和两个妹妹面前出尽了丑,顿时觉得无地自容起来。于是她就对格萨尔说:"我在你面前丢尽了人,这叫我如何做人是好? 现在,我姐妹三人回去跟父母亲商量一下,看来,我非得嫁给你不可了!"下午时分,大雨渐渐地停了下来,太阳也露出了笑脸。这时,三位姑娘起身回家,格萨尔也动身向自己的家门走去。

　　姑娘们在回家的路上见到了许许多多的老虎、狐狸等野兽都在跳着玩耍,无数只鸟儿也在她们头顶不时地飞来飞去。还有一条彩虹像五彩缤纷的彩带出现在天边,一端正好落在扎西滩的一个泉眼里,而另一头却落在格萨尔刚才相遇的三位姑娘的家里。姑娘们一看十分害怕,她们一口气跑到家中向自己的阿妈唱道:

> 阿妈阿妈请你听,
> 请你听呀我来说。
> 早上太阳升起时,
> 我姐妹三人去下方,
> 班玛滩上鲜花开,
> 朵朵鲜花惹人爱。
> 班玛滩的最上边,
> 一朵朵白莲在怒放;
> 班玛滩的滩中央,
> 一朵朵红花鲜又艳,
> 班玛滩的最下边,
> 一朵朵蓝花笑盈盈。
> 我姐妹三人耍又玩,
> 不知不觉到下边。
> 玩来耍去真高兴,
> 不料天空起乌云。
> 我姐妹三人无处藏,
> 东找西寻慌了神。
> 一座红崖的正东方,
> 有一石洞口很小,
> 匆匆进去把身藏。

钻进洞里向外望，

有一人骑马来洞旁，

此人貌似雄狮王，

坐骑嘉高喜娃名四扬，

名犬敌老当齐随身旁。

当他走到洞中来，

他一身豪气英雄相。①

从以上的事件和对话中我们看出，首先是双方做梦，他们的梦境都很吉祥，尔后求得父母同意后出去散心；由于一场大雨，为了躲避被大雨淋湿而先后来到了一个窑洞里，他们在这里巧遇后，格萨尔急中生智，将她推到了一个难以启齿的尴尬境地，逼迫珠牡答应嫁给他；后来他们各自回家后又求得父母同意，准备结为夫妻。从这里我们也不难看出，土族婚姻的变化状况，从神的支配婚姻发展到了婚姻自由和自由恋爱的婚配制度。但后来他们在求得双方父母同意后，又邀请了一位能说会道的介绍人齐项丹玛的说媒后，才可以进行婚姻习俗中的下一个环节的程序。从中也反映了土族人在婚姻大事上由父母做主，媒妁之言后方可结婚娶嫁。如：

当三位姑娘把所见到的情况仔细地讲给她们的阿妈时，阿妈极不高兴地把女儿批评了一顿："三个傻丫头呀，你们真是傻！你不知道那狗是哪里的狗，也不晓得那马是何人的马，更不明白那人又是何人，只仅仅相遇了一会儿，就轻率地把自己许配给他，莫不是发了疯不成！告诉你，这我从根本上就不

---

①　王兴先、王国明整理翻译:《格萨尔文库》第三卷《土族〈格萨尔〉》上册,甘肃民族出版社,1996年。

答应。你若执意想要嫁给他,那我们还得商量了再定!"①

在土族的婚姻习俗中要出嫁姑娘,必须由男方提供一定数额的"彩礼",目的是,在过去甚至更远的年代,由于人们的生活水平低下和家境困难等原因造成了居安思危的心理,若因他的家境困难等原因将姑娘嫁到男方,预防以后姑娘受穷没有衣服穿,所以,在出嫁之前就从男方那边索要足够的彩礼,以备后用。当然,这种顾虑在当代社会是没有必要的。但是,人们为了维护这一古老的婚姻习俗,在结婚时处于尊重和礼貌,礼节性地还是要讲究这种习俗。去求婚,如果女方家不允婚,就会将礼物一律退还给男方。如果允婚,就会将礼物收下并把酒换成五色粮食,即大麦、小麦、大豆、小豆和大米等,让媒人带回男方家。

允婚之后,男女双方请卜师按其生辰八字占卜问卦,如占卜为吉,就把占卜的好消息告诉对方。这样过些时日后,媒人再去与女方的父母选定吉日,举行订婚仪式。

订婚仪式也叫做"喝媒酒"或"讲彩礼"。土族《格萨尔》中也一样,要想迎娶珠牡,就得为她从格萨尔家中索要"彩礼"。如:

> 据说,这时桑嘉洛的随从和将领们都来了,于是,他讲道:"今天你们大家都来了,这是喝双瓶喜酒的日子,等喝完说媒喜酒后给我的姑娘讲一讲彩礼好吗?"齐项丹玛在旁边解开了扎在瓶口上的五色线,取下包扎酒瓶的二尺红布,拿起酒瓶到门口敬祭了各路山神和家神,还敬祭了天王神、财宝神和龙王神,随后进屋给坐在炕上的所有老者一一敬了酒。酒后,大家开始

---

① 王兴先、王国明整理翻译:《格萨尔文库》第三卷《土族〈格萨尔〉》上册,甘肃民族出版社,1996 年。

评讲彩礼。结果,他们除要了一对犏牛、两匹马外,还要了许多件上等衣服。这时,齐项丹玛便说:"你们要下了这么多彩礼,我们很难拿出来,请考虑能不能少要一点?"经过商议,他们将彩礼减去了一半,又问:"现在如何?""既然你们减去一半,这就再好不过了。你们所要的彩礼我们一件不差地拿来。"齐项丹玛面带喜色地说。接着,桑嘉洛又说:"我嫁姑娘,你们除了把这些彩礼如数送来外,还得给姑娘拿一套从头到脚的穿戴呀。""呀,桑嘉洛!你说的在理。你把姑娘拉大成人出嫁给我们的确不容易,你所要的彩礼我们都答应了!"齐项丹玛对对方的要求痛快答应后,和格萨尔就高高兴兴地回家了。①

订婚的日期一般订在春节或农历五月初五、六月初六、八月十五、九月初九为最佳。土族《格萨尔》中说:

> 再来说说格萨尔一家,就为此事跑来跑去,忙乎着格萨尔的成婚之事。他家又请来了齐项丹玛,随同格萨尔又拿上彩礼去桑嘉洛家并向他说:"我把你所要的彩礼都备齐送了过来,现在就请你上前点评验收,看看合不合你们的心意?我们打算最近就把姑娘娶过去。"
>
> 桑嘉洛一听便道:"你们既然急着要娶姑娘,那我也只好准备打发她出嫁。不过,事先得打卦问卜,选个吉日良辰。待日子一旦选定,我们就办理此事!"经过打卦问卜,把日子选到了九月初九这天。②

---

① 王兴先、王国明整理翻译:《格萨尔文库》第三卷《土族〈格萨尔〉》上册,甘肃民族出版社,1996年。

② 同上。

送过彩礼之后,男女双方便择吉日迎娶,一般多选在春节期间。在迎娶前的一段时间内,女方要准备嫁妆。这期间,女方家的亲戚朋友们也会来帮着办嫁妆,嫁妆多是成双成套的被褥、衣服、盆桶、橱柜等。迎娶的头两天是女方家"添箱"的日子,土族语叫"玛泽"。这一天,女方家的亲戚朋友们带上早已准备好的"添箱"礼物前来恭喜,土族语叫"桑礼哇日",女方家则要设宴款待。

2."迎亲"仪式

按迎亲的规矩,举行婚礼的前一天,遵照主婚人的指令,新郎和"纳什锦",即娶亲人,也称"纳什锦姑爷",要到新娘家去迎娶新娘。"纳什锦姑爷"一般由新郎的姐夫担任,当然也可以请他人担当。娶亲时的"纳什锦姑爷"是关键人物。由于他担任着娶亲的重要任务,不但善言而且必须能歌善舞,能随机应变,应付各种场面,而且还要熟悉婚礼的各项程序和各种礼节。在去迎娶新娘时,"纳什锦姑爷"要身穿白羊毛褐衫,带上娶亲的礼物,即肉、酒、馍馍和新娘出嫁时穿戴的衣服、首饰及一只活的白母绵羊。土族《格萨尔》中说:

　　据说,男方和女方两家都分头精心准备了一番,嫁娶的日子也就到了。齐项丹玛和娶亲人"纳什锦",陪同格萨尔前往娶亲。他们来到桑嘉洛家的门口,看见那里人很多,门口放着一张桌子,桌上摆着得尔尕和奶碗。这时,娶亲的三人上前把得尔尕敬祭完毕后,便把鲜奶洒在了拉去的绵羊头上。当他们在举步进门的这当儿,躲藏在门后的阿姑们趁其不备,猛地向他们身上泼洒了水,惹得大家哄堂大笑。这时,主人迎客人进门,让客人摆放了娶亲的嫁妆礼品,礼让入席吃喝茶饭。①

---

　　① 王兴先、王国明整理翻译:《格萨尔文库》第三卷《土族〈格萨尔〉》上册,甘肃民族出版社,1996年。

3."纳什锦斯果"仪式

"斯果"是土族语,意为讽刺、嘲弄、取笑。所以,"纳什锦斯果"仪式实际上就是对"纳什锦姑爷"进行刁难、讽刺、嘲弄、取笑的过程。当然,这些所谓的刁难、讽刺、嘲弄和取笑是善意的,意在阻挠"纳什锦姑爷"轻易地将新娘从娘家娶走,同时也增加婚礼的热烈气氛。而且在"纳什锦斯果"的过程中,也充分表现出"纳什锦姑爷"的机智、善辩及多才多艺。

待"纳什锦姑爷"酒足饭饱、安坐品茶时,早就等得急不可耐的、想对他进行一番戏弄的阿姑们会隔着窗户向他盘问,她们唱着:

> 尖尖麻哉,我们没有吵的而来吵,
> 尖尖麻哉,这是我们的规矩。
> 尖尖麻哉,从你们的家里出来时,
> 尖尖麻哉,是用黑色的瓶子送客。
> 尖尖麻哉,从你们家门里出来时,
> 尖尖麻哉,是用粮食木锨来送行。
> 尖尖麻哉,你是否把它记清了?
> 尖尖麻哉,你那样的双手相握,
> 尖尖麻哉,这是老母猪的走法。
> 尖尖麻哉,当你走到我们的家门时,
> 尖尖麻哉,是用白色的酒瓶来迎接,
> 尖尖麻哉,是用珍宝的得尔尕来迎接。
> 尖尖麻哉,你是否把它记住了?
> 尖尖麻哉,还用白色木锨来迎接,
> 尖尖麻哉,你若是把它没记住,
> 尖尖麻哉,你有啥脸面来这里?
> 尖尖麻哉,你娶亲姑爷的走法,

尖尖麻哉，就像老母猪的走法。
尖尖麻哉，我们家的门坎，
尖尖麻哉，是用什么木头做的？
尖尖麻哉，你是否把它记住了？
尖尖麻哉，你若是没把它记住，
尖尖麻哉，你是啥脸面进来的？
尖尖麻哉，我们家的门框，
尖尖麻哉，是用什么木头做的？
尖尖麻哉，是用檀香木做成的。
尖尖麻哉，你是否把它记住了？
尖尖麻哉，我们家的门扇，
尖尖麻哉，是用什么木头做的？
尖尖麻哉，是用檀香木做成的。
尖尖麻哉，你是否把它记住了？
尖尖麻哉，你娶亲姑爷的头，
尖尖麻哉，就像烂了的背斗一样。
尖尖麻哉，你娶亲姑爷的耳朵，
尖尖麻哉，就像青蛙一样。
尖尖麻哉，你娶亲姑爷的眼睛，
尖尖麻哉，就像小木碗一样。
尖尖麻哉，你娶亲姑爷的嘴，
尖尖麻哉，就像簸箕一样。
尖尖麻哉，你娶亲姑爷的坐势，
尖尖麻哉，就像大豆捆子一样。
尖尖麻哉，你娶亲姑爷的走法，
尖尖麻哉，就像老母猪的走法。
尖尖麻哉，尖尖麻哉。

你昂首仰望想什么？

你昂首仰望是否在数椽子！

你侧身旁瞧着什么？

你侧身旁瞧是否在数墙板！

你摸着烟斗在想什么？

你摸着烟斗是否想吃油炸馍！

你低着头在想什么？

你低着头是否想吃包子！

你捋着胡子在想什么？

你捋着胡子是否想吃肉！

你看身后想什么？

你看身后是否想吃汤面条！①

　　对于阿姑们的这些盘问，"纳什锦姑爷"会一一作风趣、幽默地回答，使得阿姑们心满意足。

　　当然，胆大的阿姑还会对"纳什锦姑爷"的长相和行为进行夸张的讽刺和嘲弄。阿姑们的这种戏弄，并不使"纳什锦姑爷"感到十分尴尬，看着笑得前仰后合的阿姑们，他只是付之一笑，坦然接受。

　　唱到这里，在场的所有阿姑们把娶亲姑爷"纳什锦"从炕上拽到外面转"阿照"。娶亲姑爷便走在前面领唱，阿姑们跟随其后边和，边转地跳，唱道：

今天大家相聚欢快，

啊，欢乐！——喜又喜呀乐又乐。

────────

　　① 王兴先、王国明整理翻译：《格萨尔文库》第三卷《土族〈格萨尔〉》上册，甘肃民族出版社，1996年。

欢乐了要跳舞唱歌，

啊，欢乐！——喜又喜呀乐又乐。

　　这时，几位阿姑把草圈拿来套到纳什锦姑爷的脖子上取笑逗乐，逗乐取笑正玩得兴浓时，突然有人大声喊道："呀！把纳什锦姑爷叫来，叫来!"随着喊叫声她们又把纳什锦姑爷请进家里，端上茶饭让他吃喝。就这样大家一直玩到鸡叫头遍、筋疲力尽，方才停止。

　　4."梳头"仪式

　　鸡叫头遍之后，便是梳头的时间了。在举行"梳头"仪式时，"纳什锦姑爷"会站在新娘的闺房门口唱道（用土族语唱）：

阿依姐，阿依姐咯，

天空中的金鸡叫了，

大地上的公鸡叫了。

阿依姐，阿依姐，

我用红铜头饰来娶你，

请答应我用红铜头饰来娶你。

阿依姐，阿依姐，

开门呀，开门！快开门。

当你走到我们的家门时，

是用白色的酒瓶来迎接，

是用珍贵的"得尔尕"来迎接。

你是否把它记住了？

……①

---

　　①　王兴先、王国明整理翻译：《格萨尔文库》第三卷《土族〈格萨尔〉》上册，甘肃民族出版社，1996年。

格萨尔"先用双齿的梳子把自己的头发梳了三下,又把珠牡的头发梳了三下后将梳子交给新娘的姐姐或姑姑,由她们将新娘的发式从少女单辫发式改梳为新婚妇女双辫的发式。最后,帮新娘穿戴上结婚的礼服、鞋帽和首饰等。待装扮完毕后,就也已到了启程的时辰了。"①

5."启程"仪式

启程之前,必然要举行相应的宗教仪式。据说,这时,主人们忙着点上了佛灯,铺上了白毡,毡上又放了一张桌子,桌子上摆放一部佛经、一把柏香、一碗奶茶、一块红茶、一撮白羊毛、一盏油灯、一升粮食和一把红色竹筷。同时,由娘家的一位男性年长者拿着"央巴尔"举行"留央"仪式。"留央"即在姑娘出嫁时,要将其"央"留住。这时,这位年长者手拿"央巴尔"不停地在新娘珠牡的头上挥舞,边挥边叫着新娘的名字和"央"。直到新娘应声之后,叫"央"的人才回到堂屋,将"央巴尔"供奉起来、然后将新娘珠牡扶上了马背,待马三回头之后就正式启程了。

(二) 迎娶

在土族婚俗中,迎娶较之出嫁更为热闹、更为隆重。按其全过程可分为喜迎"红仁齐"仪式、"摆针线"仪式、"冠戴女婿"仪式、"说上席"仪式和"吃启发面"仪式。

1.喜迎"红仁齐"仪式

"红仁齐"是土族语,即喜客,由十三个人组成,包括女方的父亲、舅舅、叔叔、哥哥、弟弟、姐夫、媒人、送亲妇女以及"大东"等。他们要陪伴新娘并护送其到婆家。在去婆家的途中,凡是和新娘

---

① 王兴先、王国明整理翻译:《格萨尔文库》第三卷《土族〈格萨尔〉》上册,甘肃民族出版社,1996 年。

同庄同村的、已出阁的姑娘，在一得知她要经过自己家门口时，她们会主动地手捧美酒等候在路边，向"红仁齐"们敬酒敬茶。"红仁齐"们喝了酒、茶后，也会回敬给她们每人一条毛巾或头巾。

土族《格萨尔》中说：

> 据说，当稀客们快到格萨尔家门时，半道上铺着红毡，放着得尔尕；当稀客们下马坐定后，放得尔尕的人——向客人们敬酒献哈达。在饮酒当中，稀客们把放得尔尕的人的帽子冷不防抢走，放得尔尕去的人就跑了回来（等稀客们回到家后，再从他们手中把帽子赢回来，如果输了就喝酒，直到赎回来为止），他们又骑马出发了。①

> 据说，稀客们到了格萨尔的家门前，都没有下马。当他们给新娘的舅舅献了一条哈达后，稀客们这才下马，把放在桌子上的所有礼品——做了敬献，并在新娘面前铺了一条白毡。当新娘进门时，按规矩格萨尔抢先进了家门（在进家门时，新娘和新郎要抢着进门，若谁能抢先进了门，说明将来谁就能支撑这个家）。

喜迎"红仁齐"仪式还包括"拜天地"仪式和"谢媒人"仪式。

（1）"拜天地"仪式

新郎新娘进门之后，他们并排站在一张摆满各种"珍宝"的方桌前面，桌旁还煨了一堆较大的松柏桑。这时，媒人要让新郎新娘拜天地，他说道（用土族语说）：

> 呀！嫂！

---

① 王兴先、王国明整理翻译：《格萨尔文库》第三卷《土族〈格萨尔〉》上册，甘肃民族出版社，1996年。

　　若是八月十五这一天，

　　若是九月初九这一天，

　　吉日良辰由两面的家人选。

　　翻开佛祖的经典，

　　看看国王的年历表，

　　九月九日福运相聚的一天。

　　第一次跪拜，

　　向苍天和金太阳、银月亮磕头跪拜！

　　第二次跪拜，

　　向山神、福禄财神和土地神磕头跪拜！

　　第三次跪拜，

　　向四面八方的神灵和家神、灶神磕头跪拜！

　　……①

　　（2）"谢媒人"仪式

　　新郎新娘在磕头跪拜之后，就入洞房。而男方家的"大东"等人则紧接着就要谢媒人。他们唱道（用土族语唱）：

　　额贴酥油的媒人，额贴酥油的媒人。

　　檀香木做成的桌子，果木做成的水瓢。

　　枇杷木做成的瓢勺，犏乳牛的酥油。

　　犏乳牛的酥油，抹在媒人的额头

　　……②

---

　　① 王兴先、王国明整理翻译：《格萨尔文库》第三卷《土族〈格萨尔〉》上册，甘肃民族出版社，1996年。

　　② 同上。

"他们一边唱一边往媒人的嘴里塞进一勺用白青稞磨成的干炒面,再灌进一杯用黑青稞酿出的酒,然后,又把用犏乳牛奶做成的酥油抹一点贴在媒人的额头上,表示对媒人的最高谢意。"①同时,还要在方桌的四角压钱,女方压一角,男方压三角。一般钱数男方是女方的倍数,所压之钱,即作为对媒人的酬谢。

2."摆针线"仪式

要"摆针线",就要开嫁妆箱。开箱之人必须是个小姑娘。开箱后,先取出一个"针扎子"和一条毛巾,作为小姑娘的礼物。然后,女方家人将箱中的嫁妆——向男方家人作交代,还要给男方的舅舅和亲家奉送厚礼。女方家还要给男方家所有的叔叔、姨姨、哥哥和嫂嫂敬献哈达、奉送喜钱等。

> 今天是吉祥的日子,
> 如意的时辰,
> 请本乡的客人做东家,
> 远道来的稀客坐中间。
> 大人谈论和孩子学语是一样地说,
> 骏马奔驰和马驹奔跑是一样的跑,
> 雄鹰翱翔和雏鸟初飞是一样的飞。
> 家中达官贵人来相聚,
> 是丰满圆月升起的象征。
> 长辈们耳闻则喜,
> 成年人心中欢乐,
> 晚辈们侍候着客人,

---

① 王兴先、王国明整理翻译:《格萨尔文库》第三卷《土族〈格萨尔〉》上册,甘肃民族出版社,1996年。

　　爷爷们请入上席，
　　能歌善舞的人轻歌曼舞。
　　吉祥欢乐，欢乐吉祥！
　　上座虽缺席德高望重的爷爷，
　　但我们谁也不会忘记，
　　对他我再无话对说。
　　……①

3."冠戴女婿"仪式

　　"冠戴女婿"是婚俗中不可缺少的内容，它不仅指给新郎戴冠，而且指新郎从头到脚都要焕然一新。在举行这个仪式时，新郎和新娘站在一条崭新的白毡上，新郎的额头上抹一小块酥油。他一手端着盛满枣儿、核桃和钱的木翅，另一只手端着放着两枚红枣的酒碗。此时，新娘也要一只手端着盛满牛奶的木碗，另一只手拿着系有白羊毛的柏树枝，然后用柏树枝蘸一点牛奶，洒向天空，开始说"女婿赞颂词"：

　　　第一珍宝——
　　　在金子样的树上放有盛着美酒的碗，
　　　在白毡上坐着像如意宝的新郎，
　　　是不是！
　　　在须弥山的峰顶上，
　　　有大鹏样的新郎，
　　　在雪山顶峰上，

---

　　①　王兴先、王国明整理翻译：《格萨尔文库》第三卷《土族〈格萨尔〉》上册，甘肃民族出版社，1996年。

有雄狮样的新郎，
头上有绿鬃毛样的头发，
真是一位英俊的好女婿形象啊。
新郎身着华丽软绵的盛装，
一切要从这里发祥。
啊！苍穹的神王玉皇，
天和非天的神威大王，
来给仙女森姜珠牡做女婿，
是全靠你齐项丹玛做媒人。
面前的白色神像，
有着法螺样的意相。
下身着一件凡间布缝的衣裳，
对它也要祝福一声吉祥。
以往的女婿是这样，
如今的女婿怎么样做？
对你我也要祝福一句，
你要像笔直的松柏树干一样。
雪白的仙女啊，
你针织技艺非同寻常，
织品柔软又漂亮。
技艺超群的裁缝裁剪举世无双，
做工精美，谁能比量！
长寿女婿穿在身上得体大方。
穿左衣袖像雄鹰飞翔时展合翅膀，
穿右衫袖像喜鹊飞翔时展合翅膀，
系上腰带，耸一耸双肩便怀围合拢。
在女婿的头上啊，

要戴上金丝织边的帽子，

请给女婿把帽子戴上！

给女婿穿上绸缎的衣服，

请给女婿把盛装穿上！

给女婿系上一条斑纹虎般的绣花带，

请给女婿把绣花腰带系上！

给女婿脚上穿一双金鱼般的靴子。

……①

　　说到这里，媒人指着桌上的物品忠告人们，这"珍贵的粮食颗粒""一撮羊毛""盘盘鲜果"都是辛勤劳动果实，来之不易，大家务必把它敬仰！他跪拜，指着拿在手里的柏树枝说："这棵大树顶天立地，树根扎在大地深处，它的枝干伸向高空，是一棵不寻常的柏香树。"这棵"柏香树"意味着新郎将会财源旺盛、前途无量。就这样，"冠戴新郎"的仪式就在这既神圣又热烈的气氛中结束了。而新郎也通过这个仪式，就正式被女家所认可、所接纳。

　　4."说上席"仪式

　　据说，冠戴新郎的仪式在热烈的气氛中结束后，把贵宾稀客们请到炕上，端上了茶酒馍馍和肉；又给各位稀客放了"专"。为此，又搬来一张大方桌，方桌的上席摆了喇嘛（系格萨尔的母亲芒果萨卓玛的养父，即一寺主）的份子，依次分上中下三排摆满了礼品。上排摆的是"桑专"，中排摆的是"吉专"，下排摆的是"更专"。同时还把所有珍贵的"得尔尕"都搬上了方桌，又给所有稀客一一敬献了哈达。这时，炕下主人家的大东爷向炕上的稀客们说道：

---

① 王兴先、王国明整理翻译：《格萨尔文库》第三卷《土族〈格萨尔〉》上册，甘肃民族出版社，1996 年。

呀！给上席的稀客们敬一杯酒，
只敬一杯酒怎么能行，
我还要为两家的婚事说几句：
东西两家结成亲，
结亲成婚便是一家人，
婚姻美满事和顺，
地久天长是良缘。
旧城换新门城姿威严又壮观。
不把善解人意的媒人来赞扬，
神明心中不高兴。
你是能擒上部斑斓猛虎的好媒人，
你是敢抓雄狮发鬓的好媒人，
你是能在人前说话的媒人，
你是能骑烈马的媒人，
……①

5. "吃启发面"仪式

天明之后，女方家长要准备好奶茶，让新郎新娘给男方家所有的长辈敬茶，土族人叫"端枣儿茶"，长辈们喝完后会在碗内放一些零钱，祝贺新郎新娘新婚之喜。

"吃启发面"仪式是土族整个婚礼中的最后一项仪式。"吃启发面"仪式也叫"吃长面"，象征着亲戚之路如水长流，永不断线。吃完"启发面"，"红仁齐"们便开始唱"热酒"歌（用土族语唱）：

---

① 王兴先、王国明整理翻译：《格萨尔文库》第三卷《土族〈格萨尔〉》上册，甘肃民族出版社，1996年。

　　热酒吧！是为了我们回去更暖和，

　　热酒吧！我们的子女在家里等候，

　　热酒吧！我们的全家大小在迎接，

　　热酒吧！我们动身的时辰到了呀！①

　　当"红仁齐"们唱着"热酒"歌走到大门口时，男方家的人们会往他们的头上、身上撒炒面，预祝他们吉祥如意、归途平安。最后，在大家"什达强——什达强——"的喊声中，女方家的人上路了。随着他们身影的渐渐消失，热闹而又繁琐的婚礼到此结束了。

　　在土族《格萨尔》中自从三位天神创造人类实现第一次婚配之后，到举行格萨尔的结婚仪式为止，在此期间土族的婚姻习俗不知经过了多少年的流传和变革，一直沿袭下来，其间发生了多大的变化我们不得而知。但有一些传达给我们的信息是无可置疑的：第一，无论是现今还保留在土族群众当中的婚姻习俗，还是保留在土族《格萨尔》中的婚姻习俗，都是伴随着土族自身的发展历史而沿袭至今的；第二，据艺人王永福老人说："土族现今的婚姻习俗就是从格萨尔结婚那时流传下来的。"的确，我们在整理土族《格萨尔》过程中得知，格萨尔当时结婚时所经历的所有程序和现今的土族婚姻习俗惊人地相似；第三，现今土族婚姻习俗中有很多程序无人得知其根源和来历，而这些从古代流传下来的古老的习俗在土族《格萨尔》中得到了解读和印证。如：在当代土族婚姻习俗中当姑娘出嫁临走时，到了门口有三回头的习俗，当代土族人们不知道，姑娘出嫁时为什么要三回头？有些人认为，这是在留恋自己的父母亲友等，也有人认为是为了感恩父母的养育之恩，但无人知晓这

---

　　①　王兴先、王国明整理翻译：《格萨尔文库》第三卷《土族〈格萨尔〉》上册，甘肃民族出版社，1996年。

个习俗是从何事何地何人所留？但这在土族《格萨尔》里得到了详
细的解读和印证。现在我们就来看看,在土族《格萨尔》里这种习
俗真正的根源。土族《格萨尔》里说:

> 抬头仰望上部地,
> 有座神殿大无边。
> 要从中间看那边,
> 有座僧殿大无边。
> 再从这里向下看,
> 有座佛殿大无边。
> 上部那座大神殿,
> 千万只飞鸟在盘旋。
> 中间那座大僧殿,
> 四周十万岩石在装点。
> 岩石顶上走兽多,
> 走兽之王在逞威。
> 下边那座大佛殿,
> 十万尊塑像在其中,
> 外面墙壁是白粉。
> 上部那座大神殿,
> 神殿里面有宝座,
> 宝座好像雄狮蹲。
> 上师喇嘛在此来修行,
> 他是菩萨一化身,
> 喇嘛在此修佛法,
> 口念佛法诵真经。

　　向上看时，有一僧人们聚会的大僧殿。比它稍高处有一座神殿，在僧殿下方有一座佛殿。神殿内有一座雄狮般蹲着的宝座，它上面端坐着喇嘛上师，在诵经修炼。据说，喇嘛上师他每天在门外一块大石头上小便，奇怪的是，他每天解下的小便，到第二天不知被什么东西舔得一干二净了。于是，他就坐在殿内从门缝向外观察。第一天什么也没看见，第二天同样如此，到了第三天，他便看见有一只小梅花鹿，从山上下来后在舔他的小便。这时，喇嘛很快地跑出一把抓住了小鹿。刹那间，那小鹿突然变成了一位二十来岁的妙龄女郎。据说，喇嘛问道："你是哪里的姑娘，为何要来舔我的小便？"姑娘回答道："我是里域王的三姑娘。叔叔请你不要告诉我父亲。我从今天起，就给你煮饭熬茶吧！"姑娘动情地回答说。就这样喇嘛和姑娘开始一起生活了。

　　有一天，喇嘛唱道：

> 明天太阳升起时，
> 阿卡我要出远门，
> 不论你要吃什么，
> 别忘给猫送一份，
> 不给猫儿可不成。

　　据说，这位喇嘛家中养有一只猫，他出门时，总是对姑娘叮咛道："姑娘，你以后不论吃什么，一定要给猫儿留下一份。如果不给猫儿那可不行。"从此以后，姑娘依照喇嘛的吩咐，一直喂着猫儿。有一天，姑娘在炒粮食吃时，她想：猫儿怎么能吃炒的粮食呢？所以，她就没让猫儿吃。猫儿没有吃到东西很生气。随后，猫儿就把自己的尾巴塞进水缸里弄湿了尾巴，把水洒到火中，如此这般反复了几次，把火全弄灭了。从此，姑娘就再也无法生火了。

　　　　　锅灶里面火已灭，
　　　　　早晨向上方去寻火，
　　　　　下午又向下方去找火，
　　　　　锅灶照样没有火。
　　　　　明天太阳升起时，
　　　　　神山顶上煨堆桑，
　　　　　看看是否有火源。

　　为此，姑娘跑到神山顶上煨起了松柏桑烟后，向下看了看。

　　　　　神山峰顶往下看，
　　　　　望见远方有炊烟。

　　据说，姑娘往下面滩里看了看，看见在很远的平滩上，有一股炊烟袅袅上升。于是，她直奔山下，跑进了阿古加党的家。阿古加党问道："姑娘，你是从哪里来的？"姑娘答道："我是上部喇嘛的姑娘，因为我没有了火种，今天才来向你要点火种。"阿古加党说："既然你来取火种，那我就给你吧！另外，再给你一升油菜籽，你拿去吧！"在说话的当儿，阿古加党又在姑娘的衣襟上偷偷地烧下了一个小洞，然后让姑娘把油菜籽儿兜在衣襟里回家去了。临行前，他还吩咐姑娘："走在半路上，不能回头看，否则，火种就要灭掉，到自己家门口时，再回头看吧！"

　　　　　姑娘向上方走去时，
　　　　　走着走着来到自家门。
　　　　　到了门口向下看，
　　　　　上部路上鲜花开满滩，

丛丛鲜花儿黄灿灿。
中部路上开鲜花，
丛丛鲜花似白云；
下部路上开鲜花，
丛丛鲜花红艳艳。

据说，阿古加党如此这般说了后，姑娘很快地就到了自己的家门口，回首一望，看见一路上漏撒的油菜籽长出了花儿。过了几天喇嘛也从外面回来了。于是姑娘就把这件事详细地给喇嘛叙述了一遍。她唱道：

叔叔叔叔请你坐，
请你听呀我来说。
金色太阳升起时，
我到神山顶上去寻火。
我从峰顶看下面，
望见远方有炊烟。
我向下走去看见一老人，
老人给了我火种，
我拿火种快速回。
回到门口一回首，
向那下部路上看一眼，
下部路上开满红花儿；
向那中部路上看一眼，
中部路上开满白花儿；
向那上部路上看一眼，
上部路上开满黄花儿。

　　不知这是吉来还是凶？

据说，喇嘛听后唱道：

　　善良姑娘请你坐，
　　请你听呀我来说。

　　"姑娘！这次你把事情弄坏了。你这是进到阿古加党的家中了。明天，阿古加党那边是会来要人呢。他是国王，我不能不给呀！花儿开满路这件事不是凶兆是吉兆。现在，他们把你要回去给芒格日做妻子，要你以后生养个孩子呢！这是吉兆不是凶兆！"①

　　果然，没过多久，阿古加党就派遣万玛尼肉来提亲，要她嫁给芒格日（格萨尔的父亲），在到了她要出嫁时，她为了报答这位喇嘛的养育之恩，出门时怀着无比留恋的心情回头看了他三次，从此，在土族婚俗中就留下了"三回头"的习俗。在土族的婚俗中当喜客们来到婆家的门口和在家的土炕上都放着一张大方桌，在桌面上叠放着两个圆锅盔（馍馍），在圆锅盔上面还抹了一些酥油。当代土族人不知道这又是为什么？这在土族《格萨尔》中也有描述，这是因为她出嫁时那位喇嘛没有到场，是给老喇嘛准备的份子，意为他虽然没有来参加她的婚礼，但有了这个锅盔，就等于老喇嘛也到场了，并且表示此时此刻所举行的一切程序中他都在场之意等等。

　　总之，现代土族人的婚姻习俗和土族《格萨尔》中的婚姻习俗

---

　　①　王兴先、王国明整理翻译：《格萨尔文库》第三卷《土族〈格萨尔〉》上册，甘肃民族出版社，1996 年。

有惊人的相似之处,这就说明了土族《格萨尔》这部史诗更加贴近土族人民的现实生活,更加充分地说明了二者之间有相互依存和借鉴之处。

第三节 土族的丧葬文化

葬俗是一个民族风俗文化的重要部分,它除了为亡人送终之外,还牵扯该民族的一些历史文化。土族的丧葬习俗也比较繁杂,有些习俗至今还找不到它的源头。土族《格萨尔》中反映丧葬习俗的部分,目前录音了大约一半内容,但尚未整理。就目前的资料内容来看,主要讲述的是:格萨尔从天界到人间,他在人间的一生中,南征北战,历尽艰辛,最终立下了不朽的功勋,为人类的发展事业做出了巨大的贡献。当他完成了南赡部洲的所有使命之时,他也成了一位"白胡子老爷爷"。这时,他的父亲下部龙王神派遣女儿前来召唤她的弟弟格萨尔回天国。格萨尔百年之后,南赡部洲的人们为他的遗体举行了盛大的丧葬仪式。这次的丧葬仪式之后,土族人民就将这种丧葬仪式继承下来,一直沿用至今。当格萨尔的灵魂陪同姐姐回到天界时,他下界时喝剩的一碗茶还冒着热气。很可惜目前这部分内容还没整理,深感遗憾!虽然土族《格萨尔》中的丧葬习俗尚未整理,但是,土族的丧葬习俗过程也比较复杂,程序繁多,文化内涵深厚。这里我们就对土族的丧葬习俗做一些简要的分析和探讨。

一、丧葬的主要类型

土族的葬俗主要有火葬、土葬、天葬、水葬四种。

　　然而，不管实行哪一种葬法，土族人死了之后，一般要将尸体在家里停放三至五天，举行葬礼。举行丧礼期间，要请喇嘛念经三天，并要请本村里的老年人念嘛尼。丧礼的最后一天，亲戚朋友都要到亡人灵前吊唁、献哈达、献馒头，之后才进行送葬。

（一）火葬

　　这种葬俗多在今青海省的互助县东沟、丹麻、红崖子沟和黄南州同仁县保安四庄和甘肃省的天祝藏族自治县天堂、石门、管多等乡镇实行，民和地区对非正常死亡者火葬，天祝县亦如此。

　　在人去世后，先脱去死者身上的衣服，将他放在炕上或较凉爽的地方，待尸体冷却。当尸体还没有彻底冷却之前，将他安放成蹴式状，再把双手合掌而握成拳形，以两拇指撑住下颌骨，再用五寸宽的长白布条将全身捆住，捆绑时每个骨节处绾一个活结，一般要绾七至十二个结。然后，给死者穿上斗篷式的"布日拉"，即丧服；下围布裙，老年人用黄布做，年轻人用白布做，然后入殓于木制的灵轿内。

　　土族火葬的灵轿别具一格。特别是老人的灵轿做得更为精致，大小刚好能蹴一个人，式样就像一座"一间转三的庙宇"，正面有精心雕刻的"悬梁吊柱"、花卉图案；灵轿的顶端还刻有日月模型，并着色油漆，修饰华丽，样子美观，像一座宫殿，名曰"一转三"。

　　在火葬的前一天，派人去一个没有庄稼地的地方，一般选择在山沟或离村庄较远的地方为宜，用土块做一个约一米五高的火葬炉，火葬炉下方上圆，可以从四面烧火。最后将白面粉或白石灰喷洒在火葬炉的表面上。到了出殡那天，将灵轿送至火化现场，让死者面向西方，放入火炉内，用柏树枝点燃火，再将灵轿砸碎，投入炉内同时焚烧。

　　火化后的第七天，骨灰及火葬炉的温度彻底冷却后，死者的亲属才把骨灰捡起,装进一个尺半长的木匣中,或一个瓷罐内,暂且寄埋在临时选定的地方,待来年清明节时,再移埋在祖先墓地。但非正常死亡的人绝对不能进祖坟的。

亡人送葬后,子孙们一般要服丧七七四十九天。土族虽然没有特制的孝服,可在服丧期间不能穿戴有色彩的衣服及鞋帽,四十九天内不剃头,不刮胡子,不去别人家,三年中不得贴春联,取消一切婚嫁等大型的活动,可谓是守孝三年。

(二) 土葬

有些地区的土族使用土葬的习俗,土葬时有棺材,多用松木或柏木做成,棺材样式与汉族的大致相同。出殡时经过喇嘛诵经后,埋入坟地。治丧期一般五至七日。这种习俗多在互助县城关、东山以及民和县三川地区和大通县实行。

土族的丧葬习俗大体可分为:备丧、治丧和出丧三个阶段。这里主要以天祝土族丧葬习俗为例。

1. 备丧

由于历史原因,土族聚居区较之其他民族聚居区,自然条件和生活条件相对落后。因此,1949 年以前土族人的平均寿命在 60 岁左右。为此,土族群众就形成了在 60 岁便开始筹办丧葬所需的用品的习俗。他们特别讲究对棺木的选择,一般老人都以拥有柏木棺材为荣。柏木有芳香的气息,可以阻碍一部分虫类动物的侵蚀,有一定的防腐效果。

制作"一转三"的灵轿很讲究。灵轿多以半寸多厚的板材为料,做成四方形,棺椁上方有四个大红柱子,外观很像一座豪华的宫殿。并不是所有的人都有用得起这样棺椁的经济实力,通常是富有人家的配置,这些棺椁十分讲究,全部使用木楔或者胶合,不出现铁钉等金属材料。棺椁成就之日,还要诵经祈祷,宴请宾客。

2. 治丧

治丧活动要请村中的宗亲来协助,孝子家人们则守灵,"哭冤家"。一般男性招待前来祭奠的人员,女性往往在灵堂守候,逢有人前来悼念,还要哭诉死者,营造悲伤的气氛。

亡人收尸的时候,请与死者同性别的老者为其净身、擦洗,去除所有金属配件、穿寿衣,设堂屋为灵堂,死者在正中木板上头朝外用丝麻将脚尖束在一起,用被面、手帕或者纸张覆盖面部。灵前供奉食物,点上油灯。另外还要铺上麦草,供守灵者坐卧。堂屋内的华丽装饰要撤除或者遮挡,以便烘托庄严肃穆的气氛。

下一步是报丧,尤其是要向死者的娘舅家(称外家)报丧,与此同时,宗亲们开会研究治丧事宜。根据死者家中的经济实力来确定丧葬事宜的规模和开支状况。各种食品、祭品主要有油饼、酒水、纸张。

掘墓是土葬很重要的一项工作。掘墓葬的人选通过家伍会议商定,要从非家伍的本村男性成员中选派。掘墓人由4位年轻人组成,统称为土地匠。土地匠人选确定之后,由家伍人员前去通知,说明意图,并请求帮忙。4位土地匠自带工具和若干纸钱、尚阔前来祭奠死者。简单的茶饭招待并交代出丧时间之后,由一位男性孝子向土地匠跪拜:"有劳诸位给我的祖先修一座好房子。"于是,土地匠在墓穴之处生堆火,便开始掘墓。墓地设在离村庄较远、比较偏僻、地势较高的向阳处。死者的墓穴严格按照血缘及辈分原则安排在其父辈下方,同辈人依年龄从左至右,夫妻间男左女右,墓穴一般要朝南北方向,掘成长方形,长1丈多,宽约4尺,深约1丈,及底后朝正北平行掘进一个稍大于棺材的偏洞。打偏洞时,土地匠还要向孝子要来一瓶酒,先祭土地父,然后把酒喝掉。墓穴至出丧前一时辰必须掘好。土地匠早晚要在丧家用餐,其午餐要送到墓地,一般要送去炸馍、炒菜、烟酒等。如果送午饭过了时辰,土地匠会装作发怒、不满之状。此时家伍中有人出面道歉,说明迟到原因,得到原谅之后立即派人送饭。

　　最先吊祭亡灵的是家伍诸家庭。他们准备纸钱、尚阔等物,前往死者家,简单祭毕即开始收尸、布置灵堂。亲戚中最先来祭的是当地名叫"女相"的死者的女性亲属及其家人。其中女性哭着冤家进门,在灵堂门口廊檐设置的火盆中焚烧纸钱等物,行三叩首礼。此时在廊檐守灵的孝子也帮着来祭焚纸钱等物,一同行祭礼。男性亲戚与男性孝子互相安慰,互相节哀。祭毕,包括女相在内的所有女性亲属进入灵堂,与女性孝子一同守灵,一同哭冤家。哭冤家时,与死者关系越亲密的人哭得越伤心、时间越长,往往引得他人潸然泪下。守灵和哭冤家一般要延续2~3天,每次哭冤家一般在10分钟之内能够停下来。除了至亲,前来吊祭的一般为男性。来祭者除了还纸钱和尚阔外,根据能力及以前交往情况,还要携带蒸馍、砖茶、现金等祭礼,一一交给接待人员造册登记。送礼完毕,登记册交给主人家保存,称之为礼单。它是以后这家人给亲友还礼的主要参考依据。本村村民一般结队来祭,如果村庄较大,也可派出数人作为代表前往祭奠。他们一般送花圈、挽幛,挽幛上面写上所有与祭者名单。

　　对于前来祭奠的人,一般要以油馍馍和茶水招待。而对被称为死者"外家"的则要特殊对待,由家伍会议在村民中确定一名被称为"来人"的人员专门负责接待。外家人派有威望的人先期吊祭,致祭完毕,即被请到布置好的一间房子酒饭招待。饭后向外家人简要汇报死者亡故的原因、弥留之际的遗嘱和丧事的准备情况。外家人有时还就死者的其他事情提出疑问,主人家必须做出回答。最后,商定出丧之日,外家人才返回。所有来祭者返回时,丧家都要送上两个以上的炸馍,以示回礼。

　　亡人正式断看时辰,是在午夜子时之前则从前一天算起,午夜子时之后则从后一天算起,第 3 天即可出丧。3 天之内每天都要邀请僧人诵经,出丧之日要由 3—7 名僧人集体诵经。同时还请本村和邻近村落的由老年人组成的嘛呢队伍念嘛呢。因此,人死后第 3 天祭奠活动达到高潮。

这天早上要将亡人入殓。此时,裱面一新的棺材被抬至院中,棺中放上的柏树干叶等香料,并放入一捆麻,麻捆的一头露于棺外,并由木匠或家伍中人用棺盖紧紧压住,让死者的每个家属依次抓一撮麻,转身肩扛用力抽拉,各自将抽出的麻系于腰间,称之为抽孝。抽孝完毕,将棺材抬至灵堂,遗体被装入棺中,此为入殓。尸底要铺上新缝制的褥子,覆盖新被面等。枕特制的小枕,剪开收尸时用于束脚的麻丝。为防止出丧时遗体晃动,其上左右用小木块衬垫,最后盖棺,用木楔钉紧。

上午 11 时左右,外家人再次到来,其人员之多,阵容之大,远远超过第一次。外家人进门前,数十人的孝子队伍各在胸前双手持一根点燃的香烛,在大门外列一路纵队跪迎。此时,外家人一边劝孝子们起立,一边经旁入门。双方人员往往触景生情,伤心流泪。外家人入门后,孝子起立尾随其后。外家人用过茶饭,就要举行"扯孝布"活动。届时,请外家的几位主要男性就坐于设在灵堂廊檐一侧的八仙桌周围,死者家的男主人则头顶置于长方形木盘中的数丈乃至数十丈白布,面朝外家,跪于院中,死者家的男女亲属和家伍中的主要男性也紧随其后跪于院中。此时,家伍推选的 1 名司仪上前,向就坐于上方的诸外家敬酒,之后开始说话。司仪首先以简练优美的语言叙述死者生平事迹和功劳,如果死者有与众不同的经历,还要特意表述一番。继而阐明,生老病死,无论何人都不能抗拒,我们办丧事尽了最大的努力,不尽如人意之处,还请外家体谅,让外家痛苦而来,满意而归。现有数尺孝布,请外家开孝云云。这时,外家人中一位善于言辞者起立,他首先肯定后人在亡人生前所尽的孝心,接着赞扬丧事操办成功,最后再劝慰孝子节哀。这里,有条件的家庭还要给外家中的一位主要人员准备1丈多的白布,给他穿满孝。外家应诺之后将整块布粗针缝成上装模样,给他穿上。紧接着,司仪又从孝子头顶的木盘中取出1—2丈孝布,连同一把剪刀递给外家,请他们开孝。外家人从整匹布的一头剪开并扯下一条约1尺宽的孝布,以此为标准扯下数条分给外家人员。之后给凡嫁于死者同村和邻村的与外家同姓的女眷发孝,最后才给跪于院中的孝子及其他人员发孝。得到孝布的外家、女眷和孝子将孝布搭在自己左肩。分发孝告一段落,跪于院中的孝子向外家三叩首后起立。此时,得到孝布的人,一批批向亡灵三叩首,然后取下肩上的孝布系于头上。这里,家伍中的有关人员,根据外家所开孝布尺寸,给全体来祭人员分发孝布,给属于死者孙子辈的人要分发红孝。所有在家中得孝布的人,都要将孝布搭在左肩向亡人叩首。同时还要扯开并备下大量孝布,供出丧时分发给所有送葬人员。

棺材用纸裱糊,也可漆画。漆画时在两侧绘以龙、凤、花卉等图案。前方绘童男童女。裱画时,在棺材前方特意留下一块纵向空间。出丧之日,请亲友中一位知书达礼能写的男性"起材头"。主人家备好崭新笔墨,给那人搭一根毛线。在灵堂门口铺一条新褥子或毯子,棺材前摆一张小方桌。那人在毯子上向亡人行三拜九叩之大礼,礼毕即坐在小方桌上,在棺材头部正中空间写上"某某村庄某某氏之棺"等字样。此时早有一群男性或蹲或跪候在其身后。起完材头,那人将手中的毛笔杆在棺材底板突出部位轻轻敲击3次,冷不防猛然将笔向身后甩去,身后的人们争着抢材头笔。据说,凡抢到材头笔的人会有子嗣出生,因此,没有儿女或没有男孩的人总是要去抢它。最后,起材头的人起身将毛线解下,系于棺盖头部。

大约下午 2—3 点钟，僧人诵经完毕。主人家用美茶肉饭款待僧人，并献上馍馍、现金等谢礼。事毕即送僧人出门。

3. 出丧

出丧之前要准备 108 盏清油佛灯，纵横整齐地摆放在一张小方桌上，分别由死者亲属点燃。时辰一到，棺材由死者的孙子等至亲男性中的 1 人背对棺材头部，反手从底部抬起，其余至亲从两侧和后部将棺材徒手抬起，慢慢送到大门口地上。村民们用绳子将棺材绑在两根直径 3—4 寸、长约 1 丈多的木杆上。女亲中一位体质较好的人身穿长袍提装有碎纸的篮子，一边哭冤家，一边向身后撒纸屑，快步为送葬人引路。村庄的男孩们高举花圈或花篮，结队跟在她之后快步向坟地跑去。若有人高寿而故，花篮、花圈队伍之后还有吹鼓手队伍。棺材要路过的家门口都要生一堆小火并紧闭房门。村中每户必出 1—2 名男性送葬。送葬之人持铁锹三三两两地等候在路旁。棺材被绑缚牢实后，由 4 组人从木杆两头抬起，快步走向墓地。棺材较重，走得又急，抬棺的人不断轮换。等候在路旁的人陆续加入，很快形成一支庞大的送葬队伍。到了墓地，棺材还要被抬着沿逆时针方向绕墓穴 3 周之后，头朝北放在墓穴下方。解开绑绳，将木杆纵向置于墓口两边以便下葬时踩脚。众人用绳子将棺材吊入墓穴。有数人将专门带去的一条毯子展开拉住四角遮住墓口，事先下至墓底的人打开棺盖，检查在送葬过程中是否由于颠簸而造成遗体倾斜，发现问题则进行调整。调整完毕，盖棺论定。死者家的主人下至墓底进入偏洞，查看是否有铁器遗留在里面，发现这类东西，则必须清理出来，接着由几位年轻人或推或顶，使棺材进入偏洞。尔后用事先拉来的土坯或土块堵在偏洞口。最后送葬的人们将墓穴周围的土填下，墓穴被填平并垒起一个三四尺高的坟堆。此时，送葬村民中一位德高望重的人出面，大声规劝在坟前烧纸钱、花圈并哭冤的亲属节哀，赶紧回家。死者亲属便解开腰里所系的孝麻放入火中焚烧,解开头上所系的孝布,或拿在手中,或装入衣袋,立即返回。下葬前后,家伍中有人抱着事先扯好的孝布分发给那些尚未领到孝布的送葬人。同时,所有送葬的人也解下孝布陆续返回。抬过棺材的木杆以及送葬用的铁锹等物,必须一头着地拖着回家。

　　出丧之后,家伍的大多数女性和部分男性留在家中,准备招待送葬人。他们在门口用麦草生起一堆大火,放上两桶清水。送葬归来的人都要在火堆前洗手之后方能入门。送葬人分两批用餐,亲戚、朋友为第一批。尤其将外家人安排在比较宽敞、舒适的房间,热情款待。此时,本村的送葬人则三五成群地坐在门外僻背处,或抽烟或谈论。亲友们吃喝结束,为了给下一批用餐者提供方便并在天黑之前回家,立即动身。此时被请来念嘛呢的老人们也用餐完毕,他们接受主人家每人数元现金或火柴等谢礼后,集体吟唱一段嘛呢歌,说吉祥语,待主人家的成员叩首之后,也与亲戚离去。这时村民入家用餐,用馍馍、茶水、肉饭和烟酒招待。所有送葬人回到家门时,必须由家人在门口生一堆麦草火,否则不能入门。至此,正式葬礼基本结束,家伍留在死者家中处理善后事务。

　　民和土族的丧葬活动中对高寿死亡者还有闹葬习俗。掘墓时土地匠的午饭必须由死者家的女婿辈送到墓地,土地匠问送饭人有何表示,送饭人立即向土地匠磕头,请示宽恕。但土地匠人不会轻易答应,他们索要烟酒、现金等物。送饭人道明困难,适当满足其要求后方能得免。如果他态度生硬或没有任何表示,则将其拉入墓穴罚他挖墓,或在脸上抹黑,若遇冬天,则脱掉其衣鞋罚站,直到答应他们的条件为止。送饭人只能听任摆布,如果动怒则人所不齿。同时,掘墓人还有权要求送很多的烟酒到墓地,点名下次来送饭的人,而被点到的往往是有身份、能够满足他们要求的人。

　　家伍中的男士和女眷们分别打听着送饭者对土地匠的许诺,

等他们回到家中便乘机打招呼,要他们对在外干活的土地匠和在内劳动的家伍一视同仁。按照传统,治丧期间家伍成员和来祭留宿人员的晚饭面粉要由女相和家伍各家庭轮流负担。每晚要吃调料齐全、味道香美的搅团(当地称之为"尕不定")。打搅团时,家伍的男女同辈将送饭者和女婿们一一拉到灶房,让他们打搅团、干活,还要涂抹黑脸,要求他们做出与土地匠同样的承诺,直到满足要求为止。一般情况下,闹葬得来的财物由公众享用。送葬归来后,本村送葬人在门外等候的一段时间里,土地匠用闹葬得来的现金购买烟酒、糖果等物,平均分给本村所有送葬的人。家伍人也用闹葬得来的现金购置糖果、毛巾等物平均分发给家伍的男女老少。出丧之前,本村的送葬人也可以抓住女婿辈的亲戚在其脸上抹黑。闹葬若遇会哭冤家的女婿,有可能遭到合法报复:出丧之后,脸上被抹了黑的女婿身背一个大背篓,一边哭冤家,一边向管馍馍库的人索要馍馍。他哭得越伤心,越受人们称赞,所得馍馍也越多。所得馍馍在临走时全数带走。①

(三) 天葬

过去在土族群众中有天葬的习俗,天葬的方法是家中有人去世后的当天,将遗体抬到一个没有庄稼地的空谷中,把遗体放在一个比较显眼的地方,任野兽秃鹫来啄食。如三日不见来食,则请喇嘛诵经、或焚香祈祷,或挪于其他的山谷中,以啄完食尽为止。现代土族的葬俗中已经淘汰不用了,不用天葬的原因主要有以下几点:一是,土族聚居区多在山区或谷地,过去那里有很多野狼、狐狸和秃鹫等食肉动物,现在由于生态遭到破坏之后,这种动物越来越少,甚至一只都没有了;二是,当代由于多重文化影响,土族的意

---

① 高永久:《西北少数民族文化专题研究》,民族出版社,2004 年。

识形态发生了巨大的改变;三是,这种葬俗不太人道,也不够干净卫生。现今土族的天葬只是偶尔用于儿童和婴幼儿者较多,一般不做任何法事,只请家族中一人用一张草席或一捆草秸将婴尸卷起,送至附近的山谷中,露弃于野,任由禽兽啄食。

天葬婴幼儿大致有两层意思:一是,在儿童和婴幼儿夭折时,尚未成人,故不做坟墓,也不入祖坟,所以,将尸体进行天葬,被禽兽啄食后即被带入另一个世界;二是,其灵魂随他的尸体远去,在他今世降生的地方未能成长,便随禽兽的足迹去远方再寻降生人间的机会。虽然这种葬法形式上看有点残忍,但在意味上却是很好的。

(四) 水葬

水葬是将尸体投入大河水中的一种葬法。一般是未成年人死亡或是尚无子嗣的成年人死亡采取这种葬法。

水葬的方式即经过一定的法事之后,将尸体送至黄河或大通河岸边,顺势推入水中,任其向下游漂去。如果尸体在近处被浪冲上岸,将再次被推入水中,直到冲走为止。由于这种葬俗的原因,土族人一般都不吃鱼。当然现在普遍都使用火葬和土葬,这种顾虑自然也就消失了。

二、葬俗的文化意义

土族葬俗的文化意义至少有以下方面:

(一) 灵魂观念

土族人历来信奉"万物有灵"的观念,如:树有树神,家有家神,灶有灶神,天有天神,地有地神,牛有牛神,羊有羊神,当然人也有人神（活佛）。土族人都认为，每个男人的头顶和两个肩膀上各有一枚正在燃烧着的"却米"，"却米"即"佛灯"。其中一枚"却米"熄火了，就说明这个人的运气低下，出门挣不来钱，老遇上倒霉事，要是三个"却米"都熄火了，那说明他也就离死不远了。这三枚"却米"就是土族人所谓的"三魂"。人死之后，其中一个灵魂守在墓地，一个灵魂转世，另一个灵魂去云游四海，做了孤魂野鬼，它常常也是以"却米"的形式出现。所以，土族的丧葬活动中，无论是土葬、火葬还是水葬等都伴随着很正规的诵经活动。人亡故后，治丧期间，要从寺院请来僧人诵经，尤其是在出丧之日诵经规模较大。此时家属们平坐在地上。僧人每诵完一段经，他们便齐声跟着僧人吟唱一段嘛呢歌。从亡人死亡之日算起，每逢第七日都要诵经。直到第四十九日为止，称之为"多朗麻系"，"念七经"之意。亡故的第 100 天再诵"百天经"。此后每逢祭日即念一次经。包括给僧人提供茶饭、谢礼以及必要的费用，每次念经花费数十元至上百元不等。再困难的人家也要在丧葬中为亡人诵经。

土族信仰藏传佛教，所邀请的诵经师都是藏传佛教僧人。被请来的僧人用藏语朗诵佛教经书，其内容大都是歌颂佛陀功德，宣扬极乐世界和超度亡灵的。请僧人念经被认为是为亡人灵魂指引正路最好的办法，试图以此使亡灵得到好的归宿。土族民间认为，纸钱和尚阔是亡灵在阴间的用度，烧得越多，亡灵的用度就越富足；请的僧人越多，诵经越多，亡灵的前途越美好。甚至有些老人在临终前还特意嘱咐后人为他多烧纸和尚阔，多诵经，而烧纸线、尚阔多寡和诵经活动的隆重与否也就成为衡量后人孝心的一个重要标准。据说亡灵到阎王殿报到时门犬拦路，亡灵将袖中的"打狗饼"投过去，门犬立即让路允许入内等。这一切都反映了土族的灵魂观念——灵魂不死。虽然灵魂离开它原来所寄居的人体，到所谓的阎王殿，或在外界游荡，或进入新的生命体。火葬后第七天的早晨,家人们早早地来到火葬炉前观看,在炉前烟灰上出现人的脚印,就说明他已经转世为人类,有动物的脚印出现就说明他已经转世为动物等等,还从火化遗体时的烟雾的走向来判断灵魂的去处。烟雾朝死者家的方向,则被认为死者尚有扯心之事,其灵魂不愿离去;烟朝其他方向,则被认为死者对后事无牵无挂,其灵魂已投向他处。可见,土族认为灵魂没有固定形状,可以依托他物在空中游弋。

土族民间还有一种招魂仪式,小孩子因受惊吓而昏迷不醒或呓语不停时,则被认为丢了魂魄,到夜晚由家人在锅内盛满凉水,水中放进三颗红枣,再在擀面杖的中间拴上红线,然后在灶台上煨起一堆松柏桑,口中一边大声地叫着孩子的名字一边用擀面杖在锅里从左到右地搅上三圈,然后将擀面杖平放在锅上,等到第二天早晨,三颗枣子都聚拢在一起说明三魂都已回来了,反之则在第二天晚上继续,直至三魂都叫来为止。

(二) 巫术观念

土族在火葬第七天之后,将火葬炉中的骨灰装在一个小盒内。在装盒过程中,是要从头骨开始依次向下,最后是装脚骨,其余剩下的骨灰称作熟骨,要将它撒到附近不同的各个山头上。这主要是考虑到它们进入祖坟会玷污风水,导致病灾。同时,还要将死者生前穿过的衣物等都在出丧时由专人将衣物烧尽,以此来代替将衣物与死者一同火葬。出丧时沿途各家门前生火、紧闭大门,送葬人回家进门前在门口生一堆小火,都是土族人防止灵魂入室的一种方法。他们还认为,灵魂可以通过一定仪式被驾驭,丧葬中的诵经活动实际上就是控制灵魂的一种形式。土族人以为,没有找到去处而到处流落的灵魂有害于人类。如果有的人家病灾不断则要请人卜卦,一旦被说成是亡灵作祟,则请神职人员作法事,进一步超度,以解除其危害。

很显然,以上所有这些都是土族的巫术活动而已。有学者研究巫术原理,把巫术赖以建立的思想原则归结为两个方面:第一是"同类相生"或"果必同因";第二是"物体一经互相接触,在中断实体接触后还会远距离的相互作用"。前者可称之为"想拟律"。后者可称作"接触律"和"解染律"。巫师根据第一原则引申出,他能够仅仅通过模仿就实现任何人想做的事;从第二个原则出发,他断定他能够通过一个物体来对一个人施加影响,只要该物体曾被那个人接触过。基于相似律的法术叫做"顺势巫术"或"模拟巫术",基于接触律或解染律的法术叫做"接触巫术"……

"……土族丧葬活动中的巫术兼有二者特征。本来应该火葬的死尸用土葬处理而仅仅以焚烧其生前穿过的衣物代替,这一方面是一种'顺势巫术',即在土葬的同时焚烧与死者有过接触的衣物。所焚烧的虽然是其以前的衣物,但可以起到与火化死尸同样的作用,死尸虽被土葬,但其衣物被焚烧,也就等于火化了死者本身,于是其他禁忌也就在存在了。大门是供人出入的唯一通道。病人出入大门,故疾病与门槛建立了一定的联系。锯断门槛,该祚与这种病症也就断绝了联系,其中的巫术既有模拟成分,也有接触成分。就目的而言,巫术可分为积极的和消极的两种。积极巫术的目的在于获得一个希望得到的结果,消极巫术的目的在于避免不希望得到的结果。"①

三、葬俗的神话意义

土族葬俗中的灵魂观念,巫术观念都与他们奉行的原始宗教有关。土族的始祖最早信仰萨满教,灵魂观念和巫术观念都是萨

---

① 高永久:《西北少数民族文化专题研究》,民族出版社,2004 年。

满教思想的直接体现。

联系到土族《格萨尔》，我们目前还找不到更多有关葬俗文化的记载，不过有三点与我们的论题相联系。

第一，可能是天葬的一个源头。

一天，孔雀和斯达夹夹飞往岭·岗日岗嘎尔敖包处死了。黄天鹅见状告诉嘉吾，嘉吾回答了黄天鹅的提问，说它们的死对敖包没有什么妨碍，且让飞禽走兽把尸体抬到了高山顶上。

"把尸体抬到了高山顶上"，然后怎样处理不清楚，但天葬中也有把尸体抬到高山顶上，然后让飞禽走兽们啄食的做法。我认为这种抬尸到高山顶上的葬法与古代北方萨满思想有关。萨满教认为，人死后灵魂不死，但在人死后的一段时间里，人的灵魂还在围绕死尸转，因此把尸体抬到高处，为的是让灵魂回归到天穹，比如萨满教也实行火葬。火葬的原意除了干净之外，还有灵魂随火烟升天之意。在北方有信仰萨满的民族，还有树葬和悬葬等形式，这些葬俗都与萨满教的灵魂升天有关。

第二，祖拜嘉措的死，升华为一道彩虹飞上了天，这可能是灵魂升天的最具体的描写。

"当阿布朗叉根称王，四员大将出来之时，祖拜嘉措梦见：他十三岁时，整个肉体像一个花苞；六十岁时，像花儿形一般，肉体如修竹，眼睛亮如明星，耳朵灵若海螺，头发乌如黑金，牙齿白得像银。现在到了八十岁，头发白了，眼睛麻了，耳朵聋了，牙齿掉了，肉身弓得像弯弓了……梦后，他思谋这是阎王给他打招呼呢！到九十九岁的九月初九晚上，他又梦见：住地的花儿、瓜果、树木等一一枯萎凋零，听经的飞禽走兽也不见了，天空降下一朵黑云落在石洞山顶上面，自己坐到黑云座上，黑云腾空而上。九月初十早晨，祖拜嘉措又反复思谋：这是个不好的梦啊！顿时，他与白云一同升天了。

"九月初十晚上，阿布朗嘉吾梦见：西面太阳落了山，祖拜嘉措的石洞有一股新虹升到高空散了。醒后，阿布朗嘉吾匆匆煨桑，祭祀天地，敬愿师傅平安升天。"①

第三，保存尸体的神话，这从远古传来无疑是一个科学的奇迹。

"在尕玛东珠下凡之前，把他的肉身子藏在尖形宝塔之中，不使它夏天腐烂，冬天冻坏，将来回天界仙境时还要还魂复活。什当拉谦、哇日年谦、秀鲁日恩、强强塔维等都围绕宝塔转'达拉'祈祷，许愿……"②

这段保护肉身的记载非常有意义。一方面，保护肉身的目的很明确，是为了尕玛东珠"还魂复活"，这是灵魂再生的萨满教思想。另一方面是更重要的：怎么样才能保护肉身不腐烂，不冻坏呢？在天界里，天神们自然采取"转'达拉'"、"祈祷"和"许愿"的方法，这自然是迷信的方法，让人难以置信。但是通过这种方式能把肉身保存下来，并且在将来还能做到"还魂复活"，这种事情就目前的科学而言也是一种神话，无法做到。或者说保存肉身不腐的科学方法目前已经有了，但在一定时候"还魂复活"这件事在目前的科学领域中虽然有所触及，但要达到真正的"还魂复活"可能还需要很长一段时间。现代生物遗传学虽然也在遗传基因上能做点文章，但"借尸还魂"的事还是做不到。令人惊奇的是土族的始祖竟然有这样的"奇思妙想"——仅这一想法，在神话时代的人祖中产生无疑也是惊天动地的事。

神们可以让肉身和灵魂分离，肉体不用火化，也不用埋葬，到一定时候还可以"借尸还魂"，这大概就是土族《格萨尔》中有关葬俗中最为神奇的神话了。

① 王兴先：《〈格萨尔〉论要》，甘肃民族出版社，1991年。
② （法）罗伯尔·阿马庸：《多米尼克·施罗德得自安多的土族〈格斯尔史诗〉》，《格萨尔学集成》第二卷，甘肃民族出版社，1990年。

第六章
土族《格萨尔》的
语言表现形式

任何一门学科的建立,都必须有它的准备阶段。对《格萨尔》语言的研究而言,它不但要向自然科学和人文科学借鉴其原则和方法外,还要有足够的语言材料的积累作为研究的基础,而土族《格萨尔》恰好为这方面的工作提供了良好的条件。

第一节　土族《格萨尔》所
体现的语言观

在谈论这个话题之前,我们先回顾一下历史语言学兴起之前,人们对语言起源的一些观点。

语言的起源是语言学的基本理论问题之一,因为了解研究对象的起因,对揭示这一对象的本质来说,是十分重要的。但是关于语言的起源也是最难于解决的问题,其原因主要是缺乏实际的材料加以证实。人类的语言起源于远古时期,但即使是最不发达的语言,如"南美的某些印第安语、澳大利亚的阿兰达语",也已经经历了若干万年的变化,不能提供语言起源最初阶段的状况。至于对语言的历史记载,那只有在文字产生以后,而文字产生的历史只有几千年,与人类语言的历史相比显得太短暂了。有些学者试图从考察动物的"语言"入手来探讨和研究人类语言的起源,但今天动物的生理条件和它们所处的生态环境,都与人类祖先类人猿的情况完全不同了。有些学者试图从考察儿童掌握语言的过程来解决语言起源问题,但儿童学会说话的条件跟人类语言产生的条件不同,他们的语言器官也是原始人类所不能具有的。

对语言的起源问题,人们很早就发生了兴趣。古代的宗教神话和传说,总是把语言说成是神或圣人的赐予。但这只是神话和传说,而不是科学的答案。从古代到上一世纪。不少学者还提出了各种假设性的解释。例如,古希腊斯多葛派提出"摹声说",认为原始人类模仿事物的声音来称呼这种事物,从而产生了语言。古希腊伊壁鸠鲁派提出"感叹说",认为原始人类因内心和外来的感受而产生叫唤,把表达种种感情的感叹词看作最早产生的词语。19 世纪 70 年代诺瓦雷提出"劳动号子说",他以原始人类在生产活动中伴随发出的劳动号子来说明语言的起源。这几种假设对解释个别词类的产生也许有一定的作用,但不能从根本上说明人类语言是如何起源的。18 世纪中叶,卢梭和亚当·斯密主张,原始人类制定契约,规定各种事物的名称,从而创造了语言。这种理论叫"社会契约"论。应该指出,"社会契约"论跟我们常常提到的"约定俗成"的说法是不一样的。前者指的是人们事先共同商量,规定什么事物叫什么名称。后者则指人们在言语过程中使用某些词语,这些词语不是事先经过商量和确定的,而是在言语实践过程中自然而然形成一致,为某个语言社团的成员共同使用。原始人当时还没有语言,他们又用什么来制定契约呢? 所以"社会契约"论也是站不住脚的。还有一种相当流行的学说,叫"手势语言"论。

这种理论主张，人们最初用手势和姿态来传递信息，声音仅仅起一些辅助作用，直到后来才在手势语言的基础上，逐渐过渡到以有声语言为主来传递和交流信息。这一学说牵涉到有声语言第一性还是手势语言第一性的问题。手势语言是有很大局限性的。从使用条件来说，手势依靠视觉，而视觉又依赖光线，因此，手势语言不适用于夜晚、黑暗的地方和有障碍物的场合，有声语言的使用则不受这种限制。从信息发送的器官来说，打手势要用手，而手还要用来做事，从事生产活动或其他活动，而说话用嘴，人们可以一边劳动，一边说话。从信息的递续速度来说，打手势也赶不上说话速度快。从表达内容来说，手势所能表达的信息是有限的，有声语言则变化无穷。因此，很可能，在简陋的原始语言时期，手势和姿态的运用比较广泛，它在当时的作用比在现代语言中的作用大得多。但要说在有声音语言之前，有一个十分漫长的手势语言时期，那是缺乏足够依据的。恩格斯在《自然辩证法》和《家庭、私有制和国家的起源》两部著作中，都论及语言的起源问题，对人类在什么条件下、由于哪些原因才开始说话并产生语言进行了论述。这些论述为我们解决语言的起源问题提供了理论依据。

　　第一，语言的起源是跟人类和人类社会的起源紧密联系着的。大家知道，人类的祖先是高度发达的类人猿。从猿到人的转变过程，是在极其严酷的自然条件下进行的。在大约三百万年前的远古时期，生产力的水平十分低下，巨大的自然力和凶猛的兽类构成人类生存的强大威胁。人类的祖先不得不结成大大小小的群落和集群。如果没有组织起来的、有相当数量成员的集体经常共同行动和相互帮助，他们要在严酷的自然条件下战胜强大的自然力，获得必要的生活资料而生存下来是不可想象的。人类一开始就是社会化的动物，人类语言的起源是同人类本身和人类社会的起源联系在一起的。

第二,从一开始,语言和思维就是互相促进的。在严酷的自然条件下进行生产活动和生存斗争,人类的祖先不仅需要在体力上,而且需要在智力上作出巨大的努力。跟语言一样,意识一开始就是社会的产物,而且只要人们还存在着,它仍然是这种产物。当然,语言和意识的产生也是以人类祖先的机体的一定发展为前提的,这是说,它们要求发音器官、脑和附属于脑的感觉器官有一定程度的平行的发展。恩格斯是这样说明两者的关系:"首先是劳动,然后是语言和劳动一起,成了两个最主要的推动力,在它们的影响下,猿的脑髓就逐渐地变成人的脑髓","脑髓和为它服务的感官、愈来愈清楚的意识以及抽象能力和推理能力的发展,又反过来对劳动和语言起作用,为二者的进一步发展提供愈来愈新的推动力"。① 在人类和人类社会形成的过程中,语言与思维就紧密联系,互相促进。

第三,在语言起源过程中,劳动起了决定性的作用。劳动使语言的起源成为必要和可能。前面说过,人类的祖先在生产活动和生存斗争中,必须互相帮助和共同协作。劳动的发展,必然促使社会成员更密切地互相结合起来。在频繁的接触过程中,每个人都清楚地意识到共同协作的好处。经常的思想交流已跟劳动一样,成为生活的必需。"这些正在形成中的人,已经到了彼此间有些什么非说不可的地步了。"②

与此同时,劳动也为发音器官的发展提供了有利的条件。直立行走使肺部和声带所受的压力减少了,可以自由地加以调节。下腭后缩,与上腭吻合了,可以构成发音时所需要的各种状态。头颅的垂直又减少了对鼻腔的压力,使它得以发展,形成了发音的共鸣器。随着劳动中对语言的需要不断增长,整个发音器官不断得

---

① 恩格斯:《自然辩证法》,人民出版社,2018 年。
② 同上。

到改造。经过漫长的岁月,类人猿不发达的发音器官终于发展成为人类的发音器官。恩格斯得出结论说:"语言是从劳动中并和劳动一起产生出来的,这是唯一正确的解释。"①

从以上所说可以看出,虽然人类的祖先有着语言产生的某些生理前提条件,但只是在社会的劳动中才能真正产生语言。这再一次证明了语言是社会现象,而不是生物自然进化的结果。

语言一旦产生之后,就不能保持不变。原始的语言结构十分简单,它的词汇贫乏有限,语法构造也粗糙简陋。它能够满足远古时期社会成员之间并不复杂的交际需要,但决不能同样地为高度发达的现代社会服务。语言是随着时间的推移在不断地变化、发展的。

那么,语言的发展指的是什么呢?既然语言是作为人们交际工具的符号系统,因此,语言的发展必然包含两个方面:语言交际功能的发展和语言结构系统的发展。

语言功能的发展,是指语言这一全民交际工具与其所服务的社会发展水平相适应的变化,与其所服务的人们活动领域以及分布地区相一致的变化。语言这一方面的发展具体表现在:方言的分化和方言间关系的变化,共同语和标准语的形成以及它们与方言之间关系的变化,文字和书面语的产生以及口语与书面语之间关系的变化,功能语体的建立以及功能语体系统的丰富和多样化,等等。例如,文字和书面标准语的产生,对语言的功能发展带来十分巨大的影响。文字一般是在奴隶社会随着阶级和国家的形成而产生的。因为管理国家需要有条理的文书,需要用书面语来制定法律和发布命令,经营商业需要记载账目和书信往来,文学和科学的发展也需要在书面上记录创作和发明的成果。

---

① 　恩格斯:《自然辩证法》,人民出版社,2018年。

在文字记载的基础上逐渐形成了书面标准语，出现了口语与书面语的对立。文字记载和书面标准语在相当大的程度上延缓着口语的变化。当然，要完全阻止活的口语的变化是根本不可能的，但它们毕竟对口语中不自觉的变化加上了一重约束，因而也对阻止它的分化起着一定的作用。

又如，在资本主义民族及其以后的时期，语言在功能方面有如下的变化：

第一，全民语言对方言的关系有了显著的改变。资本主义前民族的统一语言虽然对方言有一定的影响，但方言差别不但依然存在，并且有可能继续发展。随着资本主义民族和民族语言的形成，方言分裂停止了。新的方言不再形成。原有的方言在标准语规范的影响下逐步成为带有残余性质的成分，最终趋于消亡。当然，方言是长期历史的产物，方言差别是相当稳固的。因此，方言的消亡将经历一个十分漫长的过程。

第二，书面标准语只能在全民语言的基础上建立和发展起来的。在资本主义前民族时期，书面标准语可以借用异族的语言。如在中世纪，在欧洲许多国家中，都以拉丁语为科学、宗教的语言。有些国家甚至把它用作公文和文学的语言。在不少国家中，包括阿拉伯国家和土耳其、波斯在内，都使用古典阿拉伯语为书面语，蒙古族曾使用满语为公文语言，藏语为宗教语言。汉语的旧书面标准语，也曾被日本、朝鲜等国借用。到了资本主义民族时期，书面标准语只能在全民语言一种方言的基础上建立，并成为全民语言的高级形式。至于原来从异族借用来的书面标准语，则逐渐缩小使用范围或被完全摒弃不用了。

第三，标准语的作用大大加强了。在社会发展和教育普及的基础上，由于文字信息的急剧增长，信息传递手段的多样化（除文字外，还有电讯、广播、电影、电视、录音、录像、卫星通信等），信息传递速度的加快,标准语在社会生活中的影响不断扩大。标准语逐步成为这一语言社团中绝大多数成员的财富(当然,由于不同国家经济、政治和文化教育条件的差别,它的普及程度是有差别的),并且成为统一的民族语言的基础,使得方言和土语服从于自己,像低级形式服从高级形式一样。

第四,标准语具有更加明确和统一的规范,具有更加复杂多样化的功能语体,这也是同语言社团成员之间交际的发展联系着的。由于民族市场和共同经济生活的形成,居住在广大地区的社会全体成员需要经常的合作和频繁的联系。没有统一的规范,这种合作和联系便会发生困难。标准语的语体不日益发展,也不能满足日益发展的纷繁多样的交际需要。

在 18 世纪,英国经济学家亚当·斯密(Adam Smith)和法国社会学家卢梭(J. J. Rousseau)都认为:人类开始时没有语言的,后来他们互相约定,才创造了语言。法国"百科全书派"的哲学家孔狄亚克(Condillac)则认为:人类之所以有语言,是由于情感冲动而发出各种叫声,并且伴以各种手势,后来这些声音就发展成为指称事物的语言,于是就有了语言。德国的赫尔德(Johann Gottfried Herder)在他的《语言的起源》一书中认为:语言起源与原始人模仿外界的声音。从这些论述中可以看出,当时人们对语言的认识已经完全摆脱了神学的羁绊,而且有了历史发展的观点。而在土族《格萨尔》中关于语言起源的描写还处于比较原始的状态。它是这样描写的:"三位天神治好了四大洲的水域之后,准备给南赡部洲造出牛羊牲畜、花草树木和人类来。尤其是造人类非常难……我们首先做人的肚脐,其次是做人的心脏,再做肺、肝、胃、肠子,这样就做出了一个四四方方的人的上身,尔后再做出人的头颅和四肢……由下部龙王神来做人的肚脐,上部天王神来做人的心脏,其他内脏都由中部财宝神来完成。没过多久,他们各自所做的部位都已经做好了,他们把所有部位都装好,然后连接在一起,这样做出的人还无法活动,只是像一堆肉。于是,他们三位天神又分别一一地做出了头颅和四肢连到了身体上,最后做出了头发、眉毛、睫毛以及其他。就这样做出了七个男人,他们看到只有男人人类还无法发展,于是,又从已经做好的七个男人身上各抽取一些肋骨及其他又做出了六个女人,并且并列排在一起,把一块红布盖在上面。此后,他们就回到岩洞中去修行了。他们修行修到第一百零八天的时候,那些人一个一个地都站立起来了。这时,天王神为了让他们在以后的交往中交流方便,就让他们张开嘴巴,等那些人张开嘴巴之后,天王神将一枚小小的宝器放进这些人的嘴里,从此以后,这些人就可以发出声音,开口讲话了。""……那时的所有动物都能开口说话,阿朗恰干每天的'官司'不断。因为,无论人类要是吃它们还是打了它们,它们总是要跑到阿朗恰干那里去告状。所以,三位天神经过反复商议之后,才举行了隆重的桑祭仪式,取消了除人类以外所有动物说话的功能……"①从以上这些资料中不难看出,土族《格萨尔》中对语言起源的认识还处于蒙昧状态,还没有完全摆脱神的羁绊,而且认为神是万能的,神可以主宰一切。它既可以创造包括人类在内的一切生灵和万物,也可以创造语言甚至是精神。它既能创造(包括语言)也能取缔。而这恰恰就说明了土族《格萨尔》中早期人类对于语言起源所持的观点——神造语言论。在生产力水平低下、知识贫乏和科学技术不发达的远古时代,人类对包括语言在内的发生在身边的众多新生事物,都无法得出正确的认识和解释,只能凭借自己的想象去加以解释,因而存在一种莫名的神秘感和恐惧感。他们从自身的生活中,也已

---

① 王兴先、王国明整理翻译:《格萨尔文库》第三卷《土族〈格萨尔〉》下册,甘肃民族出版社,1996年。

经深深地体会到语言的重要性,但又无法解释,所以,只好就把这
种重要的、日常生活中不可或缺的东西看成是神的恩赐。于是,就
产生了这种神造语言论的观点,这在现代人看来似乎有点不切合
实际,也很荒谬,但在那个时代的人看来这可是永恒的、一成不变
的真理,也就不足为怪了。

第二节　土族语与藏语是土族 《格萨尔》中的共同语

　　由于历史上形成的土族只有语言,没有文字以及与藏民族的长
期深入地交往等原因,造就了土族《格萨尔》独特的说唱形式。在说
唱时,用藏语咏唱其韵文部分,其韵律与行序都没有限制,然后,用
土族语进行解释。但这种解释并非原文原样地照释藏语唱词,而是
在解释藏语唱词的同时,又加述了许多具有土族古老文化特质的
新的内容。这种散文式的说讲既起到了承上启下的作用,又增加
了唱词中所不能达到的、没有的新的内容。再加之还有说唱音乐
的烘托,听起来铿锵有力,具有很强的节奏感。因此,一唱一和,极
富音乐的美,如《格萨尔文库》第三卷,土族《格萨尔》资料:①

（藏语唱词）

7814. saŋ　　rtɕi　　xsaŋ la　　ntɕhəuk ta　　met　　ja

 སངས་　　རྒྱས་　　གསུང་ལ་　　འཁྲུག་ད་　　མེད་　　ཡ　　　　　★调

佛　　　祖　　教诲　　　错误　　　没有　呀
（上师的旨意无疑问）

---

① 王兴先、王国明整理翻译:《格萨尔文库》第三卷《土族〈格萨尔〉》中册,甘肃民
族出版社,1996年。

7815. khaŋ　wla　mi　wkwa　la　thi　tsham　met　ja
ཁོང་　བླ་　མའི་　བཀའ་ལ་　ཐེ་　ཚོམ་　མེད་　ཡ་　★调
他　喇　嘛　旨意　疑问　没　呀
（教诲没有错）

7816. tɕhot　ɸɕwat　nəu　xa　ɲi　rtien　pa　ret　ja
ཁྱོད་　བཤད་　ནོ་　ད་　ཉེ་　བདེན་　པ་　རེད་　ཡ་　★调
你　说　的　全部　真　话　是　呀
（你说的全都是真理）

7817. naŋ mo　ʂɳa mi　ŋə ma　xɕar　təu　kə　ja
ནངས་མོའི་　སྔ་མོར་　ཉི་མ་　ཤར་　དུས་　ཀྱི་　ཡ་　★调
早晨　早些　太阳　升起　时　呀
（早晨太阳升起时）

7818. ŋi　tʂwak　ła rə ʂtsi　la　ɸsaŋ　tsəɣ　vi　ja
ངས་　བྲག་　ལྷ་རིའི་རྩེ་　ལ་　བསང་　ཚོག་　བུས་　ཡ་　★调
我　岩石　神山顶上　在　桑　一　煨　呀
（我到神山顶上煨堆桑）

7819. tɕaŋ　ma　xor　li ji　taŋ　tsəɣ　xor　ja
ཅང་　མ་　བུས་　ལས་ཡི་　དུང་　ཚོག་　འབུད་　ཡ་　★调
未　曾　吹过的　海螺　一　吹　呀
（吹响从未吹过的海螺）

7820. taŋ　tsəɣ　xor　ɲi　tsom　ta　xtaŋ　ja
དུང་　ཚོག་　བུས་　ནས་　འཛོམ་　བཏ་　གཏོང་　ཡ་　★调
法螺一　吹响　后　来集合通　知　呀
（通知民众来集合）

（土族语讲说）

7821. tii　tɕhə ɕaŋ ntar ma　khə lie-tɕii　ku na
于是　齐项丹玛　说了　据说
（于是，齐项丹玛说道）

7822. ja　kii sar　rtɕal wo　tɕhə　nə ka　tɕhaŋ la -tɕə　səuu -ta　ntɕɛ
　　　呀　格萨尔王　　你　一个　听　　　坐　　我
　　　tɕhə -mə　nə ka　khə liɛ　ja
　　　你　　一个　说　　呀
　　　（呀，格萨尔王请你听，我来说）

7823. tɕhə　khə liɛ -san　wkua　to　saŋ rtɕii　tɛ　la ma -nə　wkua -la
　　　你　说　　　　　话　再　佛祖　　和　喇嘛　　话
　　　nə ka　va
　　　一个　是
　　　（你说的话语就像佛祖和喇嘛的教诲一般没有错）

7824. to　ma laŋ　ʂtiɛ tɕə　na ra　pəuu -kuəu　tɕhok ʂtə -nə　ntɕɛ
　　　再　明天　早晨　太阳　下　　　时分　　　我
　　　tɕhə　khə liɛ -san　ʂtaa　ʂtsaŋ -nkə　qar qa -la　ɕə　ja
　　　你　说　　　　一样　桑　　煨　　　去　呀
　　　（明天早晨太阳升起的时候，我就按照您的吩咐，到神山顶上煨
　　　一堆松柏桑）

7825. ʂtsaŋ -nkə　qar qa -kuəu　tii　ntɕɛ　na　tsaŋ -ta　sii
　　　桑　　　煨　　　　　再　我　这　从来　　没有
　　　phii la -san　taŋ -nə　nə ka　phii la　ja
　　　吹　　　海螺　　一个　吹　　呀
　　　（之后，我再吹响从来都没有吹过的海螺）

7826. ʁlaŋ -nə　na jon -skə　na -nə　su na ʂta -sa　tii　lii　rə -tɕə
　　　阿朗　　将领们　　这　听见　　　再　不　来
　　　aa ntɕə　ɕə　ku na　khə tɕii　ku na
　　　哪里　去　要　这样说了　据说
　　　（阿朗的将领们听到海螺声后就会来）

说明：

① ★调表示：

ja- laŋ- la-mo- la- la- jaŋ- len

ཡ་ ལང་ ལ་ མོ་ ལ་ ལ་ ཡང་ ལེན

呀　朗　拉　毛　拉　拉　羊　来

② 在土族语中的"-"表示语法附加成分,在整理土族《格萨尔》时没将它一一对译。

尤其是史诗中的叙述部分。史诗的语言明白如话,生动流畅,通俗易懂,易记易唱。不但优美,而且朴素,毫无矫揉造作之感。这是由史诗的说唱形式和听众所决定的。因为艺人的说唱必须使听众听得懂。

土族《格萨尔》究竟为什么会形成今天这样的说唱体的呢? 其原因主要有以下两个方面:

第一,土族作为西北特有的少数民族。长期以来,在与汉、藏、蒙古等兄弟民族的相互交往中不仅在语言方面受到了其他民族的影响,而且在生活习俗、宗教信仰和文学艺术等诸多方面都受到了不同程度的影响,尤其是受藏文化的影响较为深刻。由于种种原因,历史上土族只有本民族语言而无文字。因此,反映土族社会历史的大量神话、传说、民间故事、叙事诗、歌谣、谚语和寓言等独具魅力的土族民间文学,只有以口耳相传的形式代代承袭下来,成为土族文化的重要组成部分。土族《格萨尔》就是其中最具有代表性的民间文化遗产之一。

第二,《格萨尔》最初传入土族时,它的原形也许是和藏族《格萨尔》相同,韵文和散文都是用藏语来进行传唱的。但是,一种他民族的民间文化传播到其他民族当中时,必定要经过这个民族民间艺人的修改和加工,以符合这个民族人民的生活、心理、观念、环境、审美等等。从而这种文化才能受到其他民族人民群众的喜爱、传唱,源远流长,流传百世。所以,土族民间艺人在吸收、传播藏族《格萨尔》时,他们就在保留原来藏文韵文体的基础上又用土族语来进行解释,这样经过民间艺人们一代接一代地传唱,并且在传唱过程中又将本民族的民族英雄事迹和具有本民族文化特质的内容融进了《格萨尔》,从而就形成了现在的以韵散结合体形式说唱的土族《格萨尔》,即韵文唱词是藏语,散文叙述是土族语。因此,土族语和藏语自然也就成为土族《格萨尔》语言的共同承载者,二者相互依赖、互相补充,成为土族《格萨尔》中不可分割的共同语。

第三节　土族语与藏语是从事土族 《格萨尔》研究的必要工具

"通过语言学理论和方法对史诗的叙述和唱词等语言形式、表达手段及各种文体进行比较,分析语言风格,挖掘它的美学价值,描述和解释史诗怎样运用语言产生其艺术效果,更好地揭示文学语言的本质,使文学研究更具客观性和科学性,反过来也使语言理论在文学研究中经受检验"。"另一方面,文学作品也是语言结构、语义分析的重要材料。如从艺人唱诵的语言材料对语言要素乃至方言的发展和变异作探精求微的分析……我们从来不认为这是烦琐哲学,而恰恰是本学科的研究任务所决定的。所以有必要加强文学和语言学的联系,使两者凝合,互为补充,这样才能促进各学科的共同繁荣和发展。"①

---

① 华侃:《从语言学角度看史诗〈格萨尔〉》,《格萨尔学集成》第五卷,甘肃民族出版社,1998年。

藏族《格萨尔》在土族群众中传唱至今,并形成具有土族文化特质的土族《格萨尔》流传下来,且流传的完整性,实属罕见。《格萨尔》自从传入土族之日起,就决定了土族语和藏语是传承土族《格萨尔》的共同承载者,在传承过程中藏文韵文体部分虽保留了它原来的特色,但在传唱过程中藏语唱词越来越趋于简单化,同时,唱词中的藏语也在很大程度上受到了土族语的影响。而且至今在藏语唱词中仍然保留着许多藏语的古音古词,甚至是原始的发音。尤其是运用了大量的谚语和格言式的警句。土族《格萨尔》中既有来自群众中流传的谚语,又有艺人在演唱过程中自己创造的谚语,这些谚语又逐渐流传到群众中去,相互影响、相互补充,极大地丰富和发展了民族语言,并使《格萨尔》具备了特有的语言品格。

我们分析其原因主要有以下几个方面:

第一,《格萨尔》最初在土族群众中传唱时,它的原形也许和藏族的《格萨尔》是一模一样的,韵文和散文都是用藏语来进行传唱的。当初在土族群众中就没有多少人能够完全听得懂这种文体的传唱,即使有也就那么几个人。鉴于这种情况,为了能满足当地更多听众的需求,民间艺人们就按实际情况,把用藏文传唱的《格萨尔》试图用土族语来说唱。但是,在土族语中又无法恰当地将藏文韵文体表现出来。在这种情况下,那些聪明、善良的土族民间艺人们只好在保留了原来藏文韵文体的基础上用土族语来进行解释,这样经过民间艺人们一代接一代地往下传唱,就形成了现在这样的以韵散结合体形式说唱的土族《格萨尔》。

第二,历代土族《格萨尔》民间艺人们都没有受过藏文化的教育,他们的藏语是在藏族和土族群众杂居的语言环境中学来的,在这种条件下《格萨尔》能在土族群众中流传,并且形成了具有土族本民族文化特质的《格萨尔》,实属罕见、难得。为此,对其语言的特殊性,我们在整理中则千方百计地予以保留。

　　第三,土族《格萨尔》在漫长的传唱过程中,藏语唱词保留的越来越少,而且越来越趋于简单化,唱词中的藏语也在很大程度上受到了土族语的影响。但在古音古词方面仍然保留着原来最古的发音,只是在发音方法和发音部位上越来越接近于土族语的发音。针对以上情况,我在记录土族《格萨尔》时,先将每盘录音磁带一一完整地、科学地逐词逐句地用国际音标记录下来。然后,用藏文和汉文对其唱词进行对译;对土族语叙述的部分,先用国际音标记音,再用汉文逐词逐句地进行对译,最后再把藏语和土族语统一翻译成汉文。在这一过程中,始终遵循一个宗旨就是要保持其资料的原始性和科学性。这样既显现了土族《格萨尔》是多民族文化交流的产物,又突出了浓郁的土族文化特色。这也充分反映出了土族人民在吸收其他民族优秀文化时的创造精神。所以,研究土族《格萨尔》首先要从语言学的角度入手,通过土族、藏族的语言并结合《格萨尔》的第一手资料,来研究当时的民族关系、社会生活以及人们的精神风貌等,从而达到我们的研究目的。

第四节　土族《格萨尔》是研究语言的源泉和土壤

一、土族《格萨尔》是研究语言文化价值的源泉

　　我在上一节中已经提到研究土族《格萨尔》首先要从语言学的角度入手,为什么这么说呢？因为,一种语言的历史和使用这个语言的民族的历史同样悠久。一种在现实生活中使用着的活的语言,实际上它是历史上各个时期的因素积累起来的综合体系,也是长期历史发展的结果,其语言中保留着历史上各个时期社会的痕

迹：包括为后人们所知的历史事件和其他历史文化现象，肯定会相当完整地保留在现今的语言当中，而后人毫无所知或所知甚少的某些历史文化现象，也会在语言中打下烙印，给后人留下探寻的线索。针对这种情况，应该努力挖掘语言中保留的历史文化库存，将隐藏在语言中的历史文化遗迹充分揭示出来。一般对一个民族的历史来说，时代越早或者情况越模糊，那么语言的论证价值就越大。但现代语言学研究语言，只注重"就语言和为语言而研究的语言"（索绪尔语），如今我们试图把语言看成是一种文化现象，把眼光转移到语言的文化价值上来，这样语言中所包含的民族史和文化史的丰富内涵，就立刻展现在我们面前。

语言的文化价值问题，就是人们通常讨论的语言与文化的关系问题，即语言与语言之外其他文化现象的关系问题，诸如语言与文学、哲学、宗教、历史、地理、法律、风俗以至于物质行为、社会制度、思维方式、民族性格等文化现象的相互关系问题。由于语言系统中凝聚着所有文化的成果，保存着一切文化的信息，因此，我们有可能通过语言了解和认识、分析各种文化现象，进而探索文化史上的未知状况。历史上消失了的文化现象，语言中还可能保存着。如：土族《格萨尔》中土族语和藏语的古音古词以及发音等。在历史发展的长河中，这些语言的词汇和语法等也在不断地变化着，而且不断地吐故纳新，但语言学家们还可按照语言内部的发展规律加以重建，恢复历史、文化的本来面貌，对这些现象的本质和起源作出解释。

格里姆曾经说过："我们的语言也就是我们的历史。"①他所讲的"历史"含意十分广泛，他指出，语言中包含着对经济结构、法律、

---

① 格里姆：《论语言的起源》，见兹维金采夫编：《19世纪和20世纪语言学史：概要和摘要》，第一册，莫斯科，1962年，第61页。

风俗习惯、物质文化形式和国际关系的反映。① 这说的也是语言的文化价值。

语言有一个好处,就是它有一个系统的结构,通过语言分析文化现象,甚至比直接对各种文化现象进行分析更加方便,更加清晰。人是社会动物,也是文化动物,我们自身处在文化的包围之中,当局者迷,我们已习以为常,周围的一切最初只是混沌一片。我们力图对一切文化现象都能作出准确的分类和解释,但并不能完全做到。而语言,由于其结构自身的系统性,使人们不自觉地对世界万物作出了分类和解释,从而使一切文化现象从混沌变为有序。一般说来,语言对客观事物的分类常常先于人们对客体的有意识的分类。“自然语言”对事物的分类和解释未必是准确的,更不一定是合乎科学的,但它反映了每一代人们不自觉的认识水平,是人类认识历史的伟大成果,同时也反映了每一个民族特殊的认识方式。

美国描写语言学的先驱,历史学派人类学的创始人博厄斯在研究美洲印第安人的语言和文化时,惊人地发现“纯语言学的研究是深入地研究世界各族人民的心理学的不可分割的一部分”,“在研究主要的道德观念的形成时,语言是最容易收效的研究领域之一。在这方面,语言学的优越性就在于:语言的范畴是不知不觉地形成的,因此,不必求助于往往会混淆甚至只会妨碍理解的其他补充说明,我们就可以彻底研究导致这些范畴形成的过程。”②博厄斯已深深地体会到,通过语言去分析文化现象,特别是他所接触到的那些道德范畴,远比一般化的解释和说明来得有效和可靠。

---

① 刘魁立:《欧洲民间文学研究中的神话学派》,载《民间文艺集刊》第三集,上海文艺出版社,1982 年,第 8 页。

② F. Boas, *Handbook of American Indian Languages*, *Introduction*, 1919, pp.65, 70 - 71.

他所说的那些"补充说明"往往摆脱不掉说明者本身的主观因素，而只有语言才最客观地反映本民族认识发展的过程。我们讲的语言的文化价值就是指语言对各种文化现象的认识价值。这是没有别的东西可以替代的。

正如以上所说，"《格萨尔》是我国藏族人民集体创作的一部历史悠久、流传广泛、内容丰富、规模宏大、场景壮阔、人物众多、卷帙浩繁的英雄史诗。它具有很高的文学欣赏价值和学术研究价值。"①作为土族《格萨尔》来说，同样也涵盖了民族、语言、宗教、民俗、神话、历史、地理、政治、经济、军事以及萌芽状态的农业、工业和手工业等内容，是一部记述土族古代部落社会的大百科全书，勤劳、勇敢、智慧的土族先民们在没有本民族文字的前提下将本民族的历史以史诗的形式保留了下来。在生产力水平低下的古代，他们将自己的历史汇编成一个一个的小故事在民间流传，在流传过程中又将历史、传说、神话等三者交织在一起，虽然其中神话的色彩浓厚，但它始终反映出了土族在历史发展的长河中所遗留下的点点烙印，是一部从多方面反映本民族历史的形象史，也是一部全面反映土族人民的传统观念、价值观念的文化史。尤其是像土族《格萨尔》这样的一部史诗，在没有文字的情况下以藏、土两种语言流传至今，其语言的文化价值尤为重要。所以，土族《格萨尔》是研究语言文化价值的源泉。

二、土族《格萨尔》是研究语言历史演变的肥沃土壤

瑞士著名语言学家索绪尔的一个重大贡献就是他区分了历时语言学（synchronic linguistics）和共时语言学（diachronic

---

① 扎西东珠、王兴先编著：《〈格萨尔〉学史稿》，甘肃民族出版社，2002年。

linguistics)。"历时语言学就是研究语言在较长历史时期所经历的变化,又称演化语言学(evolutionary linguistics)。共时语言学是研究一种语言或多种语言在其历史发展中的某一阶段的情况即语言状态(language state),而不考虑这种状态究竟如何演化而来,又称静态语言学(static linguistics)。"①我们在上一节中已经谈到了土族语与藏语在土族《格萨尔》中是以韵散结合体形式存在的,两种语言同时在同一部史诗中以口耳相传的形式保留了下来,不容置疑,两种语言在共时的某个阶段上肯定会在语音、词汇和语法等方面都会受到不同程度的影响。每一种活着的语言都有充分的吸收功能,这种功能主要体现在一种语言的语音和词汇的相互借用上。当一个词语一旦被另一个民族的语言吸收之后,它的发音同时也随着语音的变化而变化,吸收语言和被吸收语言都要按照自身的内部的语音规律进行调整,这种调整的过程,就是语音的变化过程。对于土族语和藏语以韵散结合体形式说唱的土族《格萨尔》来说,其中有许许多多的藏、土这两种语言相互借用的语音和词汇。这种变异在共时阶段来看变化不是太大,但从历时的某个阶段来看,这种变异有的影响较小,有的影响却很大。土族《格萨尔》在几百年甚至于上千年的历史发展过程中,土族语和藏语究竟发生了那些演变呢? 要想研究这样的问题,我们就必须依仗土族《格萨尔》中的语言资料,才可以看清土族语和藏语在历时(纵向)和共时(横向)的某个阶段上的变异形式,只有这样我们才能总揽全局,分辨出土族《格萨尔》中的土族语和藏语的历史演变。所以说,土族《格萨尔》对语言历史演变的研究提供了最肥沃的土壤。

---

① W·特伦斯·戈尔登著,咏南译:《索绪尔入门》,东方出版社,1998年。

后　记

　　本书稿是笔者在经过多年来对土族《格萨尔》的搜集、整理和翻译的基础上完成的。本书稿也是笔者即将要完成的三套系列丛书中的研究系列丛书中的一册。在本书稿即将付梓之时，引发了几点思考：

　　一，土族《格萨尔》涉及了土、藏、汉三种语言。因而，对研究者也提出了更新、更高的要求，在搜集、整理、翻译过程中会遇到更多的新情况、新问题。所以，资料的搜集仍是所有工作中的重中之重。而且，资料的搜集应是多方面的，包括笔录、录音、照相、摄影、实物的保存等。

　　二，《格萨尔》说唱艺人是史诗的载体，是创作者、保存者和传播者。因此，在研究土族《格萨尔》的同时，应对土族《格萨尔》说唱艺人加强研究。

　　众所周知，每个艺人都有着惊人的记忆力、充沛的激情和很强的思维能力。就拿笔者的父亲来讲，开始他在笔者的眼里是一位平凡却个性鲜明的勤劳的父亲，后来通过《格萨尔》说唱，笔者才从另外一个角度重新认识了他，面对800多盘录音磁带，被优秀传统文化浑厚的内涵震撼了，更增添了对父亲的敬佩。最早整理完成并出版的土族《格萨尔》资料约有 253 万字，这对于一个目不识丁的老人来说，真不可思议，谁能质疑在人类的大脑或某个基因里有一种潜意识的神秘功能的存在？为此，笔者询问过笔者的父亲，他说："一开始我不会说唱《格萨尔》，只是听父亲（我的爷爷）说唱，后来就开始学，再后来就开始说唱。""我说唱时，眼睛一闭，嘴里就不由自主地朗朗上口……"那么，这种现象又怎么解释呢？他在说唱时，时而笑、时而哭，对于一个坚强的男人来说，这种激情又源自哪里呢？一个从小就在山沟的土窑里长大的人，为什么在他说唱的《格萨尔》史诗中又包含了如此丰富的内容？为何又有如此丰富的想象力的呢？……所以，研究《格萨尔》与对艺人的研究同样重要。我呼吁对艺人多角度、全方位地进行研究，这项任务刻不容缓。高尔基曾经说过："失去一位民间艺人，就等于损失了一座图书馆"，抢救了艺人就等于抢救了《格萨尔》。

三，希望有更多的研究工作者加入土族《格萨尔》的研究当中来。土族《格萨尔》是反映土族人民的生活、心理、观念、环境和审美情趣等的百科全书。所以，通过对土族《格萨尔》进行全方位、立体的、多学科、多角度研究，并对在土族《格萨尔》中所反映的语言、宗教、民俗、政治、经济、军事、史地、神话以及处于萌芽状态的农牧业、手工业等与藏族《格萨尔》及流传在其他兄弟民族中的《格萨尔》进行比较研究，达到对《格萨尔》及格萨尔学的深入认识。从而，进一步推动格萨尔学的发展。

在本书即将付梓之时，特别感谢黄布凡老师、王兴先老师、杨恩洪老师、马进武老师和华侃老师多年来对我的辛勤培育和支持，土族《格萨尔》才有今天的成绩。这里还要特别感谢西北民族大学的各级领导、甘肃省文化和旅游厅、上海古籍出版社和民族出版社的各位领导，由于他们的真诚关心和帮助，才使得《土族〈格萨尔〉研究》在很短的时间里面世。至于书中存在的不足、观点和表述上的不确切以及心有所想而无力完成的、时间仓促所造成的文字上的粗陋和疏忽等，都是意料之中的。恳请得到关心和支持我的老师、同行和贤达仁人们给予批评和指正。扎西德勒！

王国明

2019 年 10 月

图书在版编目(CIP)数据

土族《格萨尔》研究 / 王国明著. —上海：上海
古籍出版社，2021.4
ISBN 978－7－5325－9908－0

Ⅰ.①土… Ⅱ.①王… Ⅲ.①土族－英雄史诗－诗歌
研究－中国 Ⅳ.①I207.931

中国版本图书馆 CIP 数据核字(2021)第 047677 号

土族《格萨尔》研究

王国明 著

上海古籍出版社出版发行

(上海瑞金二路 272 号 邮政编码 200020)

(1) 网址：www.guji.com.cn

(2) E-mail：guji1@guji.com.cn

(3) 易文网网址：www.ewen.co

启东市人民印刷有限公司印刷

开本 890×1240 1/32 印张 10.75 插页 2 字数 261,000

2021 年 4 月第 1 版 2021 年 4 月第 1 次印刷

ISBN 978－7－5325－9908－0

K·2973 定价：68.00 元

如有质量问题，请与承印公司联系